늑대의 문장

늑대의 문장

김유진 소설

문학동네

차례

늑대의 문장

지상의 무덤들은 빠른 속도로 퇴적되고 그 위로 아무렇지 않게 나무가 자랄 것이었다. 그리고 그 무성한 숲속에서 늑대가, 온전한 사람의 얼굴을 하고 유일하게 어둠을 지킬 것이라고 소녀는 굳게 믿었다.

첫번째 희생자는 세 명의 여자아이였다.

날은 이례적으로 따뜻했다. 아이들은 숲으로 향하고 있었다. 첫째아이는 시멘트 바닥에 찍힌 까마귀 발자국을 따라 걸었다. 둘째아이는 개의 목줄을 잡아끌며 걸었다. 코 주변이 까만 강아지는 목에 힘을 주며 버텼다. 셋째아이는 지폐 한 장을 만지작거리며 걸었다. 며칠 전 받은 세뱃돈이었다. 그러나 작은 섬에서 여섯 살배기 아이들에게 돈이 쓸모가 있을 리 없었다. 때문에 첫째와 둘째는 돈을 모두 어머니에게 주었지만, 셋째는 그러지 않았다. 돈을 보석처럼 아끼는 막내는 접힌 부분이 다 해질 정도로 펼쳐보고 숨기기를 반복했다. 갑자기 둘째아이가 빽, 소리를 질렀다. 개가 말썽이었다. 신경질이 난 아이가 목줄을 사정없이 잡아당겼다. 개가 공중으로 붕 떴다 바닥에 내동댕이쳐지면서 자지러졌다. 그러자 길 양쪽 밭 사이사이 돌멩이처럼 박혀 있던 염소들이 따라 울기 시작했다. 고요했던 길이 순식간에 울음소리로 가득 찼다. 당황한 아이들이 숲을 향해 달리기 시작했다. 밭에 퇴비로 놓은 해삼 냄새가 뒤를 쫓았다. 숲이 가까워지자 시멘트 대신 흙길이 이어졌다. 녹녹해진 땅에서 더운 김이 올라왔다. 숲의 입구에서 세 아이들은 거칠게 숨을 몰아쉬었다. 검고 무성한 숲이 짐승처럼 포복하고 있었다. 생각난 듯이, 셋째 아이가 황급히 주머니를 뒤졌다. 돈이 안전히 잘 있음을 확인하자 입가에 미소가 돌았다. 아이가 다시 주머니에 돈을 넣으려 할 때, 지뢰가 터지듯 셋이 한꺼번에 폭발했다.

폭발의 원인이 될 만한 것은 없었다. 그 자리엔 단무지처럼 얇은 다리와 덜 자란 내장이 흩어져 있을 뿐이었다. 막내는 폭사 후에도 꽤 오랫동안 살아 있었다. 발견 당시 아이의 시선은 자신의 몸에서 지나치게 멀리 떨어져 있는 팔과 손에 들린 돈을 향해 있었다. 사람들은 돈을 보며 폭발의 원인을 찾아보려 했지만 허사였다. 아이들의 팔다리를 꿰맞추는 것조차 불가능했다. 몇 분 간격으로 태어난 아이들은 세쌍둥이였다. 모두 같은 옷을 입고 있었던 아이들의 팔다리 역시 모두 같아 보였다. 목줄이 잘린 개는 사라지고 없었다. 아이들은 관습에 따라 화장되었다. 숲 정중앙 공터에서 마을 사람들이 주변을 둘러싼 가운데 시신은 불태워졌다. 급작스러운 죽음으로 아이들은 눈조차 감지 못했다. 첫째와 둘째는 서로를 바라보고 있었고, 막내의 얼굴은 반대쪽을 향해 있었다. 몸통은 천조각처럼 아무렇게니 꿰매어져 있었다.

셋째아이의 시선이 한 소녀를 향해 있었다. 붉은 공단 원피스를 입은 십대 여자아이였다. 소녀는 어른들 사이에서 시체가 불타는 것을 지켜보고 있었다. 보다가, 저 꼬마 살았어, 라고 말하고는 황급히 입을 막았다. 막내 여자아이의 눈동자에서 물기가 도는 것을 보았던 것이다. 그러나 곧 보아서는 안 될 것을 본 듯 막연한 두려움이 엄습해오기 시작했다. 갑자기 숨이 가빠지고 헛구역질이 났다. 소녀의 긴 눈에 눈물이 가득 고였다. 아이들의 몸통과 팔다리는 모두 갓 잡은 물고기처럼 반질반질했다. 불길은 아이들의 몸에서 도는 기이한 물기 때문에 잠시 곤혹을 치렀다. 불은 얼마간 시체를 감싸고 돌기만 하다가, 이윽고 화르륵, 하는 소리와 함께 타들어가기 시작했다. 숲 전체에 살 타는 냄새가 퍼져나갔다. 아이들은 마을의 단 하나뿐인 세쌍둥이였다. 마을사람들 중 아이들을 모르는 이는 거의 없었다. 소녀 역시 마찬가지였다. 그러나 토막난 몸통과 내장들을 보자 세쌍둥이들이 급속도로 낯설어지기 시작했다. 소녀는 불에 타고 있는 것들이 고양이나 오소리의 시체 같다고 생각했다. 검은 연기가 잣나무와 소나무를 넘어 하늘로 올라갔다. 바람은 바다에서 숲으로 불어오고 있었다. 연기는 섬 뒤편, 끝없이 펼쳐진 또다른 바다로 나아가고 있었다.

소녀가 처음으로 목격한 죽음이 실로 충격적이어서 아이들의 시체를 고양이나 오소리로 믿고 싶어했다면, 이제는 그 죽음이 너무 빈번하여 아무런 감흥도 일지 않는 듯했다. 소녀는 마을 사람들의 죽음을 집단 폐사한 닭이나 장마철에 떠내려가는 돼지 보듯이 했다. 그러나 화장에 빠진 적은 한 번도 없었다. 소녀는 의무라도 되는 듯 자리를 지켰다. 섬의 야산에 하나 둘씩 생겨나던 무덤이 이제는 해변으로 내려오고 있었다. 더이상 묘를 만들 자리가 없자, 마을 사람들은 아이들만 화장시키던 것을 어른들의 시체도 화장시키기로 방침을 바꿨다. 바람은 자주 방향을 바꾸어, 연기는 숲의 앞으로 펼쳐진 밭과 조밀하게 몰려 있는 집들을 향해 뻗어가기도 했고 숲의 뒤로 넘어가기도 했다. 바람이 없는 날이면 숲을 장막처럼 감쌌다.

소녀는 불타는 시체를 보다가 하늘을 바라보곤, 더럽다, 라고 심드렁하게 말했다. 소녀의 뒤에 서 있던 여자가 소녀의 어깨를 살짝 쥐었다 놓았다. 소녀의 이모였다. 그때 멀리서 소녀의 이름을 부르는 억센 목소리가 들렸다. 소녀의 어머니였다. 여자는 마을 사람들을 헤치고 들어와 소녀의 손목을 잡아끌었다. 그러곤 소녀가 아닌 이모, 자신의 동생을 향해 욕설을 퍼붓기 시작했다.

소녀의 어머니는 나이가 오십이 넘었지만 키가 크고 살집이 좋아 바닷가의 까맣고 비쩍 마른 보통의 어부들보다도 몸집이 컸다. 어머니의 입에서 쉴새없이 튀어나온 말들이 침과 함께 소녀의 정수리로 쏟아졌다. 소녀는 어머니의 강한 턱과 턱에서부터 목까지 굵게 접힌 살들을 보다가, 떡 벌어진 어깨로 시선을 옮겼다. 두꺼운 어깨는 완만한 곡선을 이루며 등으로 이어지고, 가지가 갈라져나오듯 팔이 붙어 있었다. 어머니의 팔은 물론 매우 단단하고 두꺼웠지만, 팔목만은 기이하게 얇았다. 잘못 붙은 것처럼 커다랗고 우악스러운 손이 소녀의 손목을 쥐고 앞뒤로 흔들고 있었다. 어머니는 매우 흥분하여 소녀의 얇은 손목을 손자국이 남을 정도로 꽉 쥐기도 했다가 자신의 가슴팍으로 끌어당기기도 했다. 그때마다 소녀의 손이 유약하게 흔들렸다. 소녀는 자신의 의지와 상관없이 위아래로, 앞뒤로 달랑거리는 손을 멍하니 보았다. 어느덧 시체는 유골만을 남기고 모두 소각되고, 마을 사람들은 저녁을 먹으러 각자의 집으로 흩어졌다. 어머니는 여전히 이모를 향해 욕설을 퍼붓고 있었다. 이모가 종이인형처럼 바람에 쉽게 팔랑댔다. 배가 고파진 소녀가 엄마, 그만 가자, 고 속삭이듯 말하자마자 결코 끝날 것 같지 않던 장광설이 뚝 끊겼다. 소녀의 어머니는 소녀를 붙잡은 손을 놓지 않은 채 집을 향해 발을 옮겼고, 이모도 뒤를 따랐다. 그 뒤로 소녀와 이모와 어머니의 그림자가 차례로 따라가며 조금씩 길어지고 있었다. 낙조는 연기와 함께 지저분하게 뒹굴었다. 섬의 봄은 뭍보다 기복이 심했다. 소녀는 저녁이 되자 갑자기 차가워진 바람에 몸을 부르르 떨었다.

폭사(爆死)가 시작된 것은 설이 갓 지났을 무렵이었다. 처음 세쌍둥이가 죽은 이후, 한 달 동안 사망자는 기하급수적으로 늘어갔다. 소녀의 앞집에 사는 정씨와 그의 아들은 대낮에 대청마루에 앉아 딸기를 먹다 죽었고, 밭에다 해삼을 퇴비로 놓던 최씨 할아버지와 인부 두 명도 그 자리에서 폭사했다. 간혹 팔만 잘리거나 다리만 잘리는 경우도 있었다. 그들은 모두 운 좋게 살아남았지만, 언제 또 죽음이 자신에게 던져질지 알 수 없어 공포에 떨었다. 사람들은 그들에게 잔재가 남아 있을까 하여 근처에도 가지 않으려 했다. 불구가 된 사람들은 자연스럽게 격리되었다. 폭사는 전염병처럼 퍼져갔지만 발병의 원인이나 숙주조차도 알 수 없었고 그 어떤 규칙성도 발견할 수 없었다. 예고도, 징후도 없었다. 하늘에서 폭격을 가하듯 병이 떨어지는 셈이었다. 그러나 사람들은 무차별적인 공격 속에서도 규칙이나 징후를 찾으려 애썼다. 처음엔 돈이, 그 다음엔 딸기가, 그 다음엔 해삼이 터부시되었다. 정씨와 아들이 딸기를 먹다 죽은 후, 사람들 사이에선 딸기를 먹으면 죽는다는 소문이 돌았다. 마을에 하루 한 번씩 돌아다니던 과일 트럭에서 딸기는 종적을 감추었다.

해삼은 채취된 채 썩어갔다. 마을에 해삼 썩은 내가 진동을 했지만 아무도 나서서 치우지 못했다. 굴러다니는 해삼을 밟은 바다횟집 여주인은 식당 앞에서 나흘 동안 곡을 했다. 가족이 없던 여자는 마을 사람들에게 도움을 요청했는데, 아무도 받아주지 않자 마을회관으로 달려가 마이크에 대고 욕설을 퍼부었다. 무려 두 시간 동안 속사포처럼 쏟아지던 여자의 욕설은 마을 장정들이 강제로 끌어내는 것으로 종료되었다. 그러나 일은 거기서 끝나지 않았다. 여주인은 가방에 썩은 해삼을 가득 담아, 등에 메고 마을을 휘젓고 다녔다. 수류탄을 던지듯이, 마주친 사람들에게, 집 문에, 창문에 해삼을 던졌다. 순식간에 탈영병이 기관총을 난사하기라도 한 듯, 마을은 아비규환으로 변했다. 사람들은 문을 걸어잠그고 공포에 떨며 여자를 저주했는데, 애석하게도 해삼을 수십 차례나 만진 여자는 죽지 않았다. 물론 해삼을 맞은 사람들도 죽지 않았다. 마을의 단 하나뿐인 교회는 한 달 사이에 신도가 삼십 명에서 삼백 명으로 늘었다. 교회 밖 마당으로 콩나물시루처럼 사람들이 빼곡히 들어찼다. 그러나 예배를 주도하던 목사가 찬송가를 펼치다 폭사한 것을 계기로 교회는 간판을 내렸다. 사람들은 쥐떼처럼 몰려다녔다. 폭사를 피할 수 있는 방법들이 풍문으로 떠돌았고 미신이 성행했다. 그러나 그 어떤 방법으로도 죽음을 피해갈 수는 없었다. 뭍을 오가던 여객선과 사선들이 모두 통제되었고 서울에서 의료진과 군인이

내려왔다. 그러나 아무런 결론도 내리지 못한 채 병이 사그라지기만을 기다릴 뿐이었다. 서울에선 테러라고 소문이 났지만, 증거가 없어 곧 공허하게 신문지상에서 사라졌다. 살아남은 사람들은 조금씩 죽음을 받아들이고 있었다. 자신의 임종을 준비하기 시작한 것이었다. 폭사하더라도 자신의 시신이 흩어지지 않게 하기 위해 이불로 몸을 칭칭 동여매기도 했고, 집을 더럽힐 수 없다며 벽과 가구에 비닐을 씌우기도 했다. 많지는 않지만 바다로 뛰어드는 사람도 있었다. 무작위로 차출되기를 기다리느니 자의로 죽음을 선택하겠다는 결의였다. 집집마다 키우던 개들은 상당수가 버려져 야산으로 흩어지거나 줄에 묶인 채 굶어 죽었다. 굶주린 개들은 죽기 직전, 흡사 맹수와 같았다. 밤이 되면 어둠을 응시하며 끊임없이 울어댔다. 사람들은 개를 팼다. 밥을 주면 울지 않는다는 사실을 잊었다. 죽음에 임박한 개들은 목구멍으로 칼이 쑤시고 나온 듯 비명을 토했다. 핏물이 번진 눈을 하고 어둠 속으로 몸을 밀어넣었다. 개들은 대청마루 아래에 머리를 박고 죽는 경우가 많았다. 사람들은 개의 생명에까지 인정을 베풀 여력이 없었다. 죽은 개들은 그 자리에서 불태웠다.

처음 일주일 동안 소녀는 자신이 죽지 않으리라 믿었다. 막연한 선민의식에서였다. 그 믿음에는 어머니의 영향이 컸다. 그녀에게는 자신의 생명력에 대한 확신이 있었는데, 사실, 소망이나

자기 암시에 가까웠다. 그럼에도 불구하고 그녀는 자신과 가족들이 살아남으리라는 것에 대해 끊임없는 당위성을 부여하고 있었다. 그러나 일주일 후, 소녀의 아버지가 방바닥을 쓸다 폭사하자, 소녀는 사흘 동안 화장실에 틀어박혀 나오지 않았다. 죽음이 자신의 문제라는 것을 온몸으로 깨달았던 것이다. 소녀의 아버지는 머리카락을 주워담다가 폭사하였는데, 나이가 많은 노인이어서 더욱 파편화되었다. 소녀의 아버지는 형체도 없이 방 전체에 퍼졌다. 소녀의 어머니는 밥을 푸듯 방바닥에 널려 있는 시체를 퍼날랐다.

폭사가 시작된 후 바깥출입을 하지 않던 아버지의 유일한 취미는 방바닥의 머리카락을 줍는 일이었다. 방을 천천히 돌면서 머리카락을 발견할 때마다 어구구, 소리를 내며 모심기를 하듯 허리를 굽혔다 폈다. 소녀의 어머니는 죽는소리하려면 머리카락도 줍지 말라며 핀잔을 줬지만 아버지는 그때마다 방바닥에서 시선을 떼지 않았다. 그중 가장 주울 것이 많은 방이 늦둥이 딸의 방이었다. 머리가 긴 소녀의 방엔 머리카락이 잡초처럼 무성했다. 딸의 방에서 머리카락을 주울 때면 무릎을 꿇고 엎드려 방의 모서리에서부터 주워나갔는데, 개미핥기가 개미를 주워먹는 모습과 비슷했다. 아버지는 바로 그 자세로 폭사했다. 화장실로 들어가고 사흘째 되는 날, 소녀는 비닐 샤워캡을 쓰고 나왔다. 소녀의 이모는 소녀가 쓴 샤워캡 밖으로 비어져나온 머리를 정리해주고는 예쁘다, 며 해죽이 웃었다. 소녀는 긴 눈을 얇게 접어 이모를 노려보았다. 소녀에게 이모는 유일한 친구였지만, 무시와 조롱의 대상이었다. 그런 소녀의 야유와 응석을 모두 받아주는 이모는, 동시에 소녀에게 엄마 같은 존재이기도 했다. 소녀가 기억하는 한 이모는 늘 지금 모습 그대로였다. 방에 처박혀 있기만 했고 밥 때가 아니면 바깥으로 나오지도 않았다. 존재감도 없었다. 가족들이 밥 때에 그녀를 잊고 부르지 않아 식사시간을 놓치는 일도 허다했다. 그러면 그녀는 뒤늦게 냄새를 맡고 나와 밥을 먹거나 너무 늦으면 혼자 차려먹었다. 가끔 밥상이 차려지기 전에 먼저 나와 있을라치면, 밥상 모서리에서 안절부절못하곤 했다. 그것이 이모의 천성이었다. 그런 이모가 잘하는 것이 하나 있었다. 바느질이었다. 그녀는 가족 구성원 중 누구보다도 바느질을 잘했다. 섬을 통틀어서도 그랬다. 특히 이불홑청을 뜯고 다시 꿰매고 하는 것은 모두 그녀의 일이었다. 그녀는 정교하고 아름다운 시침질과 홈질의 대가였다. 소녀와 가족 모두 그녀를 늘 깜빡 잊어버리곤 했지만, 이불홑청을 꿰맬 때만큼은 가장 독보적인 존재감을 가진 사람이 되곤 했다. 샐쭉이 토라져 있는 소녀의 손을 붙잡고 이모는 자신의 방으로 들어갔다. 이모의 방은 복도 맨 끝에 있었다. 문을 열자 오래된 천 냄새가 훅 하니 밀려왔다. 소녀는 순간 깊게 숨을 들이마셨다. 이모의 방은 햇빛이 거의 들지 않았다. 사면에 커튼이 쳐져 있는 방 안에는 각기 다른 천들이 천장에서 바닥까지 늘어져 있었다. 미로 같은 천들을 다 걷어내고 나면 한쪽 구석에 바느질을 위한 작은 공간이 나왔다. 바느질은 전적으로 이모의 손으로 이루어졌다. 재봉틀도 없었다. 수많은 바늘들, 두껍고 얇고 밝고 어두운 천들이 방을 겹겹이 둘러싸고 있었다. 이모는 그 속에서 누에고치처럼 실을 뽑아내었다. 이모는 소녀에게 손짓하여 옷을 벗게 했다. 소녀는 순순히 붉은 공단 원피스를 벗었다. 그 옷 역시 이모의 작품이었다. 소녀는 부드러운 모로 몸을 감쌌다. 좀이 슨 천 냄새가 났다. 이모는 원피스의 가슴께에 수를 놓았다. 화장실에서 나온 기념이라고 덧붙였다. 다시 옷을 입었을 때, 소녀의 왼쪽 가슴에 검은 나비가 나타났다. 가까이에서 보면 아주 작은 수백 마리의 나비들이 모여 큰 나비를 이루고 있었다. 작은 나비들의 색도 조금씩 달랐다. 보라, 진보라, 진파랑, 감색, 검은색. 그래서 나비는 입체감이 있었다. 아주 멀리서 보는 것과 조금 멀리서 보는 것조차도 미세하게 달랐다. 소녀는 언젠가 만화영화에서 보았던 작은 물고기들이 생각났다. 작은 물고기들이 모여 거대한 고래 행세를 하는 만화였다. 소녀는 이모가 가엾다고 생각했다. 단 한 마리만으로도 충분히 아름다운 나비가 더 좋았을 것이라고 생각했던 것이었다.

　한 달이 지나자, 마을의 인구는 삼분의 일로 줄어들었고 폭사도 잠잠해져갔다. 진원지가 없었듯, 아무런 계기 없이, 폭사는 사그라졌다. 마을 사람들은 점차 안정을 되찾았다. 남은 것은 수많은 무덤과 밤만 되면 이리저리 몰려다니는 들개 울음소리뿐이었다. 그렇다고 폭사가 완전히 사라진 것은 아니어서, 이 주일에 한 번은 화장을 해야 했고, 마을 사람들은 반상회를 열듯 습관적으로 모였다. 시체의 처리는 마을 남자들이 돌아가면서 맡았다. 누군가 뭍에는 진달래가 벌써 피었더라는 이야기를 했다. 그러자 여자들이 모여 섬에도 꽃이 피면 화전을 부쳐 먹자고 했다. 누가 찹쌀을 빻을지, 진달래는 어떻게 익혀야 색이 변하지 않는지에 대하여 말했다. 밤마다 몰려다니는 들개 무리에 대해서도 불평을 늘어놓았다. 마을 이장은 날을 잡아서 개들을 모두 쏴 죽이자는 의견을 냈다. 사람들은 들개들이 과거에 자신들의 개였다는 사실을 까맣게 잊은 듯했다. 분위기는 금세 화기애애해졌다. 그러나 시체가 다 타들어가자 언제 그랬냐는 듯 조용히 집으로 돌아가는 것이었다. 밥은 늘 문을 걸어잠그고 각자 먹었다. 소녀 역시 늘 그랬듯 화장의 자리에 참석했다. 여자들이 어미를 닮아 잔인한 년이라고 쑥덕거렸다. 몸이 가벼운 이모는 어디든 소녀 뒤를 쫓아다녔다. 아버지의 폭사 이후 죽음에 대한 병적인 환멸감에 사로잡힌 어머니는 늘 딸과 자신의 여동생을 나무랐지만 실질적인 비난과 화의 대부분은 이모의 차지였다. 이모는 언니의 침과 욕설을 늘 온몸으로 받아들였다. 소녀는 슬슬 모든 상황들이 지리멸렬해지기 시작했다.

텔레비전에서 대여섯 명의 장정들이 마취총에 맞아 늘어진 늑대를 들어 우리 안으로 옮기고 있었다. 수목원으로 이송중이던 늑대가 우리를 박차고 달리는 트럭에서 뛰어내렸던 것이다. 늑대는 야산으로 도망쳤다. 트럭에서 뛰어내릴 때 다리를 약간 다쳤지만, 크게 문제가 되지 않았다. 방송에선 칠 년 동안 사람 손에 길들여져 자란 늑대라고 안심시켰다. 그러나 칠 년을 사람 손에서 자란 늑대가 우리를 박차고 나갔다는 사실이 사람들을 더욱 두렵게 했다. 탈출하는 순간, 길들여진 칠 년이 아무 소용이 없다는 것을 보여줄 뿐이었던 것이다. 늑대는 서른네 시간 동안 야산을, 동네 주택가를 돌아다니다 마취총에 맞고 애완견처럼 사람들에게 안겨서 우리로 돌아왔다. 처음 탈출한 늑대의 소식을 듣고 소녀의 어머니는 극렬한 분노로 가득 차서 소리를 질러대기까지 했다. 늑대가 탈출했다니! 늑대가! 를 반복하며 그 기이하게 얇은 팔목과 커다란 손을 부들부들 떨어댔다. 서울의 늑대가 남쪽 끝의 섬까지 올 수 있을 리가 없음에도 불구하고 소녀의 어머니는 늑대를 공포와 죽음의 상징으로 받아들이고 있었다. 그녀에게 죽음은 돌멩이처럼 가시화되어 있었다. 어떠한 사물에도 죽음의 관념은 쉽게 달라붙었다. 그리고 그 사물을 죽음 자체라고 주저 없이 받아들였다. 쉽게 사물이나 타인에게 분노했고, 할 수만 있다면 부수려고 했다. 소녀는 어머니의 넓은 등 너머로, 붙잡힌 늑대를 보며 눈물을 흘렸다. 혀를 길게 빼문 늑대가 화면 가득 잡혔다. 붉은 혀끝, 뚝, 뚝, 떨어지는 침, 장정들이 늑대를 옮길 때마다 힘없이 흔들리는 다리와 꼬리를 보며 소녀는 알 수 없는 연민을 느꼈다. 소녀가 설움에 복받쳐 운 것은 늑대의 부릅뜬 두 눈을 보았을 때부터였다. 소녀는 눈만이 살아 자신의 일시적 죽음을, 아니, 죽을 수도 없는 무력함을 목도하고 있는 늑대를 보며 통곡을 하기 시작했다. 소녀의 어머니는 딸이 공포에 못 이겨 우는 것이라고 생각했는지 소녀를 덥석 끌어안았다. 그녀의 강한 팔뚝이 소녀를 옥죄었다. 괜찮다, 괜찮다, 어머니는 우는 소녀를 달랬다. 갑자기 소녀는 알 수 없는 분노를 느꼈다. 어머니의 품에서 인간과 세계에 대한 강렬한 적의를 느꼈던 것이다. 소녀의 가는 어깨가 파르르 떨렸다. 어머니는 딸을 좀더 힘껏 껴안았다.

소녀는 언덕 위 풀밭에 아무렇게나 누웠다. 소녀 옆으로 봉분이 솟아 있어, 소녀는 거대한 가슴 사이에 누워 있는 듯했다. 무덤은 거의 폭이 없을 만큼 빼곡히, 어디에든지 있었으므로 사람이 사는 곳이 아니라면 모든 곳이 묘지라고 해도 과언이 아니었다. 소녀는 자신의 눈앞에서 흔들리는 나뭇가지를 보고 있었다. 나뭇잎들은 봄이 되어도 푸르게 돋지 않았다. 하얗게 질리거나 붉게 병든 나뭇가지들이 서로 부딪치고 할퀴는 소리만이 숲을 가득 메우고 있었다. 소녀는 얽힌 나뭇가지들이 커다란 동맥과 수갈래로 갈라지는 정맥들, 그리고 곁으로 난 무수한 실핏줄처럼 보인다, 고 생각했다. 화상 입은 피부처럼 딱딱하게 갈라진 껍질과 누렇게 뜬 잎들은 불우한 생명선처럼 보였다. 소녀는 앞으로 몸을 굴렸다가 등을 고양이처럼 쫙 펴고는 일어났다. 가슴이 풀에 쓸리자 유두가 쓰라렸다. 소녀는 옷 속으로 손을 집어넣어 유난히 돌출된 유두를 매만졌다. 만지면서, 자신의 눈앞에 펼쳐진 무덤의 장관을 감상했다. 수백 개의 봉분들을, 해변에 소나무와 함께 심어진 무덤들을. 파도는 무덤 바로 앞까지 일렁거렸다. 무덤들이 섬을 철책처럼 둘러싸고 바다와 대치하고 있었다. 무덤 앞으로 끝도 없이 펼쳐진 바다는 인해전술을 쓰는 중공군처럼 보였다. 끝도 없이 밀려오는 바다를 더이상 막아볼 도리가 없는 섬은 시체로 성벽을 쌓고 있는 것만 같았다. 소녀의 그림자가 점차 길어졌다. 멀리서, 까마귀 울음소리가 들려왔다. 해가 지고 있었다. 소녀는 집을 향해 발길을 돌렸다.

밤이 되면 섬의 사물과 사물은 그 경계를 잃었다. 뭍의 관심을 잃어가는 섬의 사정은 더욱 곤궁해졌다. 구호물자의 양은 줄어들었고, 그렇다고 통제가 풀린 것도 아니었다. 섬으로 들어오는 물자들은 철저히 통제 관리되었고 섬의 그 어떤 물건도 뭍으로 갈 수 없었다. 섬의 몇 개 안 되는 가로등은 이미 나간 지 오래였다. 밤이면 어둠 속에 포복한 인광들만이 존재했다. 사람들은 인광의 존재를 두려워하기 시작했다. 잠잠해져가는 폭사 대신 잠재된 또다른 적과의 대치를 예견하고 있는 듯했다. 그것은 늑대였다. 버려진 개들이 밤이 되면 들개들처럼 몰려다니며 짖어대거나 밭의 채소들과 건져올린 물고기들을 먹어치우는 것은 새삼스러운 일이 아니었다. 그러나 날이 갈수록 정도가 심해져 가축을 잡아먹고, 심지어 폭사당한 사람의 시체를 먹어치우기도 했다. 울음소리도 개의 울음소리와 확연히 구분되었다. 사람들은 개가 늑대가 되었다고들 했다. 늑대의 출몰에 대한 소문은 사람들에게 좀더 가시화된 공포로 다가왔다. 그것은 일전 텔레비전에 나왔던 늑대 탈출사건과 묘하게 맞아떨어지면서 현실화되고 있었다. 소녀가 숲에서 거의 빠져나왔을 때, 해는 자취만을 남기고 사라진 지 오래였다. 멀리서 소녀의 이름을 부르며 동네를 들쑤시고 다닐 어머니의 목소리가 들리는 듯도 하였다. 걸음을 빨리했다. 툭, 툭 소녀의 하얗고 반듯한 이마 위로 빗방울이 떨어졌다. 고개를 들어 하늘을 향해 시선을 올렸을 때, 소녀는 한 마리 늑대를 보았다.

늑대는 반대편 언덕 가장 높은 곳에 있었다. 그는 무리의 우두머리인 듯했다. 다른 보통의 늑대들이 아직 개의 모습을 지우지 못한 반면, 그는 완전한 늑대의 모습을 하고 있었다. 바짝 날이 선 귀와 탄력적인 허리, 맹렬하게 달려들 듯 강인한 다리로 서서 어둠을 응시하고 있었다. 하늘이 낮게 으르렁댔다. 축축한

24

바람이 숲과 마을을 휘갈겼다. 갑작스러운 바람에 소녀의 샤워캡이 날아갔다. 검고 긴 머리칼이 산발한 채로 바람에 휘둘렸다. 소녀는 치맛자락이 허벅지 위로 올라가는 것을 간신히 붙잡았다. 소녀의 가는 허벅지가 파르르 떨렸다. 늑대는 바람을 맞으며 미동도 없이 서 있었다. 바람이 늑대의 회갈색 털을 부드럽게 훑고 지나갔다. 소녀는 늑대의 눈빛이 자신의 앞으로 바짝 다가오는 것을 느꼈다. 비애감과 고독감에 가득 찬 눈이었다. 소녀가 이해하지 못하는 비밀을 그는 알고 있는 것만 같았다. 세상이 이모의 방처럼 겹겹의 장막으로 가려져 있는 것이라면, 그는 그것을 맹렬히 물어뜯고 차지한 왕 같았다. 그러한 자가 누릴 수 있는 관조의 눈빛이라고, 소녀는 생각했다. 어둠이 짙어지고 있었다. 점차 늑대와 어둠과의 경계가 불분명해지고 있었다. 아니, 어둠과 동일체가 되어가는 듯했다. 늑대의 눈이 발광하다 사라지는 것을, 소녀는 감격스럽게 바라보았다.

　폭우였다. 빗소리에 묻혀서 이모의 목소리는 들리지도 않았다. 소음을 뚫고 들리는 것은 늑대의 울음소리가 전부였다. 어머니는 불안에 떨었다. 집 안을 돌아다니며 손으로 자신의 머리를 쳤다. 그놈의 늑대, 죽여버렸어야 했는데……, 서울 놈들이 멍청해서 그래, 그걸 죽여버려야지 살려두다니…… 다 그것 때문인데, 그놈의 늑대, 죽여버렸어야 했는데, 죽여버려야 돼, 내

딸…… 내 딸! 어머니는 갑자기 소녀를 찾아 와락 끌어안았다. 소녀는 숨이 막혔다. 벗어나려 해도 역부족이었다. 어머니의 목덜미와 겨드랑이에서 암내와 땀내가 뒤섞여 났다. 소녀는 구역질이 날 것만 같았다. 소녀의 시야에 이모가 걸렸다. 이모는 식탁 옆에 종이처럼 구겨져 있었다. 이모 역시 두려움에 일그러져 있는 표정이었지만, 늑대 때문은 아닌 것 같았다. 이모에게는 늑대보다 흥분한 어머니가 더 두려운 듯했다. 방 안은 습기로 가득 차 있었다. 소녀의 머리카락이 목덜미에 달라붙었다. 팔다리가 송진을 바른 듯 쩍쩍 달라붙었다. 문을 연다면 시원한 바람을 쐴 수 있을 것이었다. 소녀의 어머니는 땀에 젖은 두터운 목덜미를 연신 손으로 훔쳐냈다. 그러나 문을 열 수는 없었다. 늑대 때문이었다. 비냄새에 피비린내가 섞여 나는 듯했다. 거친 입질 소리와, 살을 찢는 듯한 소리, 그리고 으르렁대는 소리가 밤새 계속되었다. 소녀의 어머니는 언제 그랬냐는 듯 마루에 누워 잠꼬대를 하고 있었다. 다 죽일 거야, 다 죽여버릴 거야, 어머니는 쩝쩝 입맛을 다셨다.

소녀는 비명소리에 잠이 깼다. 해는 이미 꼭대기에 이르러 있었다. 일어나자마자 등줄기와 목덜미에서 땀이 흘렀다. 계절은 제멋대로 앞섰다가 뒤로 물러났다가 하였다. 한여름 같은 날씨였다. 소녀는 잠옷 바람으로 비명소리가 들리는 쪽으로 달려갔다. 달려가는 소녀의 정수리를 햇빛이 짓눌렀다. 피냄새가 기습적으로 달려들었다. 소녀는 정신이 아찔해졌다. 그곳엔 땅을 치고 통곡을 하는 어머니와, 어머니의 팔을 붙잡고 팔랑거리고 있는 이모가 있었다. 그 앞으로 대가리만 남은 소와 소의 것으로 보이는 뼈가 널려 있었다. 피를 먹은 흙바닥이 검었다. 어머니의 곡소리는 앞바다에 닿을 정도로 크고 우렁찼다. 눈에선 새똥만 한 눈물이 찔끔찔끔 나왔다. 어머니는 절차를 밟아나가듯 얼마간의 곡을 하고, 이모의 팔을 가볍게 뿌리치고 일어나 마당으로 갔다. 이모는 금세 나가떨어졌다가 다시 벌떡 일어나 어머니를 쫓아갔다. 소녀의 어머니가 멈춰 선 곳은 개집 앞이었다. 어머니는 개줄을 끌고 숲으로 향했다. 개는 목과 엉덩이에 힘을 주며 어머니의 손아귀에서 벗어나려 했지만 소용없었다. 개는 공중에 들리다시피 하며 끌려갔다. 개가 울부짖을 때마다, 어머니는 개를 힘차게 들어올려 땅으로 내동댕이쳤다. 비명소리가 쩌렁쩌렁 울렸지만 어머니는 아랑곳하지 않았다. 이모 역시 소녀처럼 막 일어난 듯 파자마 차림으로 뒤를 쫓고 있었다. 이모는 맨발이었다. 길바닥은 햇볕을 받아 금세 뜨거워졌다. 소녀는 다시 한번 현기증을 느꼈다. 이모를 붙잡았지만, 이모의 깡마른 팔이 소녀의 팔을 밀쳐냈다. 이모는 나머지 한 손으로 어머니의 옷자락을 움켜쥐려 애썼다. 그러나 어머니의 꼭 끼는 옷이 쉽게 잡혀주질 않아 계속 헛손질을 할 뿐이었다. 어머니가 멈춰 선 곳은 커다란 잣나무 앞이었다. 몇몇 마을 사람들이 개 울음소리에 뒤를 따랐다. 어머니는 개의 목줄을 높은 나뭇가지 반대편으로 힘차게 넘겼다. 그 동작은 어머니의 큰 몸집에서 나온 동작이라고는 상상할 수 없을 정도로 날쌘 것이었다. 개가 격렬하게 몸을 뒤틀었다. 어머니는 개를 노려보았다. 눈에서 인광이 번쩍였다. 어머니의 벌어진 입에서 알 수 없는 말들이 새어나왔다. 어머니는 체중을 한껏 실어 목줄을 잡아당기기 시작했다. 목줄과 나뭇가지가 마찰을 일으키는 소리가 톱질 소리처럼 온 숲에 울려퍼졌다. 개새끼, 개새끼들아 잘 봐, 히익, 개, 개새끼들! 어머니가 낮게 그르렁댔다. 목이 졸린 개의 입에서 바람 빠지는 소리가 났다. 이모가 어머니의 허리에 매달렸다. 허사였다. 이모는 너무 작고 가벼웠다. 이모는 어머니의 목에 팔을 두르고, 오른쪽 어깨를 힘껏 물었다. 어머니가 이모의 머리채를 잡고 뒤흔들었다. 개새끼! 개새끼! 어머니는 개를 보며, 이모를 보며 소리질렀다. 누구의 것인지 모를 비명소리가 들려왔다. 소녀는 이 모든 것이 한 폭의 풍경화, 혹은 삼류 드라마의 한 장면처럼 느껴졌다. 소녀는 몽롱한 눈을 한 채 멀리서 감상했다. 목줄이 부들부들 떨렸다. 개가 한차례 격렬하게 움직이는 순간, 어머니가 줄을 놓쳤다. 이모가 어머니의 어깨에서 떨어져나와 바닥으로 내동댕이쳐졌다. 딱! 소리와 함께 개가 바닥으로 곤두박질쳤다. 피가 사방으로 튀었다. 그리고, 이모가 폭발했다.

순식간에 모든 일의 원인과 결과가 이루어졌다. 사실 어느 것이 원인이고 결과인지 구분할 수도 없었다. 모든 일은 거의 동시에 일어났다고 해도 좋았다. 어머니는 개의 피와 이모의 피를 한꺼번에 뒤집어썼다. 피투성이가 된 소녀의 어머니는 숨을 헉헉댔다. 굽은 등이, 두꺼운, 저 짐승 같은 등이, 위아래로 가쁘게 오르내렸다. 저, 짐승 같은, 등. 소녀는 홀린 듯 읊조렸다.

다행히 이모는 죽지 않았다. 대신 왼쪽 팔과 왼쪽 가슴을 잃었다. 폭발 이후 어머니는 이모를 더욱더 천대하고 무시했다. 이전의 무관심과는 전혀 다른 종류의 것이었다. 소녀의 어머니는 더이상 이모와 같은 자리에서 밥을 먹지 않았다. 이모가 밥을 먹을라치면, 손댔던 밥이나 반찬 모두 그 자리에서 버려버렸다. 그러나 이모는 모든 일들에 익숙한 듯 대처하고 받아들였다. 작고 말랐던 몸은 그 부피가 반으로 줄어들었다. 별다른 치료를 받지 못한 이모의 몸에선 늘 고린내와 항생제 냄새가 났다. 붕대로 칭칭 동여매고 있는 가슴과 어깨에서는 누런 고름이 삐져나왔다. 소녀는 이모가 싫진 않았지만, 구역질이 나는 것을 참을 수 없었다. 소녀가 화장실에서 샤워캡을 정리하고 있을 때, 뒤에 이모가 따라와 있었다. 여느 때처럼 소녀의 머리를 정리해주기 위해서였다. 그러나 한 팔로는 무리였다. 소녀는 일순 짜증이 일었다. 이모와 어머니는 전혀 달랐음에도 둘이 하나로 겹쳐 보였다. 병신. 소녀는 이모의 팔을 거칠게 밀쳐내며 화장실을 나갔다. 사람들은 어머니가 개를 때려 죽인 이후, 늑대들이 좀더 공격적으로 변했다고 믿었다. 전혀 사실무근은 아니었다. 늑대들이 민가의 문을 부수고 들어가 사람을 공격하기 시작했던 것이다. 그러나 늑대가 물어 죽이기 전에, 사람들은 폭사했다. 늑대들은 사람을 해치지 않고도 늘 피칠갑을 하고 돌아다녔다. 마을 사람들은 점차 폭사를 늑대의 탓으로 돌리기 시작했다. 소녀가 볼 때 그것은 논리적 인과관계라기보다는 우연의 일치에 의한 미신에 가까웠다. 그러나 미신은 논리보다 훨씬 더 잘 통하는 법이었다. 여론은 늑대가 사라진다면 폭사도 사라질 것이라는 결론으로 치달았다. 가시적인 목표가 생기자 사람들은 적극적이고 전투적으로 현실에 대응했다. 분노는 더욱더 극렬해져가고, 마을에는 기이한 활기가 되살아났다. 사람들은 이중 삼중으로 문을 덧대고 창문을 막았다. 늑대에 대해 원시적인 방어가 전부인 사람들은 길을 가다 보이는 강아지나 들개의 새끼들도 모조리 때려 죽였다. 낮엔 사람이 늑대의 자식들을 죽여나갔고, 밤이 되면 늑대가 사람을 습격했다. 소녀는 눈을 뜨자마자 창문에 돌을 쌓고 있는 어머니를 보았다. 집은 석기시대의 무덤처럼 돌무더기에 묻혀 있었다. 문을 제외하고는 모두 돌이었다. 이미 창문이 모두 막혀 있음에도 어머니는 돌 쌓기를 멈추지 않았다. 문턱은 높아지고 집 안은 낮에도 어두웠다. 밖으로 나설 때면, 무덤 속에서 되살아나는 듯한 기분을 느껴야 했다. 이모는 오랫동안 방 안에서 나오지 않았다. 이모의 다친 팔과 가슴은 나을 기미가 보이지 않았다. 밤이면 늑대의 울음소리에 뒤섞여 무언가 이질적인 신음소리가 들려왔지만, 소녀는 애써 모르는 척했다. 귀찮고 지루했다. 무엇이든 반복이 되면 일상이 되는 법이었다. 소녀는 이 기이한 현실이 일상이 되자 십대 특유의 변덕으로 곧장 지루함을 느꼈다. 밤이 되면 도깨비불처럼 번져 보이던 늑대의 눈빛만이 형형히 떠올랐다.

소녀는 이부자리에 누웠다. 어머니는 늑대를 잡으러 나가서 돌아오지 않았다. 어머니의 늑대에 대한 투지는 전쟁에 가까웠다. 오후가 되자 어머니는 해녀복을 찾기 시작했다. 물안경을 쓰고 오리발을 신었다. 철근 두세 개를 모아 단단히 조인 무기를 들고 어망을 짊어졌다. 비장한 각오로 고무옷을 입은 어머니는 이제 늑대와 달라 보일 것이 없었다. 어머니는 어기적거리며 야산으로, 숲으로 뛰쳐나갔다. 소녀는 어머니가 숲을 들쑤시고 다니면서 늑대에게 공격당하지 않는 것이 기적이라고 생각했다. 어쩌면 정말로, 소녀의 어머니는 죽음이 비껴가고 있는 것인지도 몰랐다. 그것은 공격성일 것이다. 동물 같은 공격성이, 그녀를 버티게 하고 있었다. 무엇이든 먼저 찌르고 죽여야 한다, 고 어머니는 말했다. 그래야 살 수 있다고, 어머니는 커다란 손으로 소녀의 어깨를 움켜쥐며 말했다. 어머니의 손에는 이미 땀이 흥건했다. 4월의 폭염이었다. 소녀는 얇은 이불로 배만 덮은 채 눈을 감았다. 눈을 감자 주변의 소리가 더욱 크게 들렸다. 창문은 이미 어머니가 돌로 막아버렸으므로 아무것도 보이지 않았다. 단지 소리, 늑대 울음소리, 신음소리 들만이 들려왔다. 신음소리, 소녀는 갑자기 생각난 듯이 벌떡 일어났다. 신음소리야. 소녀는 뛰쳐나가 이모의 방문을 벌컥 열었다.

이모의 방에는 몇 마리의 강아지들이, 아니, 몇 마리의 들개 새끼들이, 아니, 몇 마리의 늑대 새끼들이 모여 있었다. 소녀는 가까이 다가갔다. 이모는 소녀가 온지 모른 채 자신의 한 짝밖에 남지 않은 가슴을 연신 늑대 새끼의 주둥이 안에 쑤셔넣고 있었다. 음웅흐흑…… 으으으흐…… 소녀는 그녀의 알 수 없는 신음소리를 들으며, 개들의 교미 소리와 비슷하다고 생각했다. 소녀의 눈에 잠시 물기가 돌았다. 신열에 들뜬 이모를 두고 소녀는 다시 방으로 돌아왔다. 형광등 불빛 아래, 소녀는 섰다. 자신의 잠옷 아래로 젖가슴이 비쳐 보였다. 볼품없이 마르고 유두만 비대한 젖가슴이었다. 그때, 멀리서 늑대의 울음소리와 함께 누군가의 폭발 소리가 등대 불빛처럼 마을을 휩쓸고 지나갔다. 소녀는 문을 살짝 밀었다. 기다렸다는 듯이 시원한 바람이 소녀에게 달려들었다. 멀리서 무수한 발소리가 들려왔다. 그러나 사람의 발소리는 아니었다. 부드럽고 탄력적인 발바닥이 땅을 박차오르며 내는 그런 소리였다. 인간보다 가볍고 우아하게 달리는 족속의 소리였다. 소녀는 바람결에 휘날리는 머리칼을 목덜미께로 쓸어모으며 눈을 감았다. 소리가 점점 더 가까워지고 있었다. 갑자기 오줌이 마려웠다. 눈앞에 칠흑 같은 어둠이 펼쳐져 있었다. 소녀는 자신이 눈을 감은 것인지 뜬 것인지 알 수 없었다. 그 어둠 위로 빛들이 부유했다. 몇 쌍의 불빛들이 바다 위의 부표처럼 허공을 떠돌았다. 바다 특유의 짜고 역한 냄새가 몰려왔다. 그 냄새가 점점 더 강해진다고 느낄 때, 무언가가 소녀의 발목을 덥석 낚아챘다. 소녀는 땅바닥에 내동댕이쳐지며 끌려갔다. 늑대들이었다. 한 무리의 늑대들이 몰려와 소녀의 발목을 물고 숲을 향해 치달렸다. 소녀의 윗옷이 가슴 위로 밀려올라갔다. 소녀의 하얗고 마른 등이 땅에 쓸렸다. 소녀는 끌려나오기 직전 이모의 방에서 무언가가 폭발하는 소리를 들었던 것 같다고 생각했다. 이모가 또 폭발했을까. 소녀의 상체가 달빛을 받아 아스라이 빛을 내고 있었다. 등과 옆구리엔 땅에 쓸려 피가 배어나왔지만 소녀는 아프지 않았다. 정신의 끈을 어둠 속으로 밀어넣기 직전, 하나의 얼굴이 떠올랐다. 그것은 첫번째 희생자인 세쌍둥이의 막내 여자아이의 얼굴이었다. 플라스틱처럼 매끈한 몸, 눈가에 물기가 어렸던 여자아이였다. 너는 죽지 않았어. 소녀는 자신의 언어가 말이 아닌 이모와 같은 신음소리로 나오고 있다는 사실을 깨닫곤 웃음을 흘렸다. 숲이 가까워지고 있었다. 냄새가, 숲의 비릿한 냄새가 그렇게 말하고 있었다. 지상의 무덤들은 빠른 속도로 퇴적되고 그 위로 아무렇지 않게 나무가 자랄 것이었다. 그리고 그 무성한 숲속에서 늑대가, 온전한 사람의 얼굴을 하고 유일하게 어둠을 지킬 것이라고 소녀는 굳게 믿었다.

빛의 이주민들

불빛이 점점 더 멀어지고 있었다. 그 멀어지는 빛을 좇아 동물들이 사라지고 있었다. 그들은 지구를 떠나 이주해가는 마지막 생명체처럼 보였다.

도시는 놀라우리만치 선명했다. 햇빛은 대기층을 뚫고 그 어떤 장애물도 없이 도시에 도달했다. 빛은 맹렬히 빌딩의 유리벽을 향해 달려들었다. 여자는 전단지를 보며 걷고 있었다. 사기업에서 운영하는 동물원의 홍보물이었다. 여자의 커다란 엉덩이와 부은 다리가 천천히 멈춰 섰다. 그녀의 눈은 코팅지에 찍힌 거대한 문어를 향해 있었다. 문어는 기원을 거슬러올라가는 원시의 혈통이었다. 크기는 직경 십오 미터에 달했다. 무엇이든 크고 웅장했던 태초의 산물이었다. 문어 옆에는 거대문어의 출몰기록이 남아 있는 실록의 자료가 나란히 기재되어 있었다. 이 남태평양 태생의 거대문어가 난바다가 아닌 서해의 갯벌에서 발견된 것 역시 흥미로운 사실이라고 덧붙여져 있었다. 그 희귀한 아열대성 어종이 도시 한가운데 전시되기로 한 것이다. 전단지를 읽는 동안 그녀의 팔은 배에 걸쳐 있다시피 했다. 신체의 모든 부위가 볼록 솟은 배의 영향을 받고 있었다. 가을이었다. 그러나 햇볕은 여전히 따가웠다. 그녀는 몸 전체에 균일하게 퍼져 있는 빛의 무게를 느꼈다. 여자가 다시 걷기 시작했다. 과도하게 부풀어오른 신체를 작은 발에 의지하며 걷는 모습은 기예에 가까워 보였다. 광고지 뒷면에는 테러범 식별 요령과 신고 사이트가 적혀 있었다. 여자는 심드렁한 얼굴로 종이를 접어, 들고 있던 비닐봉지에 쑤셔넣었다. 비닐 안에는 쑥갓, 치커리, 청경채 등 푸른 야채가 가득했다. 길은 넓고 단정했다. 전경버스 몇 대가 왕복 사차선 교차로의 한쪽 길목 전체를 막고 있었다. 여자는 좀더 걸었다. 목뒤와 귀밑머리 근처로 땀이 흘렀다. 지난여름 습진으로 고생했던 그녀는 신경질적으로 땀을 닦았다. 길목이 막힌 차들은 방향을 틀어 우회해 지나갔다. 버스 주변엔 달리 지나갈 방법이 없는 시민들, 인도를 막고 선 전경들, 테러 진압요원들이 섞여 있었다. 지하보도 역시 막혀 있었다. 그러나 쓸모없는 신원조회가 끝나면 곧 아무 일도 없었다는 듯 통제가 풀리리라는 것을 모두 알고 있었다. 시(市)는 매년 테러에 대비해 엄청난 예산과 인원을 투입했지만, 테러가 일어난 적은 단 한 번도 없었다. 그들은 익명의 제보나 부정확한 정보만으로도 호들갑을 떨었다. 역설적이게도, 도시는 그들이 아니면 늘 평화로웠다. 테러에 대한 두려움이 언제부터 시작된 것인지, 여자는 알 수 없었다. 그녀에게 도시는 처음부터 그렇게 존재하는 것이었다. 여자가 발뒤꿈치를 들어 시야를 넓혔다. 반대편에서 여자가 서 있는 도로로 들어오기 위해 차 주변에 몰려 있는 사람들, 그 뒤로 한결 여유로워진 도로를 쾌속으로 질주하는 차들이 보였다. 여자는 한숨을 쉬었다. 그때 누군가가 여자의 비닐봉지를 흔들었다. 여자가 까치발을 내리고 아래쪽을 내려다보았다. 남자아이였다. 아이는 머리가 여자의 허리춤에 간신히 올 정도로 작았다. 여자의 눈에 까만 정수리가 들어왔다. 아이가 발을 동동 구르자, 얇은 어깨가 흔들렸다. 애완용 강아지처럼 작고 귀여웠다. 여자가 배를 받치고 조심스레 허리를 숙여 아이와 눈을 맞추었다. 여자가 관심을 보이자 아이는 크게 울기 시작했다. 엄마는 어디 있어? 여자가 아이를 달래며 물었다. 아이가 버스 너머를 손가락으로 가리켰다. 얼굴이 눈물과 콧물로 뒤범벅되어 있었다. 볼에 허옇게 버짐이 일었다. 여자가 손바닥으로 아이의 볼을 감싸며 눈물을 닦아냈다. 젖은 머리칼을 뒤로 넘겨주었다. 아이의 머리카락은 얇고 섬세해 여자의 손길대로 쉽게 넘어갔다. 울음이 차츰 잦아들었다. 아줌마가 도와줄게. 여자는 다정하게 아이의 머리를 감쌌다. 아이가 자연스럽게 여자의 배를 두 팔로 껴안았다. 따뜻했다. 아이가 눈물과 콧물로 뒤범벅된 얼굴을 여자의 배에 문지르자, 여자는 아이를 살짝 뒤로 밀었다. 그녀는 막아놓은 차와 차 사이를 유심히 살피기 시작했다. 몸을 최대한 낮춘다면 어린아이 한 명 정도 지나갈 수 있는 공간은 있을 것이다. 여자는 전경의 눈치를 살폈다. 그리고 고집스레 여자의 배에 달라붙어 있는 아이의 손을 잡고 도로 가운데로 걸어갔다. 역시나 개한 마리가 들어갈 수 있을 정도의 공간이 있었다. 차 범퍼와 범퍼 사이의 뜬 공간이었다. 여자는 아이의 머리를 밑으로 밀어넣었다. 조심해야 해. 아이가 허리를 굽히자 쥐며느리처럼 몸이 둥글게 말렸다. 아이는 유연하게 빠져나갔다. 여자는 빠져나가는 아이의 엉덩이와 왼쪽 뒷발을 보고 나서야 허리를 들었다. 배에 묵직한 통증이 느껴졌다. 배에 압박을 가한 탓이었다. 빠르고 가벼운 발소리가 들렸다. 여자는 아이를 보기 위해 뒤로 물러났다. 거기, 이놈! 버스 사이를 빠져나오는 아이를 전경이 발견한 모양이었다. 그러나 일단 아이의 엄마가 발견하기만 하면 모자는 쉽게 집으로 갈 수 있을 것이다. 여자가 까치발을 들었다. 아이가 눈에 들어왔다. 전경의 소리에 놀란 아이가 교차로를 가로질러 뛰어가고 있었다. 섬세한 머리칼이 나풀거렸다. 전경이 달려가는 아이를 부르며 뒤따라갔다. 동시에 오른쪽 인도에서 누군가의 이름을 부르는 여자의 목소리가 들렸다. 아이가 반사적으로 고개를 돌렸다. 아이의 엄마인 것 같았다. 아이가 엄마를 향해 완전히 몸을 틀었을 때, 대로를 지나던 트럭이 아이를 빨아들였다. 부침개를 뒤집을 때보다도 빠른 속도였다. 원체 작은 아이의 모습은 거대한 트럭 밑에서 흔적도 없이 사라진 것만 같았다. 그러나 여자는 곧 트럭 오른쪽 뒷바퀴 바로 앞, 찌그러진 아이의 머리통을 보았다. 여자의 시간이 인위적으로 흐르고 있었다. 그것은 찰나의, 느리고 긴 시간이었다.

거리가 소란스러워졌다. 누군가가 비명을 질렀다. 누군가는 오열을 했다. 수십 명의 탄성소리가 들렸다. 차들의 급브레이크 소리와 미처 브레이크를 밟지 못한 차들이 충돌하는 소리가 도로를 긁었다. 운전자들이 일제히 경적을 울렸다. 트럭은 어찌하지 못한 채로 서 있었다. 여자는 들었던 뒤꿈치를 가만히 내려놓았다. 여자의 주변만이 기이한 고요에 둘러싸여 있었다. 정신을 차리자, 뒤통수에서부터 두려움이 밀려왔다. 심장이 오그라드는 것만 같았다. 여자는 고요한 공기를 깨고 뒤를 돌아봤다. 자신이 한 일을 누군가 보았을지도 모른다고 생각하니 등골이 오싹했다. 그건 내 탓이 아니에요. 그녀가 들고 있던 비닐봉지가 파드득 떨렸다. 다행히 사람들은 그녀에게는 관심이 없어 보였다. 우르르 버스 근처로 몰려들었다. 당황한 군인들이 무전을 쳤다. 여자는 사람들 속에 파묻혔다. 사람들이 그녀의 어깨와 배를 치고 지나갔지만, 여자는 불쾌함보다는 안도감을 느끼고 있었다. 도시는 여전히 선명했다. 빛들이 연어떼처럼 몰려와 아스팔트를 파고들었다. 그러나 텅 빈 도로는 어딘지 모르게 섬뜩했다.

남자는 똥을 싸고 있었다. 그의 엉덩이는 검고 컸다. 반 평 남 짓한 운전석의 한 쪽 구석, 비닐을 깐 신문지 위에서 일을 보고 있었다. 남자는 아랫배에 극심한 통증을 느꼈다. 얼굴이 잔뜩 구 겨졌다. 두툼한 턱살이 접혔다. 점심식사 후 먹은 영양제가 문제 인 것 같았다. 남자는 복수가 찬 것처럼 팽팽한 배를 꾹 눌렀다. 바지를 추스르고 배설물을 비닐봉지에 쌌다. 똥은 푸르고 묽었 다. 남자는 봉지를 창문 밖으로 던졌다. 복통의 잔재로 배가 아 렸다. 똥은 팔십 미터 상공에서 지상으로 추락했다. 좌스윙! 마 게! 무전기에서 짧은 언어가 반복적으로 튀어나왔다. 사내는 운 전석에 앉아 왼쪽 조종레버를 움직였다. 레버는 사내의 손이 닿 는 양옆과 팔꿈치 쪽에 하나씩 있었다. 그의 거대한 몸체가 가 죽의자에 꽉 끼었다. 의자는 장시간 앉아 있어야 하는 운전자들 을 위해 아늑하고 푹신했다. 지브가 천천히 왼쪽으로 움직이기 시작했다. 그가 천천히 트롤리를 감아올리자, 자재가 위로 올라 왔다. 그는 290HC12 기종을 모는 타워크레인 기사였다. 그는 도심의 노른자위 땅에 지어지고 있는 수십 채의 오피스텔 건설 현장의 가장 높은 곳에 있었다. 그가 짓고 있는 오피스텔에 입 주할 사람들은 물론 그와는 전혀 다른 종류의 사람들일 것이다. 빌딩은 주상복합으로 각각 사십층 높이였다. 그는 이미 지어진 건물들과 지어지고 있는 건물들, 지어질 건물의 부지를 한눈에 조망했다. 완공된 빌딩의 표면은 모난 부분 하나 없이 미끈했다.

반대편 외관공사가 끝나지 않은 건물들은 버려진 것처럼 초라하고 음산했다. 그러나 그의 눈은 이미 완공된 건물을 그리고 있고 있으므로 어느 것 하나 아름답지 않은 것이 없었다. 오피스텔 단지는 반듯한 건물과 단정히 구획된 도로, 그리고 붉은 타일이 깔린 인도로만 구성될 것이다. 그것은 단 한 치의 어긋남도 없이, 직선과 면으로만 구성된 자명한 아름다움의 세계였다. 남자는 다부진 팔뚝을 긁었다. 곧 오피스텔에 조명이 설치되면, 그 아름다움은 극에 달할 것이다. 또다시 무전기에서 거친 음성이 나왔다. 스라게! 스라게! 남자는 백미러를 들여다보며 천천히 트롤리를 늘어뜨렸다. 트롤리에 매달린 빈 훅이 덜렁거렸다. 남자는 조금 전의 불쾌했던 일 따위는 이미 잊은 듯했다. 훅에 다시 철근이 매달리고 있었다. 그 철근은 건물의 뼈대가 될 것이다. 수십 미터의 철근구조물의 정점에 운전실이 박혀 있었다. 그의 운전실은 거대한 동물의 작은 머리통 같았다. 그가 뼈대를 쌓고 지상의 인부들이 살을 붙여나갔다. 그러면 건물은 곧 백악기시대의 공룡처럼 도시에 우뚝 섰다.

물속에서 여자의 손은 더욱 희고 통통했다. 그녀는 물이 가득 찬 고무다라이에 푸른 야채를 담갔다. 곧 익사한 유충들, 흙, 지푸라기들이 수면 위로 떠올랐다. 둥둥 뜬 유충들을 보자 내장에서 신물이 올라왔다. 윗물을 걷어내고 야채를 물에 헹궈 탈탈

털었다. 여자는 각각의 야채를 종류별로 바구니에 나누어 담아 여분의 물기를 뺐다. 행동이 부산스러웠다. 남자가 올 시간이었다. 여자의 집은 지하주차장과 보일러실 사이에 있었다. 주차권 발권 신호음과 보일러 돌아가는 소리가 드문드문 들려왔다. 여자는 분주히 밥을 안치고 된장을 폈다. 그녀의 작고 하얀 발이 조심스레 집 안을 오갔다. 조도가 낮은 집 안에서 그녀의 몸체는 거대한 그림자를 만들어냈다.

여자는 줄곧 무언가가 비틀린 듯한 기분이었다. 자신의 영혼이 손가락 한 마디쯤 빠져나와 있는 것만 같았다. 여자는 된장에 고추를 썰어넣고 참기름을 쳤다. 버섯을 물에 데쳐 건져냈다. 조심스레 문이 열렸다 닫히는 소리가 들렸다. 남자가 돌아왔다. 그들은 고요히 많은 양의 밥과 푸른 야채, 여러 종의 버섯을 먹었다. 그들의 언어는 주차권 발권 신호음과 보일러 소리가 대신했다. 두터운 어깨와 등이 천천히, 규칙적으로 움직였다.

남자가 종이봉투에서 커다란 알사탕 하나를 꺼냈다. 신발장 서랍에서 망치를 가져왔다. 알사탕은 남자의 주먹만큼이나 컸다. 투명한 사탕 속에는 붉은 벽돌로 지어진 낡은 이층짜리 건물이 들어 있었다. 건물은 실사와 다름없었고 입체적이었다. 식용색소로 사탕 안쪽에 새겨넣은 그것은, 지금은 문화재로 지정되어 보호되고 있는 오래된 은행이었다. 사탕은 각 시대를 대표하는 양식의 건축물들을 새겨 시리즈로 내놓고 있는 것들 중 하나였다. 그전에는 명화 시리즈였다. 남자는 포장비닐을 뜯지 않은 채 알사탕을 가볍게 망치로 내리쳤다. 알사탕이 산산이 부서졌다. 그것은 재건축 현장과 비슷했다. 건물을 폭파하고 그 잔해를 포클레인으로 긁어내듯, 여자의 손가락이 사탕가루들을 걷어가고 있었다. 여자는 사탕가루가 달라붙은 검지 끝을 연신 혓바닥에 갖다댔다. 사탕가루가 여자의 입 안에서 타닥 소리를 내며 녹아 없어졌다. 여자가 커다란 조각을 들어 입 안에 넣었다. 그것은 건물의 오른쪽 지붕이었다. 사탕의 단면은 가파르고 날카로웠다. 늘 그랬듯이 혀가 베였지만 여자는 느끼지 못했다. 단지 단맛 때문에 혀가 아린 것뿐이라고 생각했다.

여자는 불안했다. 그녀가 느꼈던 이질적인 기분의 실체는 불안감이었다. 감정은 늘 여러 겹의 장막을 치고 있어 실체를 알기 어려웠다. 여자는 오후에 벌어졌던 일련의 일들을 떠올렸다. 그녀가 아이를 도왔던 것을 눈여겨본 사람은 아무도 없었으니, 책임을 물을 수도 없는 일이었다. 그런 것들 때문에 두려워할 이유가 없었다. 그러나 불안감의 원인은 그것이 아니었다. 아이의 죽음에 대한 자책감도 아니었다. 그 일은 자신의 탓이 아니라고 이미 단정짓고 있지 않았던가. 알 수 없는 불안감, 이라고 감정을 정의하자, 그 불안감은 실체가 되어 해일처럼 밀려왔다. 여자는 위기감을 느꼈다. 어둠 속에서 미지의 생명체가 뒤를 덮치듯, 여자는 속수무책으로 감정에 난자당하고 있었다. 트럭에

짓이겨진 아이의 머리통이 자꾸만 여자의 눈앞에 아른거렸다. 여자는 치마를 걷어올렸다. 무방비상태로 벌어져 있는 다리, 배에 짓눌린 성기, 몇 가닥 고개를 내민 터럭이 보였다. 그 위로 푸른 실핏줄들이 배를 거미줄처럼 옭아매고 있었다. 그녀에게 터질 듯한 배는 불길한 징조 같았다.

남자와 여자는 나란히 누웠다. 여자의 부드러운 살이 바닥으로 퍼졌다. 서로의 살은 형태를 바꾸어 밀고 또 밀렸다. 쉽게 달라붙었다 힘겹게 떨어졌다. 여자의 배는 여전히 완강하게 솟아 있었다. 남자와 여자는 나란히 누운 채 두 팔로 서로의 어깨를 간신히 감쌌다. 밤이면 금세 추워졌으므로 온기가 필요했다. 그러나 각자의 부푼 배 때문에 껴안을 수 없었다. 대신 볼을 맞대었다. 그들은 서로의 가슴에 얼굴을 파묻은 초식동물의 모습을 하고 있었다.

건물이 높아지면서 자연스럽게 크레인의 높이도 올라갔다. 크레인의 높이를 올리는 작업은 마스트를 덧끼워 조절했다. 마스트는 지상에서부터 곧게 뻗어갔다. 교자상 같은 네 개의 철골다리를 가진 블록을 끼워넣었다. 지상에서 보면, 마스트는 대기중에 꽂힌 창처럼 보였다. 날씨는 온화했으나, 고도가 높아지면서 바람의 세기가 세졌다. 남자는 구조물 내의 사다리를 타고 위로, 위로 올라갔다. 크레인의 높이가 백 미터가 넘어가면 건물 외벽과 연결을 해야 했다. 크레인은 풍력에 지대한 영향을 받는 구조물이었다. 대개 보조장치 없이 독자적으로 서 있었으므로, 바람이 심하게 불면 뒤로 넘어가거나 앞으로 고꾸라질 수 있었다. 그래서 태풍이 불면 작업을 멈추었고 높이가 높아지면 짓고 있는 건물의 외벽과 연결했다. 그러나 타워크레인 기사에게 바람이나 높이는 공포의 대상이 되지 못했다. 그들이 싸워야 하는 것은 오히려 무료함이었다. 기사는 크레인 조작을 위한 몇 가지 동작 외에는 움직이는 일이 거의 없었다. 말상대도 없었다. 오로지 지시를 듣고 기기를 작동시키기만 하면 되었다. 협력작업이되 철저히 고립되어 독자적으로 진행해야 하는 일이었다. 작업은 느리고 인내심을 요했다. 보통의 기사들이 무료함을 달래기 위해 라디오를 듣거나 텔레비전을 보는 것과는 달리, 그는 섬세한 취미를 갖고 있었다. 그의 커다란 몸과 두텁고 검은 손가락은 보기와는 달리 예민하고 꼼꼼했다. 그는 한 무더기의 수수깡을 운전실 내부에 쌓아두었다. 수수깡은 열 개가 한 묶음이었다. 그의 운전실엔 색색의 수수깡과 수수깡을 쌌던 비닐들이 여기저기 널려 있었다. 남자는 그 수수깡을 은박지로 꼼꼼히 말았다. 은박지는 완벽한 압력이 가해지지 않으면 쉽게 풀어졌다. 그러나 제대로 싼 은박지가 벗겨지는 일 역시 없었다. 그의 커다란 손이 은박지로 싼 수수깡을 적당히 쥐었다 놓았다. 그것은 이를테면 철근 구조물과 같은 것이었다. 수수깡은 사분의 일 두께로 가늘게 썰린 것, 혹은 동그랗고 납작하게 잘린 것 등, 여러 가지 형태를 이루고 있었다. 수수깡은 도시를 가로지르는 수많은 교각들 중 하나가 되기도 했고, 도시에서 가장 큰 빌딩이 되기도 했다. 남자는 무전기로 지시가 들어오면 철근으로 된 자재를 위아래로 옮겼고, 지시가 없으면 수수깡과 은박지로 된 자재를 만들었다. 그는 사팔눈이 될 때까지 수수깡을 노려본 후 할 수 있는 한 최대한 얇게 썰었다. 가늘고 긴 철근이 완성되었다. 그것은 건물 한쪽의 엘리베이터 라인이 될 것이다. 시간은 자연스럽게 흘렀다.

운전실 내부에 오줌 냄새가 진동을 했다. 남자는 페트병 입구를 잘라 만든 오줌통을 들었다. 그가 반나절 동안 싼 오줌의 양은 페트병을 가득 채울 정도였다. 운전석의 창문을 열자 차갑고 매서운 바람이 들어왔다. 그는 오줌을 공중에 뿌렸다. 오줌은 기압을 이기지 못하고 스프링클러에서 뿜어져나오듯 퍼져나갔다. 오피스텔 공사는 거의 막바지에 이르고 있었다. 겨울이 오기 전에 모든 공사가 끝을 맺고, 입주자들이 속속 들어올 것이다. 남자는 그전에 도시를 떠나 다른 도시로 이주할 것이다. 멀리서 사이렌 소리가 울렸다. 소리는 남자의 오줌처럼 급작스럽게 퍼져나갔다.

여자는 반사적으로 허리를 숙였다. 배에 묵직하게 통증이 일었다. 도시 전체에 사이렌 소리가 울리고 있었다. 헬리콥터가 뜨고 색색의 연막탄이 터졌다. 경찰과 군인들이 길거리의 시민들

을 대피소로 이동시켰다. 대부분의 시민들은 침착하고 질서정연
했다. 모의훈련은 실제 테러가 일어난 듯 웅장하고 사실적이었
다. 간혹 그 재현의 생생함에 압도당하는 사람들도 있었다. 그들
은 실제 테러나 전쟁이 일어난 듯 두려움에 떨었다. 그녀는 건
물 뒤편으로 빠르게 걸었다. 연막탄 때문에 앞이 잘 보이지 않
았다. 갑자기 심한 요의가 느껴졌다. 커다란 자궁이 그녀의 방광
을 짓눌렀다. 요의는 늘 참을 수 없는 상태로 불현듯 찾아왔다.
화장실을 찾으려 했으나 불가능했다. 연기 때문에 한 발짝도 움
직일 수 없었다. 연기는 손쉽게 도시를 잠식했다. 여자는 손으로
허벅지를 눌렀다. 등에 식은땀이 났다. 두 다리에 힘을 주어 방
광을 바짝 조였다. 사람들이 그녀가 있는 방향으로 몰려왔다. 여
자는 대피소까지 떠밀려갈 수밖에 없었다. 그녀는 오줌구멍까지
치솟는 요의를 있는 힘을 다해 눌렀다. 찌릿한 통증이 정수리까
지 타고 올라왔다, 사라지기를 반복했다. 몸이 덜덜 떨렸다. 대
피소 입구에는 이미 줄이 길게 늘어져 있었다. 안으로 들어가기
까지 퍽 시간이 걸릴 것 같았다. 줄 옆으로 군인 한 명이 쓰러져
있었다. 탈진해 쓰러진 것 같았다. 말갛고 앳된 얼굴이었다. 몸
은 마르고 유약해 보였다. 줄을 서 있던 사람들이 실신한 그를
보며 혀를 찼다. 군인들은 그에게 물을 먹이는 것 말고는 손을
쓰지 못했다. 여자의 흐릿한 시야에 그의 모습이 들어왔다. 그녀
의 눈은 곧 불룩하게 솟은 남자의 앞섶으로 향했다. 사지가 축

늘어진 남자의 발기된 성기는 통제 불가능한 육체의 초라함, 그 자체였다. 여자는 사내를 동질감과 연민이 어린 시선으로 바라보았다. 그때 둑이 터지듯 여자의 오줌구멍에서 오줌이 터져나왔다. 지린내가 사방으로 퍼졌다. 여자는 바닥에 털썩 주저앉았다. 누런 오줌이 그녀의 바짓단을 따라 바닥으로 뚝뚝 떨어졌다. 사람들이 불에 덴 듯 그녀 주변에서 일제히 물러났다. 그녀 발밑에 고인 오줌이 낮은 지대로 흘러갔다. 물줄기를 피해 사람들이 경기를 일으키듯 발을 떼었다. 사람들은 조금이라도 오줌이 닿았을까 신발을 바닥에 자꾸만 문질러댔다. 여자는 그 발들을 보고 있었다. 그녀는 오줌을 다 싸고도 한동안 일어나지 못했다. 요도가 찌릿하게 아려왔다. 여자 때문에 줄은 순식간에 헝클어졌다. 군인들이 여자를 일으키려 했으나, 몸집이 큰 그녀를 쉽게 들지 못했다. 그들은 그녀 대신 사람들을 대피소로 들여보냈다. 대피소 입구엔 그녀와, 쓰러진 군인과, 그와 그녀를 어찌하지 못하는 군인들만 남았다. 사이렌 소리는 여전히 크고 요란했다. 여자가 몸을 일으켰다. 젖은 바지가 축 늘어졌다. 여자는 바지 허릿단을 잡고 대피소 반대방향으로 걸었다. 여자는 천천히 연기 속으로 걸어들어갔다.

배 모양이 이상해요. 사람 얼굴 같지 않아요? 날이 눈에 띄게 추워지자 보일러 소리가 점점 더 심해지고 있었다. 여자가 치마를 걷어 남자에게 배를 보여주었다. 그녀의 크고 하얀 전라가 드러났다. 그녀의 몸은 눈이 부실 정도로 희었다. 얇은 피부 밑으로 푸른 실핏줄들이 섬세하게 드러났다. 그러나 배와 배꼽만은 피부색이 전혀 달랐다. 배꼽 깊숙한 곳에서부터 때가 차 있었다. 그는 얼굴을 찌푸렸다. 살이 터서 쩍쩍 갈라져 있었다. 그녀가 얼굴 같다고 하는 것은 때가 갈라진 자국이었다. 여기 보세요. 여기는 눈, 이 아래는 코, 저기 삐뚤어진 입이 보이잖아요. 너무 끔찍해요. 여자는 조심스럽게 손가락으로 가리켜 보였다. 남자는 그녀의 배가 더러운 이유를 알 수 있을 것만 같았다. 뱃속의 아이가 발길질을 하는지 배의 표면에 발가락이 나왔다 들어갔다. 그 때마다 여자가 말하는 배의 얼굴이 찌그러졌다. 히익! 여자가 소스라치게 놀랐다. 남자는 뱀이 부드러운 껍질을 벗고 나올 때의 모습과 비슷하다고 생각했다. 여자가 공포의 눈길로 자신의 배를 보고 있었다. 여자의 몸집은 예전보다 더욱 커져 있었다. 그녀가 하루에 씹어대는 배추의 양은 코끼리나 소보다도 많은 것 같았다. 남자는 여자의 행동이 우스꽝스럽다는 듯 볼을 크게 부풀려 웃었다. 그뿐이었다. 그는 여자의 더러운 배를 쉽게 잊었다. 남자는 방으로 들어갔다. 그가 만든 조형물들이 방의 절반을 차지하고 있었다. 방은 그가 운전실에서 바라보는 풍경과 흡사했다. 눈 아래로 한눈에 도시가 조망되었다. 빌딩은 높고 반듯했으며 지어지고 있는 건물과 완성된 건물이 함께

있었다. 은박지로 만든 도시가 형광등 불빛에 반사되었다. 남자
가 다가갔다. 엄지발가락이 빌딩을 살짝 건드리자, 빌딩이 가볍
게 뒤로 밀려났다. 건물 하나가 밀려나자 다른 구조물들도 한꺼
번에 틀어졌다. 남자가 깜짝 놀라 뒤로 크게 물러났다. 그의 발
울림 때문에 건물들은 좀더 심하게 밀려나버렸다. 남자는 조심
스레 방바닥에 엎드렸다. 낮은 포복자세로 건물들을 향해 몸을
천천히 움직였다. 그러고는 손가락으로 세심하게 건물들을 제자
리로 돌려놓았다. 보일러실의 기계들이 그르렁댔다. 남자는 편
안했다. 몸이 나른해졌다.

거구의 두 남녀는 함께 길을 걷는 것만으로도 사람들의 이목
을 끌었다. 거리에서, 그들은 조용히, 모두의 주목을 받았다. 버
스를 탔다. 이인용 좌석에 각자 따로 앉았다. 그들에게 의자는
너무 낮고 작았다. 그의 배가 앞좌석에 닿았다. 여자는 커다란
배를 억지로 의자 안쪽으로 쑤셔넣었다. 배가 압박을 받자 숨이
막혔다. 그러나 여자는 신경쓰지 않았다. 그녀는 배가 자신의 신
체 일부가 아닌 것처럼 행동했다. 여자는 차창에 달라붙어 햇빛
을 받았다. 날은 눈이 부시도록 맑았다. 햇빛은 일말의 망설임도
없이 도시를 감쌌다. 그때만이, 이곳이 축복받은 것처럼 느낄 수
있었다. 버스가 몇 개의 고가도로를 지났다. 긴 터널로 들어서자
어둠 속에서 빠르게 지나쳐가는 불빛이 보였다. 여자는 불빛과

어둠 사이사이 몇 개의 환영을 보았다. 그것은 바다뱀장어의 유려한 몸놀림처럼 보였다. 길은 몇 갈래로 갈라졌다가 하나로 합쳐지고 다시 폭발적으로 넓어졌다. 버스는 시 외곽의 동물원을 종점과 기점으로 두 남녀를 토해내고 되돌아나갔다. 그들이 오랜 시간이 걸려 동물원에 도착했을 때는 이미 폐장이 몇 분 남지 않은 시간이었다. 해가 저물고 있었다. 입구에 들어서자 집으로 돌아가는 가족 단위의 무리들이 내려오고 있었다. 여자는 길가에 심어진 느릅나무를 따라 걸었다. 아이와 소녀, 소년과 어른 모두 남자와 여자를 보며 탄성을 내었다. 그들은 동물보다 더 신기한 구경을 하고 가는 듯한 얼굴을 하고 있었다.

남자와 여자가 도착한 거대문어 전시관은 처참했다. 밝은 하늘색이었을 둥근 돔 모양의 전시관은 페인트가 떨어져 을씨년스럽기까지 했다. 사람의 손길이 닿지 않은 지 오래인 듯 보였다. 현수막은 한쪽이 떨어져 있었고 길바닥엔 버려진 팸플릿이 나뒹굴었다. 문어가 들어 있었을 법한 거대한 유리관 안에는 문어 대신 녹슨 철봉 몇 개가 들어 있었다. 수초 찌꺼기가 껌딱지처럼 바닥에 늘어붙어 있었다. 신비로운 거대문어가 머물렀을 것이라고는 상상할 수 없을 정도로 더러웠다. 여자가 바닥에 떨어진 홍보물을 주웠다. 일전에 보았던 광고지였다. 전시기간은 아직 상당히 남아 있었으나 전시관은 안내판도 없이 황량했다. 여자는 텅 빈 유리관을 보았다. 문어의 불행한 운명을 상상했다.

그들은 동물원으로 떨어지는 낙조를 밟으며 언덕을 내려왔다. 내려오는 길에 여자는 원숭이가 던진 돌과 침 세례를 받았다. 여자는 너그럽게 웃으며 머리카락에 묻은 침을 닦아냈다. 남자는 피곤한 눈가를 쓸었다. 그는 동물이 주는 신비로움과 감동을 알지 못했다. 그의 큰 몸집이 성큼성큼 앞서 나갔다. 그들이 동물원을 빠져나왔을 때 사위는 이미 어두워져 있었다.

남자의 작업은 종반부로 치달았다. 그는 이미 타 도시공사와 계약이 끝난 상태였다. 일이 끝나자마자, 약속된 도시로 이동할 계획이었다. 출산일이 다가오자, 여자는 아이를 낳기 전에 도시를 떠나고 싶어했다. 계절이 불안한 탓에 바람이 심하게 불었다. 남자가 사다리를 타고 올라갔다. 올라갈수록 바람은 거세어졌으나 이 정도의 풍력으로 크레인을 놀리는 법은 없었다. 이미 크레인은 바람에 대비하고 있었다. 그는 기계가 주는 신뢰를 전적으로 믿었다. 날이 추워지고 있었다. 남자는 새로운 도시에서 지어질 새로운 건물을 상상했다. 도시는 얼마든지 있었다. 지어질 예정인 건축물들 역시 도처에 널려 있었다. 그에게는 그것이 축복이나 다름없었다. 운전석의 문을 열었다. 훅, 하니 탁한 공기가 밀려왔다. 첫 지시가 무전기를 통해 반복적으로 들려왔다. 우스윙, 우스윙, 남자는 조종레버를 당겼다. 지브가 천천히 움직였다. 도시는 안개가 자욱했다. 지브가 안개 속에서 천천히 움직이고 있었다.

여자는 푸른 야채를 가득 사들고 집으로 향하고 있었다. 지상
에도 바람은 제법 강하게 불었다. 여자는 몸을 움츠렸다. 사이렌
이 울렸다. 며칠 전의 끔찍한 기억이 떠올랐다. 갑자기 몸이 부
르르 떨렸다. 여자는 빠르게 집을 향해 걸었다. 공습경보라면 진
절머리가 쳐졌다. 있지도 않은 테러였다. 시 당국이 테러를 조장
하고 있는지도 모른다고 그녀는 느꼈다. 그러나 그때와는 상황
이 전혀 달랐다. 도심의 전광판들이 일제히 광고를 멈추고 긴급
속보를 알리고 있었다. 군인과 경찰이 쏟아져나왔다. 도시는 계
엄령이라도 선포될 듯 떠들썩했다. 테러였다. 드디어 테러였다.
여자는 그제야 묘한 안정감에 빠져들었다. 전광판의 붉은 글자
들과 사이렌 소리에도 불구하고 그녀의 표정은 안온했다.

남자의 크레인이 크게 진동하기 시작했다. 건물에 설치한 외
벽 고정대가 삐거덕대고 있었다. 남자는 백삼십 미터 상공에서
휘청댔다. 귀가 먹먹했다. 무전이 왔으나 바람 때문에 알아들을
수 없었다. 그는 조종레버를 움직였다. 또다시 무전이 왔다. 찢
어질 듯이 높고 거친 소리였다. 운전실이 흔들리고 있었다. 마스
트를 세운 기초 앵커가 삐거덕대는 듯했다. 트롤리에 매달린 강
철의 훅이 바람에 빙빙 돌기 시작했다. 그러나 남자는 외부 고정
이 제대로 되어 있는 이상, 크레인이 쓰러질 리 없다고 굳게 믿
었다. 그가 침착하게 레버를 움직였다. 레일을 천천히 늘어뜨렸

다. 훅에 매달린 자재들이 일순 바닥으로 곤두박질쳤다. 강한 파
열음이 남자가 있는 곳까지 울려왔다. 마스트가 다시 한번 크게
진동했다. 운전석 한쪽에 쌓아두었던 수수깡 자재들이 바닥으로
쏟아졌다. 운전실이 돌기 시작했다. 남자는 조종대의 버튼을 닥
치는 대로 눌렀다. 그러나 그가 백삼십 미터 상공에서 할 수 있
는 일은 아무것도 없었다. 그는 정신이 아득해지는 것을 느꼈다.
눈앞에 그의 수수깡들이 공중에 떠서 날아다녔다. 운전석은 빠
른 속도로 빙빙 돌았다. 유리창이 산산이 부서졌다. 유리는 분수
처럼 뿜어져내렸다. 그것은 여자와 부숴먹던 알사탕 부스러기와
비슷했다. 그는 온몸으로 바람의 압력을 받아내었다. 은수수깡
이 공중에서 바람을 따라 몰려갔다. 도시에 철새의 무리가 몰려
오고 있었다. 지금이 철새 철이었나. 눈앞이 일순 어두워졌다.
  여자가 고개를 들었다. 수십 대의 헬리콥터들이 하늘에 박혀
있었다. 여자는 처음으로, 도시의 풍경이 아름답다고 느꼈다.

  한 소년이 사제 폭탄을 빌딩 로비에 설치했다. 그의 꿈은 도
시 최초의 폭탄 테러범이었다. 나이는 열세 살이었다. 깡마른 소
년의 눈이 빛났다. 목소리는 강하고 단호했다. 그러나 일층의 내
벽을 날리는 것으로 끝이 나, 그 성과는 미미했다. 게다가 완공
되지 않은 오피스텔이었기 때문에 건물은 텅 비어 있었다. 피해
는 생각지도 못했던 곳에서 일어났다. 폭발의 영향으로 건물이

크게 흔들리면서, 건물 외벽에 고정되어 있던 타워크레인이 넘어가 인가를 덮친 것이었다. 백삼십 미터의 크레인 구조물은 바람의 압력까지 받아 어마어마한 강도로 앞으로 고꾸라졌다. 크레인은 한쪽이 잘린 십자가 모양으로 도로 한가운데에 떨어졌다. 지상에서 크레인은 수수깡처럼 산산이 부서졌다. 그 아래, 사이렌을 울리던 경찰차와 사람들이 깔렸다. 몇 채의 민가가 철근에 맞아 지붕이 부서지는 바람에 사상자를 냈다. 소년은 크고 또랑또랑한 목소리로 다음엔 더 큰 테러를 일으키겠다고 호언했다. 도시는 일순 아수라장이 되었다. 그들은 멸종 위기의 동물이라도 된 듯 공포에 떨었다.

여자는 짐을 꾸리고 있었다. 남자의 오피스텔들은 모두 건재했다. 그가 지은 건물은 크고 아름다울 뿐만 아니라, 또한 견고했다. 여자의 짐은 작고 소소했다. 여자는 남자의 물건들과 방안의 빛나는 도시들을 그대로 버려두었다. 남자의 방문이 서서히 닫혔다. 모형도시는 고대의 사라진 도시들처럼 온전한 모습 그대로 어둠 속으로 사라져가고 있었다. 여자는 작은 짐을 싸는 데에도 힘이 부쳤다. 도시는 폭탄 테러를 소란스러운 가십이나 그저 그런 뉴스거리로 만들었다. 남자의 크레인이 열십자로 떨어진 것에 관하여 도시계획공사와 물리학자, 그리고 신학자가 함께 토론을 벌였다. 상공에서 찍은 그의 크레인은 연일 가판대와 전광판을 장식했다. 사람들은 겨울잠을 자듯 건물 안으로, 안으로 파고들었다. 도시는 여전히 놀라울 정도로 선명했으나, 고요했다. 여자는 주변의 충고에 따라 남자의 시신을 찾는 것을 포기했다. 다만 어서 이 도시를 떠나고 싶다는 열망만이 가득했다.

여자는 담요를 덮었다. 날이 급속도로 추워졌다. 기차는 천천히, 그리고 조용히 달렸다. 여자는 담요의 온기에 잠시 잠이 들었다 깨어났다. 야간열차의 마지막 칸이었다. 승객은 거의 없었다. 술 취한 노인과 여자가 전부였다. 열차 안은 조도가 낮아, 아늑했다. 여자는 비닐봉지에서 감을 꺼냈다. 잘 익은 홍시였다. 의자를 뒤로 한껏 젖혔다. 그녀의 다리가 자연스럽게 벌어졌다. 홍시를 껍질째 베어물었다. 연한 속살이 그녀의 입속으로 빨려들어갔다. 그녀는 입을 오물대다 씨를 손바닥에 뱉어냈다. 몇 개의 씨가 모였을 때 목소리 하나가 고요를 깼다. 여자가 뒤를 돌아보았다. 역무원이었다. 그는 큰소리로 노인에게 화를 내고 있었다. 목소리가 쩌렁쩌렁 울렸다. 고개를 급하게 젓는 노인의 행색은 추레하기 이를 데 없었다. 바닥과 의자 위엔 누런 물이 흥건했다. 노인과 연배가 비슷해 보이는 역무원은 피로한 얼굴로 신문지를 바닥에 깔았다. 이거 물이여, 물이라니깐. 역무원은 대꾸도 하지 않은 채 그 누런 물이 신문지에 스며들도록 꾹꾹 눌렀다. 노인이 멋쩍은 듯 다리를 들어 의자 위에 올려놓았다. 역무원은 그 위에 몇 장의 신문지를 더 덮고는 다른 칸으로 빠르게 걸어갔다. 여자는 다시 고개를 돌려 감을 먹었다. 감꼭지를 쪽쪽 빨았다. 연달아 남은 홍시를 하나 꺼내어 한 입 베어물었을 때, 기다렸다는 듯이 여자의 눈에서 눈물이 흐르기 시작했다. 감이 여자의 입가에 뭉개졌다. 감물이 여자의 손목을 타고 흘러내렸다. 여자의 울음소리는 아기의 울음처럼 크고 우렁찼다. 여자는 억울했으나, 무엇이 억울한지 정확히 알 수 없었다. 갑자기 자신의 삶이 치욕스럽게 느껴졌다. 그러나 무엇 때문에 치욕스러운지 역시 알 수 없었다. 여자의 주위로 정적이 흘렀다. 오로지 여자의 울음소리만이 적요 속으로 밀려들어가고 있었다. 열차는 자주 멈추었고, 타는 사람도 내리는 사람도 없었다. 여자는 불현듯 닥쳐온 격렬한 감정들을 감당하기 위해 계속해서 먹어댔다. 마지막 감을 먹으며, 여자는 상실감에 흐느꼈다. 그녀의 입가에 흐르는 것이 눈물인지 침인지 알 수 없었다. 여자는 입으로 들어오는 눈물과 콧물을 소매 끝으로 닦아 의자 시트에 문질렀다.

여자는 축축한 느낌에 잠에서 깨어났다. 치마 아래로 맑은 액체가 쏟아지고 있었다. 밑에서 무언가가 주먹으로 치고 올라오는 듯 숨이 막혔다. 여자는 훅 하면서 배를 움켜쥐었다. 통증이 엉겅퀴처럼 몸 구석구석으로 퍼져나갔다. 아려오는 손가락의 마디마디를 간신히 추스르며, 여자는 본능적으로 입고 있던 팬티를 벗으려 했다. 젖은 팬티는 살에 달라붙어 잘 떨어지지 않았다. 여자가 자리에서 일어났다. 의자는 너무 좁았다. 시트는 노인의 것처럼 흥건하게 젖어 있었다. 여자가 주먹을 쥐고 배를 쳤다. 곱절의 고통이 몸 안에 퍼졌다. 다리가 부들부들 떨렸다. 여자가 가까스로 통로로 빠져나왔다. 그녀는 통로에 개처럼 엎드렸다. 몸체가 통로에 꽉 끼었다. 엎드린 자세에서 조금도 몸을 비틀 수 없었다. 치마를 걷고 양수에 전 팬티를 무릎께까지 내렸다. 하얀 엉덩이가 차가운 공기에 노출되자 소름이 돋았다. 여자는 자꾸만 멀어지는 정신을 다잡았다. 고통이 더할수록 고개를 아래로 처박았다. 의자 밑으로 머리를 들이밀었다. 오래된 먼지 냄새가 밀려왔다. 여자의 입에서 짐승 같은 신음소리가 새어나왔다. 여자는 이를 악물고 으르렁댔다. 나와. 어서 나와. 주먹으로 배를 내리쳤다. 통증이 더욱 심해졌지만, 여자는 멈추지 않았다. 의자 밑 어둠 속에서, 부드러운 손이 나와 그녀의 머리통을 끌어당기는 것만 같았다. 여자는 의자 밑으로 끊임없이 머리를 처박았다. 여자의 등이 기이하게 휘었다. 뼈가 쩍쩍 갈라지고 있다고, 여자는 느꼈다. 열차 내에, 운행에 문제가 생겨 잠시 정차한다는 내용의 안내방송이 흘러나왔다. 여자의 통증에도 휴지기가 찾아왔다. 달아나던 영혼이 다시 여자에게로 밀려드는 듯한 느낌이었다. 여자는 억울했다. 무엇이 억울한지 여전히 알지 못했으나 억울함만은 절실하게 다가왔다. 여자는 땀으로 범벅이 된 옷을 잡아뜯었다. 치마는 가슴께까지 올라가 있었다. 여자는 나체에 가까웠다. 엎드린 모습이 하마 같았다. 열이 오른 피부에는 옅은 분홍빛의 열꽃이 올라 있었다. 그녀의 커다란 엉덩이가 들썩거렸다. 유방이 함께 덜렁거렸다. 여자는 이빨을 꽉 깨물었다. 잇몸에서 피가 배어나왔다. 여우가 널 데려다 키울 거야. 여자는 배를 꼬집었다. 입 안에 고인 핏물을 삼켰다. 다시 통증이 엄습했다. 갑자기 덮친 통증에 여자는 입을 쩍 벌렸다. 여자의 입가로 피와 침이 새어나왔다. 그때 누군가가 여자의 엉덩이를 손바닥으로 쳤다. 철썩철썩하는 소리가 들렸다. 노인이었다. 노인이 여자의 엉덩이를 내리치고 있었다. 여자는 괴성을 질렀다. 소처럼 울었다. 말처럼 울었다. 여자의 눈앞으로 찌그러진 아이의 머리통이 시계추처럼 달랑거리며 다가오고 있었다. 뭉개진 코에서 코피가 흘렀다. 그것을 입으로 받아먹으며, 머리통이 여자를 향해 엄마, 라고 불렀다. 여자의 눈에서 실핏줄이 터졌다. 괴로움이 극에 달하는 순간, 통증이 담요처럼 여자를 감쌌다. 머릿속이 하얘졌다. 차라리 그것이 부드럽고 따뜻하다고, 여자는 생각했다. 똥이 마려웠다. 여자는 항문에 힘을 주었다.

고개를 들었을 때, 여자가 본 것은 창밖의 어둠이었다. 폭발할 듯한 어둠이 가득 차 있었다. 여자는 창밖을 응시하며, 단 한 번도 본 적 없는 바다의 풍경을 머릿속에 선연히 그려내었다. 바다의 모습은 창밖 어둠과 같을 것이었다. 여자는 아이와 똥을

함께 누었다. 물소가 새끼를 낳듯 여자의 질에서 아이는 떨어져
나왔다. 엉덩이를 내리치던 노인은 여자의 항문에서 똥이 나오
자 코를 틀어막으며 달음질쳤다. 여자는 힘없이 앞으로 고꾸라
졌다. 자신의 다리 사이에 어린 짐승이 죽은 듯이 엎드려 있었
다. 여자는 시퍼렇게 질린 아기를 향해 손을 뻗었다. 그 미끈하
고 섬뜩한 감촉에 오금이 저렸다. 여자는 아기를 들어올렸다. 윗
입술이 갈라지고 척추가 굽은 아기의 울음소리는 그 모습처럼
짐승에 가까웠다. 아기는 자라 네 발로 걷게 될 것이라고 여자
는 믿어 의심치 않았다. 본능적으로 젖을 찾는 듯 아기는 갈라
진 입술을 오물거렸다. 여자는 아기에게서 시선을 거두고 창밖
을 보았다. 그녀는 모든 힘을 소진한 듯 아기를 바닥에 내려놓
았다. 창밖으로, 몇 개의 가로등 불빛이 점멸했다. 그 불빛들은
여자의 눈에 고대의 해파리, 삼엽충처럼 보였다. 여자의 젖이 조
금씩 흘러 옷을 적셨다. 거대한 문어가 바닷속을 유유히 헤엄쳐
가는 것이 보였다. 자연사하지 못한 고대 동물들이 유령처럼 떠
돌고 있는 것이라고, 여자는 생각했다. 불빛이 점점 더 멀어지고
있었다. 그 멀어지는 빛을 좇아 동물들이 사라지고 있었다. 그들
은 지구를 떠나 이주해가는 마지막 생명체처럼 보였다. 기차의
내부가 요란한 굉음을 내더니 일제히 소등되었다. 기계는 더이
상 움직이지 않았다. 완전한 어둠이었다. 태초의 바다가 그러했
듯이, 여자와 그녀의 기형아가 어둠 속에 웅크리고 있었다.

마녀

좀더 먼 훗날, 우리의 이야기는 뱀피리를 부는 소년들에 의해 노래로 구전되었다. 그
노래의 시작은, 마녀가 돌아왔다, 였다.

엄마의 발목이 돌아왔다.

동생이 울기 시작했다. 달래주지 않았다. 달래도 소용없다. 아버지를 불렀다. 아버지가 엄마의 발목을 돼지 족 다루듯 했다. 이곳이 복사뼈인가. 복사뼈 아래 붉은 사마귀를 엄지손가락으로 만지작거렸다. 맞군. 아버지가 발목을 탁자 위에 올려놓았다. 방으로 들어갔다. 아버지의 발소리는 천장을 뚫을 듯 우렁찼다. 동생의 울음은 멈출 줄 몰랐다. 업혀. 동생이 울면서 업혔다. 동생의 다리가 축 처졌다. 이층 계단으로 올라갔다. 탁자 위엔 엄마의 푸른 발목만이 남았다. 그것은 엄마가 살아 있었을 때와 전혀 다를 바 없는 풍경이었다.

엄마의 발목이 돌아온 것과 상관없이 우리는 나무를 손질하러 나갔다. 아버지는 나무의 잔뿌리를 손질했고 나는 뿌리 사이에 난 잡풀들을 뽑았다. 동생은 앉아서 나무기둥에 돋아난 버섯을 땄다. 몇백 년을 이어져내려온 가업이었다. 나무는 이곳 고지대의 수목들과는 전혀 다른 종이었다. 나무의 넓고 유연한 기둥은 우리집의 삼면을 감싸고 있었다. 우유가 흘러넘친 듯한 모습이었다. 뿌리들은 지상으로 튀어나와 집의 아랫부분을 넝쿨처럼 움켜쥐고 있었다. 멀리서 보면 집은 한 그루의 거대한 나무처럼 보였다. 좀더 자세히 보면, 썩은 옹이 속에 지어진 새집처럼 보였다. 조상들은 이 나무를 신의 선물이라고 생각했다. 가문의 축복이었다. 돌풍이 잦은 지역에서 온전히 살아남은 집은 우리집이 유일했다. 대지를 움켜쥐는 나무의 강한 힘이 바람으로부터 집을 지켜주고 있었다. 우리는 살기 위해 나무를 보살폈다. 아버지는 나무뿌리가 집 안으로 파고드는 것을 막기 위해 주기적으로 가지치기를 했다. 바람은 온화하고 따뜻했다. 그러나 지금의 기후를 믿어서는 안 된다. 바구니에 버섯이 가득 차자, 동생은 두 팔로 기어 나무의 오목한 곳을 찾아갔다. 동생의 검은 곱슬머리가 허리에 닿을 정도로 길었다. 가늘고 창백한 다리가 몸체를 따라 질질 끌려갔다. 동생은 몸 대신 머리카락만 자라고 있는 중이었다. 동생은 안락의자에 몸을 묻듯 나무의 오목한 홈 안에 폭 잠겼다.

집은 층리가 심한 절벽 위에 있었다. 뒤로는 바위산이 솟아 있었다. 절벽 아래로 넓은 평야가 펼쳐져 있었으며, 여러 채의 집들이 도열해 있었다. 집들은 대부분 넝쿨에 뒤덮여 있었는데, 하수구에 뭉쳐 있는 머리카락과 비슷했다. 섬뜩한 광경이었다. 돌풍에 대비해 일부러 심은 것들이었으나 사실 넝쿨의 연약한 섬유들은 돌풍에 별 도움이 되지 않는다. 그들은 운이 좋아 살아남았을 뿐이다. 언제 바람에 쓸려나갈지는 아무도 몰랐다. 그럼에도 불구하고 그들은 집을 지켰다. 만약 가족 구성원 중 한두 명이라도 돌풍에서 살아남으면, 그들은 쓸려나간 집터에 다시 집을 지었다. 그것이 이 마을의 전통이었다. 집은 짓다가 부서지기도 하고, 다 짓자마자 날아가기도 했다. 그러나 그런 것은 이곳에서는 자연스러운 일이었다. 마을은 남겨진 사람들과 태어나는 아기들로 간신히 명맥을 이어나갔다. 우리 가문은 몇백 년 동안 그 광경을 지켜보았다. 이른바, 소멸의 역사의 목격자인 셈이다.

어둠 속에서 동생이 울기 시작했다. 머리맡을 더듬어 램프의 불을 켰다. 울고 있는 동생의 얼굴이 붉게 보였다. 나는 말없이 동생을 한 팔에 안았다. 팔뚝에 와 닿는 아이의 엉덩이와 허벅지 그리고 목에 감기는 팔, 모두 가늘고 약했다. 남은 한 손으로 램프를 들었다. 화장실은 아래층에 있었다. 램프를 들고 있던 팔을 멀리 뻗었다. 좁은 복도를 지나 아래층으로 향하는 계단이 보였다. 동생의 팔이 내 목을 세게 조였다. 숨이 막혔다. 시야가 좁았으므로 아주 천천히 계단을 내려가야 했다. 같은 어둠 속일지라도 아래층은 위층보다도 어둡게 느껴졌다. 나는 그것이 이물질이 아래로 가라앉는 것과 비슷한 이치일 것이라고 생각했다. 우리는 늪지대로 빨려들듯 계단을 내려갔다. 규칙적으로 창문이 덜컹거렸다. 화장실은 계단 끝 오른쪽 구석에 있었다. 나는 동생의 팬티를 벗기고 변기 위에 앉혔다. 바람 빠지는 소리가 물소리에 섞여 났다. 오줌의 양은 상당했다. 오랫동안 참은 듯했다. 얼마간의 시간이 흘렀다. 동생의 얼굴 가까이 불빛을 비췄다. 동생의 얼굴은 여러모로 나와는 달랐다. 아이는 죽은 엄마를 닮아 위태롭게 긴 목을 갖고 있었다. 처진 어깨는 언제라도 울 준비가되어 있는 것 같았다. 동생의 처량한 얼굴에 엄마의 모습이 겹쳐보였다. 오줌을 눌 때마다 동생은 자신이 보았던 것들에 대해 늘어놓곤 했다. 어제는 흰둥이를 봤어. 아랫마을 네번째 집에서 키우던 망아지 있잖아. 동생은 늘 마을의 모습을 살피며, 그 가구와 세간 들을 헤아렸다. 그리고 마음대로 이름을 붙였다. 그 흰둥이는 저번주에 바람에 날아갔잖아. 그때 너도 봤잖아. 그런데또 봤어. 흰둥이가 숲으로 뛰어갔단 말이야. 오줌 소리가 잦아들고 있었다. 동생이 보았다는 것들의 상당수는 이미 사라진 것들이었다. 물론 사라진 것들이 돌아온다는 것이 아주 말이 안 되는 것은 아니었다. 엄마의 발목도 돌아왔지 않은가. 나는 동생을 안아올리기 위해 몸을 숙였다. 그때, 정적 속에서 큰 울림이 들렸다. 동생이 화들짝 놀라며, 체중을 실어 내 목에 매달렸다. 나는 균형을 잃었다. 팔에 들려 있던 램프 불이 꺼졌다. 동생의 머리카락이 불에 그슬렸는지 탄내가 밀려왔다. 동생의 허벅지와 내 팔뚝으로 오줌이 흘러내렸다. 그것은 아버지의 코 고는 소리였다. 그 놀랄 것 없는 소리에 매번 경기를 일으키는 동생이, 나는 더욱 놀라웠다. 동생을 다시 변기 위에 앉혔다. 아랫도리를 씻기기 위해 물을 받았다. 물은 찼다. 동생의 몸이 덜덜 떨렸지만 개의치 않았다. 나는 어둠 속에서 어림짐작으로 동생을 씻겼다. 찬물이 연약한 성기에 닿을 때마다 아이는 몸을 움찔거렸다. 물기도 닦지 않고 아이를 안아올렸다. 차가운 공기에 노출된 동생의 다리에 소름이 돋았지만, 동생은 아무런 불평도 하지 않았다. 나는 손을 더듬어 계단 난간을 잡았다. 한 계단 한 계단 올라갈 때마다 동생이 하나, 둘, 숫자를 셌다. 계단은 늘 열다섯 개였다. 꽤나 긴 시간이 흐른 듯했다. 그러나 얼마나 지났는지는 알 수 없었다. 아버지의 코 고는 소리는 계속되었다.

달리는 소년들을 본다. 여섯 명의 소년들이 좁은 골목길을 달리는 것을 본다. 서로의 어깨를 부딪치며, 서로의 고함소리를 타고 넘으며, 달리는 것을 본다. 수면 위로 튀어오르는 치어떼처럼 멈추지 않고, 멈출 수 없이, 질주하는 것을 본다. 태양이 그들의 머리통을 어루만지는 것을, 턱끝까지 숨이 차오르는 것을 참으며, 나는 본다. 나는 일곱번째 소년이다. 이윽고 우리가 도착한 길의 끝에는 거대한 유리창이 있다. 유리창 아래로 하천이 보인다. 하천은 낮고 더럽다. 첫번째 소년은 아름답다. 소년의 벗은 상체는 햇볕에 부드럽게 그을려 있다. 그의 동그란 어깨와 곧은 목선, 그리고 안쪽으로 살짝 휘어진 허리를 본다. 그가 뒤를 돌아본다. 활짝 웃는 그를 보며, 나는 신의 얼굴을 본 듯 감동이 복받쳐오른다. 소년이 유리창을 향해 몸을 던진다. 산산이 부서진 유리 조각들이 그의 몸에 박힌다. 그는 한줄기 빛이 되어 하천으로 떨어진다. 물은 그의 허리춤 정도밖에 오지 않는다. 소년은 일말의 망설임도 없이 물속으로 머리를 밀어넣는다. 잠잠한 수면 위로 소년의 몸이 떠오른다. 첫번째 소년의 죽음을 확인한 나머지 다섯 명의 소년들이 일제히 창밖으로 뛰어내린다. 공중에서 활처럼 휘는 그들의 모습은 다섯 마리의 돌고래 같다. 그들이, 순교자처럼 차례로 물 위로 떠오르는 것을, 나는 경이로운 눈으로 본다. 그리고,

뒷부분은 더이상 알아볼 수 없었다. 어둠 속에서 휘갈겨 적은 글자들은 이국의 문자처럼 형체가 불분명했다. 순간의 기억을 잃지 않기 위해, 늘 급박하게 적어나갔기 때문이었다. 나는 더듬더듬 꿈을 기억해내 글자를 추측해나갔다. 그러나 도무지 알아

볼 수가 없었다. 꿈의 기록은 논리적인 작업이 되지 못했다. 문장도 불분명했다. 지난밤처럼, 휘갈긴 글자들을 알아보려 노력하다가 포기하기 일쑤였디. 내가 쓴 것이라고는 생각할 수 없는 문장들도 있었다. 그러나 그것은 분명 가치 있는 일이었다. 어제 날아간 소의 수나 마을 사람들의 수를 기록하는 것보다는 유익했다. 그것은 우리가 다시는 보지 못하는 밤의 기록이기 때문이었다.

엄마의 발목이 돌아온 후 나는 순교자의 꿈에 시달렸다. 그것은 내가 꿈속에서 본 그 어떤 풍경보다 아름다운 것이었다. 나는 죽음이 이토록 미화된 것을 본 적이 없었다. 엄마를 떠올렸다. 엄마의 죽음은 순교자의 죽음처럼 아름다운 것은 아니었지만, 자살이라는 점에서 가문의 역사에 독보적인 자취를 남겼다. 그 누구도 죽음을 선택하진 않았던 것이다. 우리의 첫번째 조상이 이곳에 뿌리를 내린 후, 우리는 원하든 원하지 않든, 이곳에서 서기(書記)의 역할을 하고 있었다. 우리가 이곳에서 가장 마지막까지 살아남을 것이기 때문이었다. 우리는 살아남는 것으로 기록하고 있는 것이라고, 아버지는 말했다. 환갑이 다 돼가는 아버지의 각진 턱과 곧은 허리는 늘 생존에 대한 의무감을 보여주는 것 같았다. 그런 아버지가 엄마의 죽음을 이해했을 리가 없었다. 그것은 전통에 반하는 행위였기 때문이었다. 아버지는 엄마의 그 어떤 부분도 이해하지 못했다. 사실, 그것은 이해할 수 있는 종류의 것도 아니었다. 엄마는 모든 종류의 감정들, 사랑, 슬픔, 믿음, 고독, 우울, 모두를 눈물이라는 한 가지 방식으로 나타냈다. 그것은 엄마에게 구분 가능한 감정들도 아니었고, 구분할 필요도 없었다. 엄마는 진정으로 감정의 속성을 알고 있었던 것이다. 엄마가 모르는 것은 대화의 방식뿐이었다.

아침은 늘 아무 일도 없었다는 듯 찾아왔다. 언젠가 나는 열대우림에 대한 책을 보면서 집을 감싸고 있는 이 나무와 흡사한 것을 본 적이 있다. 우리 마을은 결코 열대지방이 아니었다. 아랫동네의 삼나무숲만 보아도, 자라는 토양과 환경이 우리의 것과는 전혀 달랐다. 신의 축복이라 불리는 이 나무는, 어쩌면 단순히 뿌리를 잘못 내린 불운한 종자에 불과했을지도 모른다. 뜨거운 적도의 태양을 받으며, 울창한 밀림을 몇천 년간 군림해야 할 것이었는데 말이다. 나는 습관적으로 나무뿌리 사이사이의 잡초를 뽑아나갔다. 줄기가 길고 잎의 모양새가 불규칙한 잡초들은 왕성하게 자라났다. 그 바로 위 나뭇가지에 거미줄이 보였다. 거미줄은 여느 것보다 크고 튼튼했다. 방사형이 거의 보이지 않을 만큼 촘촘한 거미줄 위에는 새끼 거미들이 뭉쳐 있었다. 흔하디흔한 무당거미였다. 거미는 보통의 곤충들과는 달리 새끼와 성체의 모양새가 같다. 거미줄은 새끼들의 무게를 지탱하기 위해 팽팽하게 긴장되어 있었다. 줄 위의 거미들이 분주히 움직이고 있었다. 이미 상당수의 거미들은 나뭇가지를 타고, 위로 위로 올라가고 있었다. 잠시 후, 수백 마리의 거미들이 나뭇가지와 나뭇잎 위에 도달했다. 거미들은 일제히 다리를 펴고 꽁무니를 하늘로 치켜들었다. 적진을 앞에 둔 군인들처럼 비장한 모습이었다. 새끼들이 거미줄을 공중으로 뽑아내기 시작했다. 줄의 길이가 길어지자, 몸체가 공중으로 떠오르기 시작했다. 그리고 거미들이 바람을 타고 하늘로 날아가버린 것은, 정말이지 순식간의 일이었다. 그들은 늘 풍요로운 바람의 수혜를 누렸다. 나는 그 빛나는 실오라기들이 하늘로 날아가는 것을 보며, 거미의 달이 왔음을 깨달았다. 새끼 거미는 일정 기간 동안 자라면 유사 비행으로 멀리 퍼져나갔다. 새끼들이 모두 떠나면 어미 거미는 얼마 후 죽음을 맞이했다. 우리는 그 기간을 '거미의 달'이라고 불렀다. 그것은 곧 돌풍의 시기를 일컫는 것이기도 했다.

이 지역은 계절의 변화가 거의 없었다. 때문에 어느 때고 돌풍이 불긴 하지만, 거미의 달은 그중에서도 가장 악독했다. 대부분 생사의 갈림길은 이때 결판이 났다. 한 해의 가장 큰 고비가 바로 이 시기였다. 그러나 때가 왔다고 해서 특별히 무언가를 더 준비하는 것은 아니었다. 아랫마을 사람들은 신에게 제를 올리는 것으로 준비를 대신했다. 그들은 신을 형상화하는 법이 없었기 때문에, 그 신의 생김새를 알 수 없었다. 또한 소박한 음식을 장만했으며, 옷을 벗고 풍욕을 하는 것으로 의식을 마쳤다.

그들은 겸손했고 자연을 이해했다. 우리 집안은 그들과는 전혀 다른 신에게 제를 올렸다. 우리의 신은 나무와 조상들이었다. 우리는 예복을 입고 나무 앞으로 나아갔다. 아버지는 가문의 문장(紋章)을 나무에 새기고, 시를 읊었다. 나는 동생을 안고 한 걸음 뒤에 서 있었다. 식은 경건했으나 단출했다. 과거 번창했던 시기에는 스무 명도 넘는 친척들이 모여 큰 제를 올린 적도 있었다고 아버지는 말했다. 그러나 지금은 셋뿐이었다. 게다가 동생은 자라지도 않았다. 아버지의 눈빛은 자부심으로 가득 차 있었다. 한번은 마을의 젊은 남자와 여자가 우리집 문을 두드린 적이 있었다. 자신들은 본래 땅을 지키는 것이 가문의 전통이자 의무이므로 집을 떠날 생각은 전혀 없다는 말로 서두를 열었다. 그러나 여자와 아이가 많아 지하 벙커에 들어갈 자리가 모자란다고 했다. 함께 온 여자는 임신부였다. 마을에서 임신한 여자는 누구보다도 귀하게 대접받았다. 그러니 제발 여자를 맡아달라고 청하러 온 것이었다. 그러나 아버지는 단호했다. 첫째는 형평성에 어긋난다는 이유였고, 둘째는 누군가를 받아들이기 시작하면 틀림없이 온 마을사람들을 부양해야 할 때가 오리라는 것 때문이었다. 마지막으로는 그 집이 그들의 운명이니 살고 죽는 것도 그 집에서 해야 한다는 것이었다. 아버지의 콧대는 그 어느 때보다도 높았다. 남자와 여자는 더이상 청하지 않고 조용히 돌아갔다. 그들이 어떻게 되었는지는 알고 싶지 않았다. 우리는 올해도 살아남을 것이다. 아버지의 날렵하고 잘생긴 코가 눈에 들어왔다. 아버지는 나무가 바람에 맞서서 우리를 지켜줄 것이라고, 주문처럼 중얼거렸다. 나뭇가지 곳곳에 엄마가 매어놓은 붉은색 띠들이 바람에 나풀댔다. 나는, 우리에게는 다른 죽음의 방식이 생기지 않았느냐 반문하고 싶었으나 그만두었다.

발목의 귀환과 순교자의 꿈은 조금씩 나를 신경질적으로 만들고 있었다. 일상에 대해 짜증이 늘었고 세세한 것들에 대한 불만도 많아졌다. 무언가를 요구할 때마다 울음으로 대신하는 동생도 짜증났고, 아무리 베어도 다시 자라나는 잡초들도 지긋지긋했다. 아버지의 속옷 빨래도 하기 싫었다. 그런 것들을 겉으로 드러낼 수 없는 것이 더욱 짜증났다. 꿈속에서 보았던 첫번째 소년의 모습이 머릿속에서 지워지질 않았다. 그는 완벽했다. 내가 상상할 수 있는 가장 이상적인 인간의 모습이었다. 소년들의 육체는 에나멜 구두처럼 반짝거렸다. 그들이 창밖으로 날아가는 모습과, 그 육체를 한껏 받쳐주던 공기 따위가 엄마의 죽음과 겹쳐서 눈앞에 아른거렸다.

엄마의 고향은 남쪽의 작은 섬이었다. 그 섬은 너무 작아서, 아주 먼 옛날엔 하늘을 날던 익룡이 한쪽 다리만을 겨우 딛고 쉬어갈 수 있었다고 했다. 엄마는 종종 남쪽의 햇살이 얼마나 따스했는지, 또 그 바람은 얼마나 부드러웠는지 향수에 젖어 이야기하곤 했다. 섬은 작았지만 무엇이든 모자람이 없었다고 했다. 그리고 집 앞마당에 남아 있던 어린 익룡의 발자국 따위를 전설처럼 속삭였다. 그녀는 무엇이든 풍족했던 남쪽 사람답게 게을렀다. 그녀의 낙천적인 성격은 이곳의 기후 때문에 우울하게 변했지만, 게으름만은 변하지 않았다. 아버지는 그것을 병이라고 했다. 엄마는 동물들의 짝짓기 철이 되면 나뭇가지에 붉은 실을 꼬아 만든 띠를 둘렀다. 남쪽의 풍습이었다. 그러나 우리의 나무는 꽃을 피운 적이 없었다. 나뭇가지에 띠를 두르고 남쪽을 향해 목놓아 울 때면, 엄마는 자신을 팔려온 노예라고 생각하는 것 같았다. 그 모습은 불쌍하다기보다는 시대착오적이고 우매해 보였다. 그러나 그 처량맞은 모습은 아름다웠다. 울음은 노래 같았다.

나는 엄마의 아름다운 외모 중 그 어느 것도 물려받지 못했다. 나는 어려서부터 체구가 크고 건강했다. 넓은 어깨와 짧고 단단한 목, 그리고 각진 턱은 아버지가 물려준 것이었다. 어린 시절엔 유충이 자라 나비가 되듯, 성인이 되면 엄마처럼 될 수 있으리라 믿었다. 그러나 스무 살이 되었을 때의 모습은 어린 시절과 전혀 달라진 것이 없었다. 희망은 한갓 물거품으로 끝이 났다. 나는 우리 가문에 면면히 내려오는 우악스럽고 건장한 여자들 중 하나가 되어 있었다. 그것은 나의 정신세계가 섬세한 것과는 별개의 문제였다. 그러나 엄마는 그런 나의 남성다움을 사랑했다. 그녀는 외로움을 달래야 할 때, 아버지가 아닌 나에게 안겨왔다. 아버지와 함께 가지치기를 마치고 방으로 돌아오면, 엄마는 내 방에 혼자 앉아 있곤 했다. 내 방 침대에 앉아 베개와 이불을 천천히 쓸어내리는 엄마의 모습은 외로움과 설명할 길 없는 욕망으로 가득 차 있었다. 그러다 곧잘 내 품에 안겨 눈물을 흘리곤 했는데, 그것은 명확한 이유가 없는 눈물일 때가 많았다. 물론 아버지는 그런 엄마를 소 닭 보듯 했다. 엄마가 이 집안에서 할 수 있는 가장 훌륭한 일은 대를 잇는 것이었는데, 그것조차 뜻대로 되지 않았던 것이다. 게다가 앉은뱅이 자식이라니. 아버지는 약한 것들을 이해하지 못했다. 나는 엄마의 머리를 쓰다듬으며 오랜 시간 달래주곤 했다. 엄마는 더이상 깊이 안길 수 없을 정도로 나에게 안겨왔다. 나는 그때마다 장녀로서의 책무에 시달렸다. 나는 남자였어야 했다. 내 몸도 그렇게 말하고 있지 않은가.

아름다운 소년들의 죽음과 아름다운 엄마의 자살 때문에 내 생활은 일순 초라해져버렸다. 나는 뒤늦게 사춘기를 겪는 소년처럼 스스로 해결할 수 없는 열망에 사로잡혀 있었다. 불행한 것은, 나는 사춘기도 아니며, 소년은 더더욱 아니라는 것이었다. 그런 것들이 일상을 짜증스럽게 만들고 있었다. 바람이 점점 거세지고 있었다. 나는 내 목으로 감겨오는 동생의 팔을 거칠게 뿌리쳤다. 어린 동생의 눈에 일순 두려움이 일었다. 나는 죄책감에 시달렸다. 일기장의 읽어내지 못했던 문자들을 기억해내려 애썼으나 소용없었다.

　무풍의 상태가 이어지고 있었다. 그것이 재앙의 시작이었다. 하늘은 밝고 맑았다. 공기는 미동도 없이 그 자리에 머물러 있는 것만 같았다. 동생과 나는 그 기이한 평화로움을 아래층 창문을 통해 바라보고 있었다. 비록 나무줄기들로 인해 제대로 볼 순 없었지만, 그것들이 유리가 부서지지 않게 지켜주고 있었기에 불평할 수 없었다. 절벽 아래 반듯하게 자리잡은 집들이 보였다. 아무도 집 밖으로 나오지 않았다. 외양간의 소와 말 들이 밧줄에 감겨 바닥에 고정되어 있었다. 닭과 오리들은 철장에 갇혀, 역시 밧줄로 동여매어져 있었다. 닥쳐올 재앙을 가장 먼저 눈치챈 것은 말들이었다. 말들이 울부짖기 시작했다. 그 소리가 정적 속에 잠긴 마을을 더욱 침잠시켰다. 동생이 얼굴을 창문 가까이 들이댔다. 멀리서 모래바람이 일고 있었다. 시작이다. 내 목소리가 떨리고 있었다. 말이 끝나기가 무섭게 바람이 달려들었다. 맹렬한 속도로 바람이 창문으로 진격했다. 창문이 부서질 듯 쩡쩡 울렸다. 우리는 두려움에 뒤로 성큼 물러났다. 동생이 품안 깊숙이 안겨왔다. 그러나 눈은 여전히 창밖을 향해 있었다. 풍경은 몇십 조각으로 나뉘어져 보였다. 시선을 한곳에 맞출 수 없었다. 돌풍은 시시각각 방향을 바꾸었고 바람은 사방에서 몰

아쳤다. 바람 소리는 새의 울음소리 같기도 했고 거대한 육식동
물의 포효 같기도 했다. 그 소리만으로도 오금이 저렸다. 시야가
선명했다 흐려지기를 반복했다. 우리는 순식간에 소와 말이 공
중에서 휘둘리는 것을 목격했다. 그것들은 실 끊어진 풍선처럼
공중으로 순식간에 사라져버렸다. 다시 눈앞이 흐려졌다. 동생
이 덜덜 떨고 있었다. 동생의 눈을 가리자, 작은 손가락들이 내
손을 치워버렸다. 어린 동생에겐 잔인한 구석이 있었다. 아이는
모든 죽음을 목격하고 싶어했다. 단순한 호기심 이상이었다. 장
롱과 침대가 바람 속으로 빨려들어갔다. 집 대문에 무언가가 부
딪치며 굉음을 냈다. 닭과 오리가 들어 있던 철장인 듯했다. 명
쾌한 파열음이 쩌렁쩌렁 울렸다. 철장이 벽에 부딪히는 소리가
들리는 쪽으로 몸을 돌리는 순간, 동생이 비명을 질렀다. 돌아보
자 동생이 창밖을 가리키며 벌벌 떨고 있었다. 내 시선이 창밖
으로 옮겨졌을 때, 사람의 형체가 스치듯 지나쳐갔다. 괜찮아.
나는 커튼을 닫아버렸다. 동생이 품안에서 울먹거렸다. 엄마, 엄
마를 봤어. 동생이 비밀스러운 이야기를 하듯 귀에 대고 속삭였
다. 동생의 목소리가 노파의 음산한 목소리처럼 들렸다. 소름이
끼쳤다. 거짓말. 아이의 큰 눈에 눈물이 그렁그렁 맺혔다. 엄마
눈, 봤단 말이야. 아이를 데리고 들어가야 했다. 헛것을 보고 있
는 듯했다. 그때, 바람에 날아온 돌이 창문을 깼다. 커튼이 미친
듯이 날뛰었다. 작은 구멍을 통해 바람이 물밀 듯이 들어왔다.

나는 본능적으로 바닥에 엎드렸다. 바람이 집 안의 물건들을 헤집어놓고 있었다. 도자기와 화분 들이 모두 바닥으로 곤두박질 쳤다. 품안이 허전했다. 정신이 번쩍 들었다. 고개를 들자, 동생이 소파 밑에서 나를 쳐다보고 있었다. 아이가 입을 크게 벌리고는 껵껵댔다. 목구멍으로 울음이 되새김질되는 듯했다. 눈이 시뻘겋게 충혈되어 있었다. 아버지가 어디선가 벽돌 한 무더기를 갖고 나타났다. 나는 재빨리 동생을 끌어안고 이층 계단으로 향했다. 발밑에 무언가가 걸렸다. 작은 나무상자였다. 엄마의 발목이었다. 나는 그것을 내버려둔 채 이층으로 올라갔다.

엄마는 내 침대에서 더이상 평온할 수 없다는 듯이 잠들어 있었다. 집 안에서 하는 일이 거의 없음에도, 엄마는 늘 피로해했고 낮잠이 많았다. 엄마는 둘째를 낳고 더욱더 우울해했다. 동생은 엄마를 닮아 날 때부터 병약했고 자주 울었다. 엄마와 동생은 늘 사이좋게 울음을 나누었다. 그러나 정작 아이를 돌보는 것은 나였다. 엄마는 처음부터 동생에게 관심이 없었다. 둘째가 생기고 나의 노동량은 더욱 많아졌다. 엄마의 눈물을 받아주거나 머리를 쓰다듬어줄 시간이 자연스럽게 없어졌다. 일이 끝나면, 모자란 수면시간을 채우기에 바빴다. 반대로 불면증에 시달리던 엄마는 탁자에 램프를 켜놓고 멍하니 앉아 있기 일쑤였다. 눈을 뜨면 너무 어두운데, 눈을 감으면 세상이 너무 밝아져. 엄

마는 울먹이며 말했다. 불면이란 내가 경험해본 적 없는 것이었
으므로, 세상이 하얘진다느니 하는 것은 나로서는 도무지 납득
이 되지가 않았다. 엄마의 잠은 늘 얕았고, 아주 작은 소리에도
금세 깼다. 그런 엄마가 깊이 잠든 모습을 보는 것은 참으로 오
랜만이었다. 나는 엄마 옆에 누웠다. 엄마는 한껏 몸을 둥글게
말고 있었다. 나는 조심스레 엄마의 머리를 들어 내 팔 위에 올
려놓았다. 엄마의 낮은 숨소리가 가깝게 들려왔다. 엄마의 머리
를 쓰다듬었다. 머리는 검고 윤기가 흘렀다. 그녀의 얼굴로 흘러
내린 머리카락을 쓸어올렸다.

　해가 서서히 저물고 있었다. 엄마는 천천히 깨어나고 있었다.
엄마는 깨어나면서 내 체취를 맡고는 부드럽게 미소지었다. 그
리고 나지막이 귓가에 무언가를 속삭였다. 뭐라구요. 잘 들리지
가 않았다. 엄마는 좀더 또박또박한 발음으로 말했다. 그러나 여
전히 알아들을 수가 없었다. 엄마 잘 안 들려요. 좀더 크게 말해
봐요. 엄마는 자리에서 일어나 더욱 크게 말했다. 그러나 그녀의
입에서 쏟아져나오는 말들은 내가 알아들을 수 있는 언어가 아
니었다. 나는 당황했다. 그것은 내가 꿈결에 적은 문장처럼 낯설
고 생소했다. 나는 엄마의 말을 단 한마디도 알아듣지 못했다.
엄마는 방문을 열고 뛰쳐나갔다. 잠시 후 동생이 우는 소리가
들렸다. 엄마는 동생을 붙잡고 뭐라고 열심히 말하고 있었다. 그
러나 동생은 울기만 했다.

엄마가 날아간 것은 그로부터 얼마 지나지 않은, 어느 저녁 무렵이었다.

동생을 침대에 내려놓았다. 아버지를 도우려 허겁지겁 밖으로 나가려 할 때, 문 앞에 달린 거울에 나의 모습이 비쳤다. 뻣뻣한 머리칼이 아무렇게나 헝클어져 있었다. 얼굴빛은 척박한 이 고장의 땅덩어리처럼 검고 메말라 보였다. 나는 손바닥으로 볼을 쓸었다. 질기고 거친 가죽이 손의 방향을 따라 늘어졌다. 거울 속 여자의 얼굴은 초췌하기 이를 데 없었다. 어깨는 둥글게 굽어 있고 목에는 깊게 주름이 패어 있었다. 그것은 풍파에 찌든 노인의 모습처럼 추했다. 그 여자가 바로 나였다. 순간 나는 내가 어느 쪽으로도 되돌아갈 수 없음을 깨달았다. 시간은 포복한 맹수처럼 낮게 흘렀으나 방심하는 틈을 타 목덜미를 물듯 순식간에 지나갔다. 나는 포획된 노루처럼 질질 끌려가고 있었다. 시간에 있어서만은, 그 어떤 선택의 여지도 없는 듯했다. 내장에서 눈물이 올라왔다. 눈물은 눈이 아닌 입으로 나왔다. 헛구역질을 했다. 계속되는 헛구역질 때문에 침이 줄줄 흘렀다. 손등으로 침을 닦았다. 실핏줄이 터져 눈 주위가 푸르렀다. 모습은 더욱 음산해져 있었다. 그 모습 뒤로 동생이 보였다. 동생은 조금 전의 소란은 모두 잊은 듯 평화롭게 잠들어 있었다. 다리가 온전했다면, 동생은 아주 아름답게 자랐을 것이었다.

피로했다. 잠이 밀려왔다. 집은 아직도 돌풍에 휩싸여 있었다. 바람 소리는 먹이를 놓고 격렬히 다투는 암사자들의 울음소리 같았다.

그날 밤 해변의 죽은 범고래떼를 보았다. 뭍 쪽으로 머리를 들이밀고 죽은 고래의 무리들이 모래사장에 빼곡히 들어차 있었다. 그 사이를 동생이 가볍게 날아다녔다. 부드러운 바람이 동생을 원하는 곳으로 데려다주었다. 동생은 죽은 고래들의 머리를 쓰다듬었다. 한 마리, 한 마리, 천천히 머리를 쓰다듬으며, 동생이 범고래 무덤 사이를 노니는 모습을, 나는 오랫동안 지켜보았다.

잠결에 베개 밑을 더듬었다. 오래된 습관이었다. 그런데 있어야 할 일기장이 없었다. 나는 천천히 몸을 일으켰다. 동생은 자고 있었다. 잠버릇이 나빠 종종 일기장은 침대 아래쪽으로 밀려 내려가곤 했다. 나는 이불을 걷었다. 훅, 하고 오줌 지린내가 밀려왔다. 갑자기 불안감이 엄습했다. 이불을 모조리 걷어내었다. 시퍼런 새벽이 오고 있었다. 그 섬뜩한 빛이 침대와 동생을 감쌌다. 일기장은 동생의 다리 아래 있었다. 내가 거칠게 일기장을 빼내자, 동생이 놀라 잠에서 깼다. 동생의 등에서 허벅지에 이르기까지 누렇게 물이 들어 있었다. 일기장도 마찬가지였다. 오줌에 전 일기장은 쭈글쭈글해져 있었다. 글자들은 더이상 형체를 알아볼 수 없도록 번져 있었다. 내가 써내려간 수백 일의 기록들이 한순간에 날아가버린 것이었다. 동생이 잠이 덜 깬 눈으로 나와 일기장을 번갈아 바라보았다. 무슨 일이 있었냐는 듯, 아무것도 모르는 순진한 얼굴이었다. 나는 동생과 동생의 사타구니를 노려보았다. 내가 할 수 있는 가장 저주스러운 눈빛이었다. 동생은 아무렇게나 놓여진 자신의 다리를 내려다보았다. 동생의 눈이 크게 떠졌다. 눈동자가 심하게 흔들렸다. 어린 동생의 얼굴이 당혹감으로 일그러졌다. 눈에 그렁그렁 눈물이 맺혔다. 목구멍과 코에 물이 맺히는 듯 훌쩍대기 시작하더니 곧이어 크게 울음을 터트렸다. 나는 울음으로 상황을 모면해보려는 동생의 영악한 심산에 화가 치밀었다. 늘 자신의 연약함을 무기로 사용하는 것이 분했다. 나는 동생의 어깨를 붙잡았다. 얇은 살갗 아래 가느다란 뼈가 만져졌다. 부러뜨리고 싶었다. 약하고 힘없는 것들을 찢어버리고 싶었다. 나는 동생의 어깨를 잡은 손아귀에 더욱 힘을 주었다. 그리고 높이 들어올려 침대에서 내동댕이쳤다. 동생은 아무런 저항도 하지 못했다. 멀리 날아갔다. 방구석에 처박혔다. 오줌으로 범벅이 된 몸이 천천히 구겨지고 있었다. 정적이 찾아왔다. 동생은 정작 울어야 할 순간에 울지 않았다.

절벽 밑 마을은 폐허가 되어 있었다. 살아남은 사람들은 지하

벙커에 숨은 여자와 어린아이 들뿐이었다. 한 여자가 아기를 업고 무너진 기둥 밑에 깔린 남자를 구하려 애쓰고 있었다. 여자는 남자의 빠져나온 한쪽 팔을 잡고 있는 힘껏 잡아당기고 있었다. 그러나 남자는 조금도 빠져나오지 못했다. 도리어 팔이 빠졌는지, 몸체와 따로 놀고 있었다. 남자는 미동도 하지 않았다. 여자는 자리에 주저앉았다. 천천히, 여자가 남자의 머리를 쓰다듬어주었다. 아이들은 쓸려가고 없는 집터 위에 불을 피우고 구운 감자를 먹었다. 잡목들의 씨앗이 대기를 떠돌았다.

엄마의 발목은 구석에 처박혀 있었다. 나는 끝내 일기장을 버릴 수 없었다. 내가 던져버린 동생은 다리가 부러졌다. 원래 걷질 못했으니 상관없다. 아버지의 냉정한 말이 나에겐 위안이 되어주었다. 그러나 침대에 누워 있는 동생을 볼 때마다 드는 자기 모멸과 죄책감은 피해갈 수 없었다. 동생은 아무 일 없었다는 듯 나를 대하려 애썼으나 내가 손을 뻗기만 해도 움찔움찔 놀랐다. 동생의 몸은 점점 작아졌고, 상대적으로 내 몸은 커져갔다. 숟가락을 쥐여주기 위해 동생의 손목을 살짝만 잡았다 놓아도, 곧 그 자리에 멍이 생겼다. 짧은 시간 동안 동생의 많은 것들이 변해 있었다. 그애가 온몸을 비틀어가며 고통을 참아내고 난 후 짓는 헛헛한 웃음은 더이상 여덟 살짜리 아이의 것이 아니었다. 동생은 예전보다 좀더 자주 환영을 보았다. 사라진 것들이 많아졌으니까. 동생의 언어는 낮고 느리게 흘러나왔다. 어느새 아이는 오래된 사람의 얼굴을 하고 있었다. 어쩌면 진정한 서기(書記)는 동생인지도 몰랐다. 한쪽 팔이 되게 긴 아저씨를 봤어. 첫번째 집 점박이가 울면서 지나갔어. 눈알이 없는 여자애가 자꾸 창문을 넘어와. 동생의 참혹한 증언은 잠결에도 이루어졌다. 나도 네가 고래의 머리를 쓰다듬는 것을 보았단다. 그건 정말 예뻤어. 나는 동생의 머리를 쓰다듬어주고 싶었으나 할 수 없었다. 동생에게 하고 싶었던 말들은 입 밖으로 나오기도 전에 저절로 소멸되었다. 동생의 몸이 천천히 부패하고 있었다.

동생은 침대에 누워서 종종 돌풍이 올 것을 예견하곤 했다. 엄마가 온다. 엄마가 온다. 그러면 잠시 후 어김없이 바람이 밀어닥쳤다. 동생이 어째서 바람을 엄마, 라고 하는지 알 수 없었다. 동생의 목소리에는 어떠한 감정도 묻어나질 않았다. 그녀는 일기예보를 하듯이 엄마, 하고 불렀다. '엄마'는 태풍 따위에게 붙여지는 수많은 이름들 중의 하나처럼 들렸다. 그래서 동생이 엄마를 그리워하는 것인지 두려워하는 것인지, 짐작할 수 없었다. 아니면 그 어느 것도 아닌지. 어쨌거나 '엄마'는 주도면밀했다. 남겨진 집들, 살아 있는 사람들의 간이천막들까지 모두 남김없이 쓸어갔다. 거미의 달은 유난히 혹독했다. 살아남은 몇몇의 사람들은 좁은 지하 벙커에 몸을 숨겼다. 그들이 언제 지상에 올라와 집을 지을지, 지을 수 있을지, 알 수 없었다. 그러나 적

86

어도 삶은 지속되고 있었다.

우리는 발목을 엄마에게 돌려보내기로 했다. 가장 큰 이유는 발목의 얇은 살들이 썩으면서 고약한 냄새를 풍겼기 때문이었다. 나는 나뭇가지에 걸려 있는 수십 개의 붉은 끈 중 하나를 풀어 발목에 묶었다. 묶인 곳의 살점들이 힘없이 떨어졌다. 그 끈을 나뭇가지에 매달았다. 그러면 '엄마'가 와서 가져갈 것이라고 동생이 말했다. 내가 발목을 매다는 동안, 창문을 통해 아버지가 모두 지켜보고 있었다.

아름다운 순교자의 꿈도, 엄마의 발목도, 모두 사라지고 없었다. 오로지 죄책감만이, 썩지 않고 살아남았다. 나는 소처럼 일했다. 그리고 오래오래 살 것이었다.

아버지와 나는 산을 오르고 있었다. 날은 따스했다. 우리에게도 계절이란 게 있다면, 아마도 봄의 날씨가 이러했으리라. 나는 등에 작은 항아리를 지고 오르는 아버지의 뒤를 따랐다. 수많은 돌무더기들을 지났다. 질긴 나무들은 돌 틈에서도 뿌리를 박고 자라났다. 나무는 서서히 바위를 밀어내고 자신의 입지를 다졌다. 그렇게 자란 나무들은 강하고 거칠었다. 잎은 칼끝처럼 뾰족했다. 우리는 그런 나무들 사이를 지나고 있었다. 그런 숲에도 햇빛은 내리쬐고 있었다. 빛을 받은 항아리가 반짝반짝 빛났다. 위로 올라갈수록 나무의 수는 줄었고 산은 험해졌다. 날카로운 바위들이 이어졌다. 나는 두 팔로 바위를 짚고 올라갔다. 아버지는 여러 번 다니던 길처럼 능숙하고 쉽게 올라갔다. 항아리가 아버지의 움직임을 따라 들썩거렸다. 그러나 전혀 무거워 보이지는 않았다. 나는 그의 빠른 걸음을 쫓느라 숨이 찼다. 초행길이었다. 마을 주변의 수많은 바위산 중 가장 높은 산이었다. 큰 바위들을 몇 개 지나자 좁은 흙길이 이어졌다. 산은 높이에 따라 그 풍경을 달리했다.

우리가 산의 가장 높은 곳에 도착했을 때, 그곳엔 키가 작은 나무들이 숲을 이루고 있었다. 줄기는 굵었고 잔가지가 많았다. 가지들은 부드럽게 호선을 그리며 위를 향해 있었다. 풍성한 이끼와 버섯 들이 나무기둥에서 자라고 있었다. 잎은 넓었고 윤기가 흘렀다. 그 나뭇가지들 위에 크고 작은 항아리들이 걸쳐져 있었다. 항아리는 나무의 열매처럼, 그 수가 많았다. 그곳은 죽은 조상들이 수장(樹葬)된 곳이었다. 아버지는 항아리를 등에 진 채, 낮고 굵은 나뭇가지를 타고 나무 위로 올라갔다. 그리고 나무기둥과 가지가 갈라지는, 나무의 가장 깊은 곳에 항아리를 얹었다. 아버지는 항아리가 제대로 얹어졌는지 여러 번 두드리고 확인한 끝에 나무에서 내려왔다. 이곳의 풀들은 모두 길고 두꺼웠다. 풍성함으로 가득 찬 숲은 마치 신전처럼 경이로운 구석이 있었다. 나는 나무 위의 항아리를 바라보았다. 항아리는 나뭇잎들에 의해 푹신하게 받쳐진 듯 보였다. 멀리서 새가 울었다.

이곳은 평화롭구나. 나는 그것으로 죄책감을 조금이나마 덜고자
했다.

아버지가 보이질 않았다. 주변의 숲을 둘러보았다. 제법 떨어
진 곳에서 바스락대는 소리가 들렸다. 소리나는 쪽으로 발을 돌
렸다. 숲 깊숙이, 나뭇잎 더미 위에 아버지가 있었다. 아버지는
바지를 내리고 바닥에 쭈그리고 앉아 있었다. 맨엉덩이가 보였
다. 아버지의 엉덩이는 말린 무화과처럼 누렇고 쭈글쭈글했다.
나는 그제야 아버지가 늙고 있다는 사실을 깨달았다. 오줌은 한
참을 기다린 후에야 아버지의 벌어진 다리 사이로 힘없이 새어
나왔다.

아버지와 나는 빈 몸으로 산을 내려왔다. 내리막길은 올라갈
때보다 수월했으나, 집으로 가는 길은 멀고 지루했다. 앞서가는
그의 뒷모습은 여전히 빠르고 가벼웠지만 어딘가 피로해 보였
다. 넓은 어깨의 모서리가 뾰족하게 야위어 있었다. 아버지가 걸
음을 옮길 때마다, 옷깃 사이로 목덜미의 검버섯이 드문드문 보
였다. 집이 가까워질수록 바람은 거세졌다. 우리는 간신히 발을
떼고, 몸을 지탱해서 집에 도착할 수 있었다.

집을 지키는 나무는 점점 집을 옭아맸다. 아버지가 가지치기
를 하는 속도보다 빠르게 뿌리들이 자라났다. 나무의 뿌리와 줄
기들은 집의 미세한 틈을 비집고 들어갔다. 집에 서서히 균열이
일었다. '엄마'의 잦은 출몰로 그 틈은 삽시간에 크게 벌어지곤

했다. 그러나 나무줄기를 함부로 자를 수는 없었다. 집이 무너질지도 몰랐다. 집과 나무는 이미 한 몸이 되어 있었다. 우리가 할 수 있는 것은 고작 갈라진 곳을 흙으로 메운다거나 집이 좀더 오래 버텨주길 기도하는 것밖에 없었다. 우리는 바람보다 나무 때문에 사라질 가능성이 컸다. 그러나 그게 언제가 될지는 알 수 없었다. 어쨌거나 우리는 엄마와의 지루한 싸움을 계속해야 했다. 엄마가 물러가면, 우리도 조용히 각자의 방으로 돌아갔다. 늘 그렇듯이, 아무 말도 없었다.

시간은 천천히 흘렀다.

우리에게는 아무 일도 일어나지 않았다. 그러나 우리는 최후의 목격자가 되지 못했다.

훗날, 바람보다 오랫동안 사람이 살았다. 사람만큼, 나무도 오랫동안 살아남았다. 일기장이 남겨졌으나, 아무도 알아보지 못했다.

좀더 먼 훗날, 우리의 이야기는 뱀피리를 부는 소년들에 의해 노래로 구전되었다. 그 노래의 시작은,

마녀가 돌아왔다. 였다.

목소리

우리의 이야기가 비로소 제자리를 찾은 것만 같았다. 언니의 목소리는 단호하고 부드러웠지만, 그 내면은 무수한 두려움으로 가득 차 있었다. 그것은 내가 그리워했던 바로 그 목소리였다.

나는 먼지와 빛이 만들어낸 아이였다.

　나의 어머니는 누구인가요. 나는 보이지 않는 별자리를 찾아 헤매고 있는 언니를 향해 마지막으로 물었다. 널 낳은 것은 저기, 기어가는 쥐며느리란다. 그녀는 방 귀퉁이를 가리키며 귓가에 속삭였다. 그 목소리는 언젠가 우리의 지붕 위에서 잠시 반짝이다 사라진 어느 별의 꼬리처럼 가늘고 길었다. 비는 좀처럼 그치지 않았다. 언니는 창문에 바싹 붙어 다시 밤하늘을 뒤적이기 시작했다. 나를 키운 것도 쥐며느리인가요. 언니는 창문에서 시선을 거두지 않은 채 말했다. 아니, 널 키운 것은 길바닥에 눌러붙은 비둘기였지. 하늘은 낮고 무거웠다. 언니는 이내 포기한 듯 방 쪽으로 몸을 돌리며, 백색의 머리카락을 목 옆으로 쓸어 모았다. 창밖 어둠 속에서 가로등 불빛이 점멸하고 있었다. 언니는 문고리를 잡으며 말했다. 사실, 아무도 널 낳진 않았단다. 언니의 방문이 조용히 닫혔다.

  물속으로 사라진 남자가 있었다. 사라지기 전, 그는 등(燈)을 만드는 사람이었다. 마을 안에서 등을 만드는 사람은 그가 유일했기에, 경조사가 있을 때면 사람들은 늘 그를 찾았다. 기쁜 일이건, 슬픈 일이건, 그의 등은 한결같이 아름다웠다. 내가 어렸을 때, 그 역시 매우 젊었다. 마을은 저수지를 중심으로 둥글게 퍼져 있었는데, 그의 집은 저수지에서 멀리 떨어진 동쪽의 언덕 위에 있었다. 집은 마을에서 가장 햇볕이 잘 드는 곳에 있어, 모두의 부러움을 샀다. 그는 미남자였다. 호시절이었다. 일거리를 찾아 먼 바다로 떠난 사내들은 마을에 남은 여자들에게 많은 돈을 보내주었다. 마을에선 쉽게 꽃이 피었고, 축제도 많았다. 사람들은 그의 등을 보기 위해, 혹은 그의 얼굴을 보기 위해, 그를 찾았다. 그는 자전거 뒤 등을 한가득 싣고 마을 이곳저곳을 달렸다. 가벼운 등들은 간혹 구름인 듯 허공을 둥둥 떠다녔다. 아이들은 바닷새처럼 끼루룩거리며 그 뒤를 쫓았다. 그는 그런 아이들을 모아 등 만드는 법을 가르쳐주곤 했다. 아이들은 자갈처럼 모여앉아 얼굴이 빨개질 정도로 힘껏 풍선을 불었다. 그는 아이들의 풍선 위에 색색의 얇은 종이들을 여러 차례 덧대었다. 아이들은 풀칠이 마른 풍선을 바늘로 찔러 터뜨리며, 크게 웃었다. 그의 앞마당엔 풍선 조각과 한지 들, 그리고 웃음소리들이 날아다녔다.

언니도 그에게 등을 부탁했다. 언니가 쥐여준 돈을 들고 그의 집 마당에 들어서자, 나뭇가지에 매어놓은 색색의 풍선들과 아이들이 만들다 만 얇은 등들이 머리를 치켜들고 하늘로, 하늘로 향하고 있었다. 대기가 그들의 머리를 쓰다듬는 듯 부드럽게 앞뒤로 흔들렸다. 평상 위 등들은 볕을 쬐고 있었다. 등은 그 얼굴이 모두 달랐다. 희고 둥근 등, 나무로 만든 사각 등, 꽃봉오리 모양의 등. 햇빛을 받으며 조금씩 색을 발하는 등들은 빛을 먹고 자라는 초목들 같았다. 줄에 널어놓은 염색된 종이들을 지나자, 작업중인 그의 뒷모습이 보였다. 주인의 이름이 붙여진 완성된 등들, 알전구들, 그리고 등의 뼈대가 될 골조들이 그를 둘러싸고 있었다. 그는 낡은 탁자 위에 한지를 깔고, 물을 뿌리고, 다시 한지를 겹치는 일을 하고 있었다. 손이 희고 고왔다. 새, 호랑이, 물고기 모양의 흑지들이 벽 한가득 붙어 있었다. 그들은 그림자로만 존재하는 심해의 생물들 같았다. 그가 뼈대 위에 한지를 붙여나갔다. 종이는 옷감만큼 질기고 두꺼워 보였다. 등은 서서히 모양을 갖추어갔다. 과정은 지난했다. 지난할수록, 등은 아름다워졌다. 그는 등들의 어머니였다. 그가 흰 뼈를 맞추고,

살을 채우고, 옷을 입히면 등이 태어났다. 태어난 등들은 햇빛을 먹으며 자라나고 있었다.

그가 등을 켜 보였다. 언니의 등은 노랗고 창백했다. 나는 등 안쪽을 들여다보았다. 등의 내부는 전구의 빛과 부유하는 먼지들로 채워져 있었다.

나의 어머니는 누구인가요. 언니의 무릎을 베고 누웠다. 무릎은 마르고 딱딱했다. 졸음이 몰려왔다. 언니의 퍽 예쁜 얼굴과 굵게 땋아내린 백발이 눈에 들어왔다. 언니는 살짝 미간을 찌푸렸다. 입술이 말을 뱉어내려 하고 있었다. 성대를 통해 흘러나오는 언니의 목소리가 눈에 보이는 것 같았다. 이를테면, 언니의 목소리는 목련의 겨울눈 같았다. 서로 엉겨붙은 어린잎들이 공포에 떨며 단단한 비늘로 무장하듯, 언니 목소리의 기저에는 두려움이 깔려 있었다. 언니는 그것을 부드럽지만 단호한 어조로 감쌌다. 널 낳은 것은 숲속 웅덩이였단다. 언니는 내 이마를 쓰다듬었다. 그럼 나를 키운 것도 웅덩인가요. 나는 바들바들 떨며 물었다. 언니의 손이 내 왼쪽 귀를 감쌌다. 아니, 너를 키운 것은 그곳의 물뱀이었지. 목소리는 언니의 손을 통해서 들려오고 있었다.

저수지가 있었다. 먼 옛날, 저수지는 마을을 뒤덮을 정도로 컸다고 언니는 말했다. 북쪽에서부터 흘러내려온 강의 지류가 자연스럽게 고여 저수지가 되었던 것이다. 그땐 단지 낮은 산이 있었고, 물이 있을 따름이었는데, 오랜 시간에 걸쳐 저수지는 자신의 입지를 줄이고 몇 개의 웅덩이를 낳았다. 사람들은 서서히 말라가는 땅 위에 집을 짓고 살았다. 저수지가 마을을 기른 것이라고, 언니는 말했다. 저수지의 물로 섭생에 필요한 많은 것들을 재배할 수 있었던 탓이다. 웅덩이는 저마다 크기가 달랐다. 사람들은 각각의 웅덩이에 이름을 붙여 마을을 구획했다. 웅덩이 주변은 늘 음습했기에 사람들은 될 수 있는 한 웅덩이에서 멀리 떨어져 살았다. 사람들은, 빛이 가장 잘 드는 곳에 집을 지었다. 마당을 두고, 큰 창문을 내었다. 웅덩이엔 키가 큰 갈대들과 귀신들이 살았다. 우리는 마을과 떨어진 북쪽의 가장 작은 웅덩이 근처에 살았다. 그것은 웅덩이라기보단 늪에 가까웠다. 늪은 좁고 길었으며, 숲이 감싸안고 있었다. 늪에서 자라나는 나무는 그 줄기가 가늘고 길었다. 그들은 모두 땅으로 고개를 처박고 어둠 속으로 머리를 들이밀고 있었다. 잎은 늪의 젖은 흙을 먹고 자라 얇고 색이 검었다.

우리집은 늘 늪의 영향을 받았다. 사시사철 이불은 눅눅했고, 벽에는 물이끼가 꼈다. 나는 자주 피부병을 앓았다. 그것은 언니도 예외는 아니어서, 지난 여름엔 허벅지에 곰팡이가 슬어 의원을 모셔온 적도 있었다. 언니는 다리의 균 때문에 고열에 시달렸다. 정수리까지 열꽃이 피었다. 언니는 붉은 얼굴로 꿈결처럼 이야기를 내뱉었다. 그것은 오래된 전설 같기도 했고, 이국에서 떠도는 풍문 같기도 했다. 나는 그것으로 언니의 나라를 상상했다. 나는 언니에 대해 아는 것이 없었다. 고향이 어디인지, 왜 밤마다 불길한 소리로 가득 차는 이곳을 떠나지 않는지, 언니를 낳은 것은 누구인지를. 다만 질긴 거죽과 비쩍 마른 다리를 보며 언니의 나이를 가늠할 뿐이었다.

그는 때때로 통곡을 하며 등을 만들었다. 쉽게 핀 꽃들은 쉽게 지는 법이어서, 마을의 호시절은 오래가지 않았다. 먼바다의 교각공사에 동원되었던 사내들 중 몇 명이 실족사했다. 소식을 들은 미망인들은, 그러나 시신을 거두지 못했다. 그들의 시체는 바다 어딘가를 떠돌고 있거나 물고기들의 먹이가 되었을 것이었다. 여인들은 전언만으로 죽음을 믿어야 했다. 더러는 그 사실을 믿지 않기도 했지만, 그것은 죽음을 인정하는 다른 방법에 지나지 않았다. 그들은 사내들의 죽음보다 앞으로의 삶을 더욱 걱정했다. 여자들은, 죽음보다 더 많이, 자신들의 남은 삶을 위해 울었다. 그는 조등(弔燈)을 만들었다. 그의 집 앞마당에는 흰 등들이 상을 당한 가구 수만큼 늘어서 있었다. 등에 새겨진 글자가 너무 크고 무거워, 등은 바람이 불어도 날아갈 것 같지 않았다. 그는 등을 만드는 내내 통곡했다. 그의 울음소리는 장송곡처럼 마을 전체에 퍼져나갔다. 사내들의 죽음을 온전히 애도하는 것은 그의 목소리뿐일 것이라고 나는 생각했다. 나는 울음 속에서 태어나는 조등들을 바라보며, 함께 울었다. 그것은 죽은 사내들을 애도해서가 아니라, 환영받지 못한 채 태어나는 조등의 운명에 연민을 느꼈기 때문이었다. 햇빛을 받아도 빛나는 법이 없는 조등과 아무도 낳았다고 주장하는 사람이 없는 나는, 일종의 불행의 동지였다. 등은 쓰임새가 다하면 망설임 없이 버려질 것이었다. 나는 만성습진으로 붉게 물집이 잡힌 얼굴을 긁으며 언니의 목소리를 떠올렸다. 언니의 목소리는 먼 데서 들려오는 노랫소리처럼, 형체가 불분명하지만 아름다워 쉽게 잊히지 않았다. 언니의 말은 믿을 수도 믿지 않을 수도 없는, 믿거나 믿지 않거나, 의 범주를 벗어난 것처럼 들렸다. 일종의 저주와 같았지만, 누군가에게 분노할 수 없는 그런 종류의 것이었다. 돌이켜보건대, 나는 언니를 사랑했다. 몸에 퍼져 있는 물집들을 잡아뜯었다. 나는 정말 늪이 낳은 아이일지도 모른다고 생각했다. 터진 자리에서 투명한 물이 나왔다. 나를 키운 것은 정말 물뱀일지도 몰랐다. 나는 두 팔과 두 다리를 뻗어 조등과 함께 볕을 쬐어 말렸다.

그는 그후로도 자주 조등을 만들어야 했다. 비보는 간격을 두고 마을 대문을 두드렸다. 밤이 되면 조등들은 노랗게 빛이 났다. 그 풍경은 아름다웠다. 마을은 오랫동안 전을 부치고, 고기를 삶고, 술을 내렸다. 그 모습은 축제를 할 때와 크게 다르지 않았다. 아이들은 축제와 상을 구분하지 못했으므로, 늘 신이 났다. 시체가 돌아오는 법은 없었다. 그들은 빈 관을 내리고 가묘를 세웠다. 남은 여인들은 시장으로 나갔다. 그들은 딱히 할 줄 아는 것이 없었으므로, 사내들이 죽었을 때처럼, 전을 부치고 고기를 썰어 내다팔았다. 장에는 조등처럼 부풀린 쌀과자가 주렁주렁 열렸다. 기름 냄새가 진동을 했다.

언니는 그가 만들어준 등을 머리맡에 두었다. 등은 마을에 내걸린 조등과 비슷했다. 그 창백한 등의 불빛만으로도 언니는 안온함을 느끼는 듯했다. 언니는 등에 천천히 볼을 갖다댔다. 머리칼이 노랗게 빛났다. 언니의 백발은 쉽게 빛을 흡수했다. 입가에 작게 미소가 서렸다. 언니는 마을의 모든 죽음에 관한 이야기들에서 벗어나 있었다. 뿐만 아니라 모든 소식들이 언니를 비껴갔다. 나는 언니가 마을의 다른 사람과 이야기하는 것을 본 적이 없었다. 내가 언니를 대신해 마을로 나가기 전까지, 우리의 살림은 부박하기 이를 데 없었다. 언니는 집 밖을 나서지 않았기 때문에 우리는 늘 오래된 간장과 밥을 먹었다. 밤이 되면 서로의 머리를 긁어주었다. 방바닥에 살비듬이 쌓여갔다. 나는 숲의 나무줄기처럼, 혈색은 나쁘지만 길게 자라났다. 언니는 내가 집과 웅덩이 밖으로 나가는 것을 막지 않았다. 나는 마을을 돌아다니면서 본 모든 것들을 언니에게 전해주었다. 처음 장에 다녀왔을 때는 너무 흥분해서 목소리가 천장에 닿을 만큼 커지기도 했다.

너구리, 사자, 여우, 늑대, 호랑이, 원숭이의 가면을 쓰고 뛰어다니던 소년들의 이야기며, 갓 찐 만두 냄새와 콩고물 냄새가 얼마나 좋았는가에 대해 장황하게 늘어놓았다. 언니는 그 답례로 눈에 보이지 않는 것들에 대해 얘기해주었다. 오래 전의 이야기들, 내가 태어나기 전의 이야기들을, 혹은 마을이 태어나기 이전의 신비로운 이야기들을, 언니는 눈으로 본 듯 선연히 그려내었다. 우리의 이야기는 교차점이 없는 듯 보였다가, 어느 순간 마주치기도 했고, 손을 잡고 멀리 뻗어나가기도 했다.

언니는 마을에 만연해 있는 죽음에 대해서는 관심이 없었다. 시신이 없었으므로, 죽음에 관하여 갖가지 풍문이 나돌았다. 죽음은 하나인데, 떠도는 소문은 수십 가지였다. 공식적인 이유는 모두 실족사였다. 실족사는, 모든 죽음의 이유들을 대표하는 관료적인 추상어가 되어버렸다. 언니에게 새로운 죽음의 소식들과 빈 관에서 시취가 났다더라, 하는 풍문들을 전해주었지만, 언니는 곁귀로 듣는 듯했다. 빛이 들지 않는 곳의 오래된 장독에서 간장을 퍼올리며, 언니는 그들이 연근해에서 잡히는 수많은 잡어들 중 하나가 되었을 것이라고 말했다. 바다에 간다면, 누구든 인간으로 남긴 힘들 거라고, 언니는 말했다. 그럼 그들은 죽지 않은 건가요. 나는 물었다. 언니는 말없이 장독 뚜껑을 닫았다. 지독한 간장 냄새가 밀려왔다.

그의 통곡은 상이 끝난 후에도 이어졌다. 그는 사람들이 느끼

는 것보다 몇 곱절의 비통함을 느끼고 있는 것 같았다. 붉은 비
단을 두른 등을 만들면서, 한 잎씩 떨어지는 화등(花燈)을 만들
면서도, 그는 쉬지 않고 울었다. 다시 그의 집에는 아름다운 등
들이 볕을 쪼이게 되었지만, 아무도 가질 수 없었다. 그는 오직
자신만을 위해 등을 만들었다. 노인들은 죽은 사내들의 영혼이
모두 그의 등 속으로 들어갔을 것이라고 말했다. 그들은 곧 등
속의 영혼들이 그를 데려갈 것이라고 믿었다. 그가 울음으로 만
들어낸 등들은 이전의 등이 가졌던 소박함과 견고함과는 거리가
멀었다. 그것은 위태로워 보였지만, 어딘가 비극적이었고, 그래
서 더욱 아름다웠다.

그가 물속으로 사라지던 날, 나는 그 광경을 언니에게 자세히
이야기해주었다. 언니는 전에 없이 나의 말을 경청했다. 언니는
손을 꼭 쥐었다가, 눈을 크게 떴다가, 혹은 눈을 감고 크게 심호
흡을 하며 내 이야기를 들었다.

등들, 모든 등들이 물 위에 있었다. 넓은 저수지 위로 그의 등
들이 떠다녔다. 등들은 서로 부딪혀 거꾸러지기도 했다. 균형을
잃은 등은 금세 수면 아래로 가라앉았다. 아마도, 그는 그런 모
습으로 사라졌으리라. 저수지를 향해 가지런히 모아진 그의 신
발을 보지 않더라도, 사람들은 수면 위를 부유하는 등만으로도
그의 죽음을 알아차렸다. 내가 보았던 모든 등들, 마을 사람들이

보았던 모든 아름다운 등들이, 혹은 노인들이 보았던 사내들의 영혼이 가득 담긴 등들이, 그곳에 있었다. 등 내부에 촛불이 있어, 등은 별보다도 밝게 빛났다. 그는 그 빛의 계단을 타고 내려간 것이라고 나는 생각했다. 시간이 지나자 물에 젖은 등들이 하나 둘 수면 아래로 가라앉았다. 나는 비단으로 만들어진 마지막 등이 사라질 때까지 자리를 지켰다. 그것이 그에 대한 예의라고 생각했다. 그가 통곡으로 사내들의 죽음을 애도했듯, 나는 그의 등들이 수면 아래로 가라앉는 것을 지켜보는 것으로 그를 애도하기로 마음먹었던 것이다.

등들이 모두 가라앉자 어둠이 찾아왔다. 마을은 적막 속에 잠겼다. 밤은 어제와 같은 두께의 어둠 속이었지만, 사람들은 어제보다 더 어두워지기라도 한 듯, 서로의 손을 붙잡고 집으로 돌아갔다. 피로한 듯 아무 말도 없었다. 누군가의 등에 업혀 있던 아기가 길게 울음을 터뜨렸다. 마을은 겨울잠을 자기 위해 땅속으로 몸을 들이미는 짐승처럼, 더욱 깊이 침잠되어갔다. 나는 곧 폐가가 될 그의 집을 바라보았다. 이제 그의 집을 찾는 것은 빛과, 빛 사이를 부유하는 먼지뿐일 것이었다.

며칠 후 사람들은 저수지에 그물을 드리웠다. 수많은 등의 잔해들이 걸려져 나왔지만, 그의 시체는 발견되지 않았다.

언니는 그가 별로 간 것이라고 믿었다. 그녀는 우리 지붕 바로 위에 박힌 낙타자리의 앞다리를 가리키며, 그는 저곳에 있어, 라고 말했다. 언니의 얼굴이 순식간에 붉게 달아올랐다. 나는 언니의 볼에 손등을 갖다댔다. 열이 있어요. 언니는 고개를 저었다. 언니의 눈은 별자리에서 떨어질 줄 몰랐다. 나는 언니에게 그의 마지막에 대해 이야기한 것을 후회했다. 그후 언니는 더이상 마을의 지나간 이야기를 해주지 않았다. 이야기는 온전히 나의 입에서만 나왔다. 그것을, 언니가 원했다. 나의 이야기는 한정된 시간과 한정된 공간에서 무한히 반복되었다. 그의 집을 처음 찾았을 때, 울고 있는 그를 보았을 때, 그가 사라졌을 때의 이야기를, 노래처럼 읊조렸다. 시간이 흐르자 이야기는 일정한 주제 안에서 조금씩 변주되었고, 때로 한 부분이 여러 번 반복되었으며, 어떤 부분은 건너뛰기도 했다. 그의 이야기에는 음조가 생겼고, 일정한 운율이 생겼다. 그는 곧 시가 되었다. 언니가, 그것을 원했다. 나는 별자리를 찾아 헤매는 언니를 바라보았다. 언니가 찾고 있는 별자리를 바라보았다. 오래 전 언니가 속삭였던 낙타자리에 관한 전설을 떠올려보려 했지만 기억나지 않았다.

그후 언니는 매일 밤 별자리를 보며 입덧을 했다. 마을은 자주 정전이 되었고, 나는 어둠 속에서도 조금씩 자라고 있었다. 꿈속에서 자꾸 사람을 죽였다.

비는 좀처럼 그치지 않았다. 유례없는 폭우였다. 언니는 더이상 별을 볼 수 없어 병이 들었다. 하늘은 낮아질 대로 낮아져, 밤낮을 가리지 않고 그르렁댔다. 낮과 밤의 구분은 소용없었다. 나는 언니를 위해서 수십 번이고 수백 번이고 그의 이야기를 들려주었다. 그것 역시 소용없었다. 나의 목소리는 무능했다. 언니는 자주 열이 올랐다. 어지럼증을 느꼈고, 오랫동안 음식을 먹지 못했다. 나는 무작정 마을로 향했다. 무엇이든 언니의 입을 벌리고, 먹이고 싶었다.

웅덩이는 마을의 지형을 바꿀 정도로 크게 자라 있었다. 숲에선 나뭇잎이 서로 부딪쳐 찰캉이는 소리를 냈다. 숲의 소리는 언제나 불길하고 음습했다. 뒤를 밟듯 소리들이 따라다녀, 쉽게 떨쳐내기 힘이 들었다. 나는 한참을 돌아서야 마을 장터에 도착했다. 우의 속으로 자꾸만 빗물이 들어왔다. 양쪽으로 늘어선 좌판들은 대부분 문이 닫혀 있었다. 흐릿하게 불 켜진 간판이 보였다. 나는 안도의 한숨을 쉬었다. 그 불빛 때문에 주위가 더욱 어둡게 느껴졌다. 두려움이 일었다. 눈썹에 맺히는 빗물을 닦아내었다.

시장 끝에서 우우우 하는 고함소리가 들려왔다. 한 무리의 아이들이 어둠을 밟으며 달려오고 있었다. 너구리, 사자, 여우, 늑대, 호랑이, 원숭이, 모두 여섯이다. 가면을 쓴 아이들이 나를 향해 돌진해왔다. 너구리가 일등이다. 여우가 사자의 어깨를 짚으며 앞서 나갔다. 늑대가 발을 동동 굴렀다. 아이들은 순식간에 스쳐 지나갔다. 머나먼 기억 속에 유골처럼 묻혀 있던 언젠가의 일들이 떠오르고 있었다. 나의 시선이 그들을 좇았다. 아이들이 입은 우의가 망토처럼 휘날렸다. 무리는 폐허 같은 시장통을 두려움 없이 내달렸다. 달리다, 호랑이가 뒤를 돌아보았다. 원숭이가 장난스럽게 나에게 손짓했다. 어서 오라구! 개구리! 그들은 나에게 개구리! 라고 불렀었다. 뒤를 돌아보았지만, 아무도 없었다. 가슴이 뛰었다. 나도 모르게 발을 떼었다. 발보다 먼저, 가슴이 앞서 나갔다. 원숭이는 멈춰 서서 자꾸만 나에게 오라고, 오라고 했다. 나를 호명했다. 나는 새로운 인생을 선물받은 듯 신이 났다. 나는 개구리구나! 나는 누군가에게 이름이 불린 적이 없었으므로, 이름이 없었다. 나는, 개구리구나! 내 귀가 터지도록, 마음속으로 크게 외쳤다. 아이들은 골목길 사이로 순식간에 사라졌다. 갑자기 조바심이 일었다. 그들을 따라잡기 위해 뛰려는 순간, 요란한 발소리가 뒤따라 나타났다. 발소리의 주인은 개구리 가면을 쓴 소년이었다. 배가 잔뜩 나온 아이는 골목길 앞에서 두리번거리더니 이내 사라져버렸다. 아이들의 자취는 빗물에 금세 씻겨내려갔다. 아이들이 사라진 자리 위로 어둠이 내렸다. 시장은 다시 침묵에 휩싸였다. 나는 한동안 발을 뗄 수가 없었다. 날씨는 갑자기 더욱 추워졌고, 나는 애꿎은 날씨를 원망했다. 그 추위가 내 등을 툭툭 치며, 개구리는 네가 아니었어,

라고 말하는 것만 같았다. 부끄러웠다. 나도 모르게 주먹을 쥐었다. 어깨에 힘이 들어갔다. 누가 내 뒷덜미를 움켜쥐고 있는 듯 무게감이 느껴졌다. 의식적으로 힘있게 뒤를 돌아, 불이 켜진 간판을 향해 빠르게 걸었다. 고인 물들이 발길을 잡았다.

잊고 있었던 기억들이 유령이 되어 나타나, 그 존재를 인식시켰다. 잊지 말라고, 어느 것도 잊어서는 안 된다고 말하는 것만 같았다. 오래 묵은 감정들이 새것처럼 다시 생겨나고 있었다.

나의 어머니는 누구인가요. 언니는 담쟁이넝쿨처럼 창문에 달라붙어 있었다. 절반으로 줄어든 머리카락이 힘없이 축 늘어졌다. 보이지 않는 별자리를 찾아 헤매고 있는 언니를 향해, 오랫동안 하지 않았던 질문을 던졌다. 곧 무성의한 대답이 돌아왔다. 힘을 잃은 언니의 목소리에서, 언니가 죽어가고 있는지도 모른다고 느꼈다. 창밖 점멸하는 가로등 불빛 아래, 주렁주렁 매달린 죽음의 그림자가 보였다. 가로등은 자꾸만 깜박거려, 우리가 어둠 속에 있다는 사실을 더욱 자명하게 만들어주고 있었다. 가로등 때문에, 우리는 어둠이 더욱 어둡다고 느꼈다. 완전한 어둠 속이라면 우리는 좀더 안온할 수 있지 않을까. 언니는 지난 많은 기억들을 잃어버리고 있었다. 나는 간혹 언니가 나에게 해주었던 옛이야기들을 언니에게 고스란히 들려주었다. 언니는 그것을 마치 처음 듣는 듯 받아들였다. 우리의 이야기는 처음부터 서로 주고받는 것이었으므로, 내가 언니에게 들었던 이야기를 다시 되돌려주는 것은 어쩌면 당연한 것인지도 몰랐다. 그러나 언니가 예전처럼 나에게 이야기를 들려주는 일은 없었다. 언니는 때때로 어린아이처럼, 노인처럼 굴었다. 때때로 자제력을 잃었고, 판단력을 잃었고, 배려심을 잃었다. 언니는 언제부터 머리카락이 백색이었을까. 나는 목 옆으로 머리카락을 쓸어모으는 언니를 바라보며, 오래 전부터 해왔던, 혹은 한 번도 하지 않았던 질문들을 새삼스럽게 던지고 있었다. 질문들은 빗물이 창문에 튕겨나가듯 나에게 되돌아왔다. 나는 여전히 언니에 대해 아는 것이 없었다. 언니는 영원히 자신에 대해서 아무것도 알려주지 않을지도 몰랐다. 언니에 대한 감정들은 시간이 흐름에 따라 조금씩 변했다. 시간이 지나면, 감정도 변한다는 사실을 받아들이기 어려웠다. 나의 무능과 언니의 무능 모두에 화가 났다. 언니는 여전히 오래된 장독에서 간장을 퍼올렸고, 나는 수백 번을 속삭여도 언니의 병을 치유하지 못했다. 나를 낳은 것이 쥐며느리든, 숲속의 웅덩이든, 상관없다고 생각했다. 언니가 나의 출생을 인정하지 않은 것만이 분명한 사실이기 때문이었다. 언니가 나의 죽음은 인정할까. 가로등 아래 매달린 죽음의 얼굴이 나의 얼굴처럼 비쳐보였다. 우리는 각자 많은 것들이 변했다. 그러나 우리의 상황은 전혀 달라지지 않았다. 언니는 여전히 자주 신열을 앓았고, 나는 온몸에 퍼진 습진을 긁지 않기 위해 장갑을 끼

고 잠을 자야 했다. 우리에게는 악습만이 남았다. 언니의 방문이
굳게 닫혔다.

불이 켜진 곳은 작은 신발가게였다. 가게 앞 좌판엔 아동용
운동화와 에나멜구두 들이 두서없이 놓여 있었다. 맥이 풀렸다.
돌아가려는 찰나, 비닐을 씌운 유리문이 요란한 소리를 내며 열
렸다. 작은 얼굴 하나가 나타났다. 말간 얼굴의 여자아이였다.
나는 겸연쩍어 손사래를 치며 뒤로 물러났다. 소녀는 문밖으로
발을 내디뎠다. 맨발이었다. 무표정한 소녀의 눈이 가늘게 접혔
다. 곧고 얇은 머리칼이 어깨에 닿아 휘어져 있었다. 소녀가 팔
을 뻗어 당황한 내 손을 붙잡았다. 손은 작고 따뜻했다. 빗물이
자꾸 우의 속으로 들어와, 몸이 떨렸다. 소녀가 양손으로 내 팔
을 잡고, 들어오라는 듯 흔들었다. 팔이 개 꼬리처럼 달랑달랑
흔들렸다. 나는 갑작스러운 환대에 이끌려 가게 안으로 들어갔
다. 가게는 좁고 누추했다. 한쪽에는 신발이 들어 있는 박스가
아무렇게나 쌓여 있었고, 다른 한쪽에는 평상이 있었다. 평상 위
에는 얇은 여름용 이불과 방석이 놓여 있었다. 소녀가 막 빠져
나온 듯, 이불이 젖혀져 있었다. 그 위로 백열전구가 바람에 천
천히 흔들렸다. 소녀는 잡은 손을 놓지 않았다. 갑작스러운 온기
에 몸이 부르르 떨렸다.
소녀는 아, 하고 입을 벌렸다. 그리고 몇 개의 입모양을 더 만

들어내었지만, 의미를 알 수 없었다. 나는 반사적으로 고개를 숙여 소녀의 입술 가까이 귀를 대었다. 날카롭고 째지는 소리는 언니가 들려준 고래의 울음소리와 흡사했다. 소리는 몇 개의 높고 낮은 음들로 이루어져 있었다. 볼의 붉고 푸른 실핏줄이 입을 벌릴 때마다 이리저리 움직였다. 소녀의 붉은 혀가 입 밖으로 나왔다 들어갔다. 나는 알 수 없는 긴장감을 느꼈다. 소녀가 나를 이끌었다. 몸짓이 마을의 아름다운 여인들처럼 교태스러운 데가 있었다. 몸체와 어울리지 않는 행동과 목소리 때문에 소녀는 동물처럼 느껴졌다. 소녀와 나는 언어가 달랐으므로, 우리는 전혀 의사소통이 이루어지지 않았다. 소녀는 나를 평상 위에 앉히더니 가볍게 내 위에 올라탔다. 나는 상체를 뒤로 빼며 물러났다. 작은 얼굴이 불쑥, 다가왔다. 치마 밑으로 한 뼘밖에 되지 않는 소녀의 흰 허벅다리가 보였다. 나는 얇은 어깨를 붙잡고 뒤로 밀었다. 안 돼. 목소리가 떨렸다. 얼굴에 열이 올랐다. 소녀는 또다시 가늘게 눈을 접으며, 치마 앞섶에 붙은 앵두 모양의 주머니를 뒤적거렸다. 소녀는 몇 개의 알사탕을 내밀더니 어깨를 한껏 앞으로 모았다. 소녀의 어깨는 너무 얇아서 날개처럼 반으로 접힐 것만 같았다. 나는 소녀의 손에 끈적끈적하게 달라붙어 있는 사탕을 받아들었다. 사탕엔 옷의 보풀과 죽은 개미가 붙어 있었다. 목뒤에 힘이 들어가는 것이 느껴졌다. 소녀가 양팔을 들어 내 목을 휘감았다. 나는 소녀를 밀쳐낼 수도 있었다.

소녀의 행동은 거침이 없었고, 기계적이었다. 문득 의문이 들었다. 소녀는 자신이 하고 있는 행동의 의미를 알고 있을까. 혹은, 나는 그녀가 하고 있는 행동의 의미를 알고 있는 것일까.

손바닥을 핥았다. 사탕은 오래 묵은 듯, 눅눅하고 짠맛이 났다.

저수지가 범람했다. 낮은 지대의 집들이 물에 잠겼다. 하수구로 물이 역류했다. 여자들은 온 힘을 다해 구멍을 막았지만, 세간들이 물 위를 둥둥 떠다니는 것을 막을 수는 없었다. 남쪽이라 볕은 잘 들지만 낮은 지대에 집을 짓고 살았던 두 아들의 어머니인 여자는, 울면서 집 안으로 들어온 물을 퍼날랐다. 첫째아들은 우는 엄마를 달래며, 엄마보다 더 빨리 물을 퍼내려 온 힘을 다했다. 둘째는 태어난 지 얼마 안 돼, 엄마의 등에 업혀 함께 울었다. 비는 쉬지 않고 내려, 아무리 물을 퍼내도 소용없었다. 여자는 무릎까지 차오르는 물에 공포를 느꼈다. 뒤돌아보자, 첫째아들은 허벅지까지 오는 물과 싸우고 있었다. 여자는 결심한 듯 아들의 손을 잡았다. 여자는 두 아들과 집을 나섰다. 물살때문에 발을 떼는 것조차 쉽지 않았다. 사실 그들을 붙잡는 것은 집에 대한 미련이었을 것이다. 여자는 힘을 내서 한 발 한 발앞으로 나아갔다. 그때, 첫째아들이 큰 소리로 여자를 불렀다. 엄마, 저것 좀 보셔요. 여자는 아들이 가리키는 방향으로 고개를 돌렸다. 여자는 깜짝 놀라 더 크게 울었다. 여자의 울음소리가 너무 커서, 물을 퍼내던 이웃들이 몰려들었다. 오래 전에 물속으로 사라진, 등을 만드는 남자의 시체가 여자의 집 쪽으로 물살을 따라 둥둥 떠내려오고 있었다. 곧 사이렌이 울렸다. 더 많은 사람들이 몰려들었다. 남자의 시체는 여자의 집 부엌으로 흘러들어가고 있었다. 여인들은 그를 밧줄에 묶어 뭍으로 건져내었다. 여자는 또한 계속 울면서, 지금까지의 일들을 설명해나갔다. 그녀의 어린 둘째아들은 그사이 까무룩 잠이 들었다. 사람들이 그를 끌어올려놓은 곳은 우연하게도 동쪽의 낮은 언덕 위, 바로 그의 집 앞이었다. 그의 집은 폭우 속에서도 끄떡없는, 마을에서 가장 안전한 지대에 있었던 것이다. 나는 형체를 알 수 없을 정도로 물에 불은 그의 시체를 오랫동안 목도했다. 이미 눈알이 사라지고 없는 그의 눈구멍을, 짓눌린 코를, 민물고기에게 물어뜯긴 두피를, 두부처럼 뚝뚝 끊긴 손가락을, 내 눈에 담았다. 담아서, 언니에게 보여주고 싶었다. 언니가 까무러치고, 공포에 떠는 모습을 보고 싶었다. 그리하여 더이상 언니가 별을 세는 일이 없기를 바랐다. 그리하여, 우리의 관계가 예전으로 돌아가기를 바랐다. 언니가 예전처럼 내 머리칼을 쓰다듬으며 북극해의 고래 이야기나, 산속에 사는 커다란 멧돼지 이야기를 들려주기를 바랐다.

문득 소녀의 얼굴이 떠올랐다. 소녀의 붉은 혀가 떠올랐다. 동물 같은 목소리가 떠올랐다. 말하되, 의미를 전달하지 못하는 낮선 언어가 떠올랐다. 나는 그것이 소녀의 미덕이라고 생각했다. 그러나 곧 소녀의 행동들이 떠오르자, 마음이 불편해졌다. 나는 말이 통하지 않는다는 이유로 소녀와의 일을 무마하려 하고 있었다. 어둠 속으로 모든 일들을 밀어넣어두고, 기억하고 싶은 것만 꺼내어놓으려 했지만, 마음대로 되지 않았다. 소녀와의 일련의 일들 때문에 언니와 나와의 관계는 외려 간단하게 정리되는 것 같았다. 우리는 되돌아갈 수 있을까, 의구심이 들었다. 마음은 가볍기 이를 데 없어, 쉽게 방향을 바꾸었다. 우리는 식은 밥처럼 억지로, 맛없이 먹어야 되는 그런 관계 같았다. 나는 두 사람 모두에게 죄책감을 느꼈다.

그는 오랜 시간에 걸쳐 집으로 돌아왔다. 집 안을 떠돌던 먼지들이 오래된 지우처럼 그를 맞이해주었다. 그의 집에서 변한 것은 하나도 없었다. 사라진 것도 없었다. 변한 것은, 그 자신뿐이었다.

저수지는 처음으로 되돌아가려고 하고 있었다. 먼 옛날, 마을이 생기기 이전으로 되돌아가려는 듯, 다시 북쪽으로부터 흐르는 강줄기가 되려는 듯, 몸체를 불리고 있었다. 웅덩이들은 자라 저수지에 편입되었다. 마을은 깨금발을 한 어린아이처럼 불안하고 위태로웠다. 여인들은 집 안으로 들어오는 물을 퍼나르다가, 그 물이 무서워져 언덕 위로 도망쳤다. 호시절에 그랬듯, 여인들은 등을 만드는 남자의 집 대문 앞을 서성거렸다. 다시 그의 앞마당에는 아이들이 모였다. 아이들은 간이 천막에 몸을 담았다. 점토처럼 꼭꼭 뭉쳐서 떨어지지 않았다. 여자들은 멀리서 집이 잠겨가는 것을 지켜보았다. 그들 중 하나가 결심한 듯이 나무판자로 막아놓았던 그의 집 문을 뜯어내기 시작했다. 기다렸다는 듯, 몇몇이 거들었다. 문을 열자, 갇혀 있었던 시체 썩는 냄새가 밀려왔다. 무수한 빗방울이 떨어지고 있어, 시취는 멀리 가지 못하고 집 앞을 맴돌았다. 여자들은 오래된 먼지와, 냄새와, 거미줄을 걷어내었다. 그들은 방 안으로 들어가 침대에 녹아내릴 듯 달라붙어 있는 그의 시신을 떼어내려고 했다. 썩은 살은 오래된 음식 찌꺼기처럼 침대보에 달라붙어 잘 떨어지지 않았다. 여자들은 침대보로 그를 감쌌다. 그를 건져올렸을 때처럼, 밧줄로 동여매었다. 누군가가 밧줄 끝에 돌을 달았다. 아무도 지시하는 사람이 없었지만, 그들은 손발이 잘 맞았다. 여자들은 구령을 붙여가며 남자를 들어올렸다. 폭우 속으로, 여자들의 구령소리가 고요히 퍼져나갔다. 여자들은 범람한 물가로 시신을 옮겼다. 침대보 위로 빗물이 떨어졌다. 그들이 시신을 물속에 던져넣기 위해서는, 더 많은 힘과 더 큰 구령이 필요했다. 아이들을 지키던 여자들이 그에게 달라붙었다. 시신은 물을 먹어 시간이 갈수록 무거워졌다. 여자들의 몸도 마찬가지였다. 누군가가 우렁차게 구령을 붙였다. 여자들은 그 구령소리에 맞춰 남자를 물에 던져넣었다. 돌을 던지자, 시신은 쉽게 가라앉았다. 그는 그렇게 집으로 돌아온 지 얼마 되지 않아 다시 물속으로 던져졌다. 집과 물 중 어느 것이 그의 고향인지 알 수 없게 되어버렸다. 딸과 함께 대피한 여자는 모든 사람을 대표하여 목놓아 울었다. 그가 살아 있지 않았으므로, 여자가 그를 대신해서, 사라지는 마을을, 다시 물속으로 가라앉고 있는 그를 애도했다. 언덕 위의 사람들은 그의 집으로 들어갔다. 운이 좋아 그의 집이 물에 잠기지 않는다면, 그곳은 그들의 서식처가 될 수 있을지도 몰랐다.

폭우는 많은 물의 아이들을 낳았다. 아이들은 징검다리를 밟듯, 세간과 세간 사이를 옮겨다니며, 미처 피하지 못해 익사한 아이들의 영혼을 건져올렸다. 그들은 아이들을 등에 업고, 고무 다라이를 타고, 남쪽으로 향하는 물줄기를 따라 내려갔다. 간혹 그들을 볼 수 있었던 몇몇의 살아남은 아이들은, 툭, 울음을 터뜨렸다. 아이들은 가르치지 않아도 애도하는 법을 배웠다. 그것은 아이들이 태어나 평생을 걸쳐 보게 될, 사라지는 것들을 위한 것이며, 혹은 언젠가 사라지게 될 자신을 위한 것이었으므로.

우리는 집을 떠나지 않기로 했다. 우리의 집은 비교적 높은 지대에 있었지만, 안전하지 않았다. 그러나 언니가 원치 않았다. 언니는 서서히 배가 불러오고 있었다. 나는 하고 싶었던 많은 말들을 삼켰다. 종종 언니를 향해 소리를 지르며 화를 내는 내 모습을 상상했다. 돌아온 그의 모습이 얼마나 흉측했는지, 사람들이 그를 건드릴 때마다, 그의 살점이 얼마나 힘없이 떨어졌는지, 그 냄새가 얼마나 고약했는지를, 두서없이 쏟아내고 싶었다. 너무 빈번하게 그런 내 모습을 상상해서, 내가 혹여나 언니를 향해 그런 언사를 내뱉은 게 현실은 아닐까 걱정하기까지 했다. 그것으로 족했다. 나는 밥을 삼키듯 말을 삼켰다. 내장 속에 말들이 새겨지고 있었다. 말들은 곧 나의 일부가 될 것이다. 나는 그런 식으로 어른이 되어가고 있었다. 비린내가 나는 밥을 숟가락 가득 입에 집어넣는 언니를 보았다. 언니는 짐승에 가까웠다. 배가 고프면 먹고, 먹은 것이 너무 많으면 토했다. 나는 입안 가득 밥을 넣고 씹고 또 씹는 언니에게 소녀의 이야기를 들려주었다. 소녀를 처음 만났을 때의 모습, 소녀가 준 사탕이 얼마나 더러웠는지, 내 무릎 위로 올라타는 소녀가 얼마나 가벼웠는지, 입속으로 들어오는 혀가 얼마나 붉고 부드러웠는지를, 나는 수백 번이고 수천 번이고 되뇌었다. 나는 부끄러움을 잊었고, 소녀의 행동이 어떤 의미였는가 생각하는 것을 그만두었다. 되풀이하는 동안, 감정의 기복에 따라 소녀의 모습을, 소녀의 들리지 않는 목소리를 조금씩 변형시켰다. 그의 이야기가 그랬듯 나는 소녀의 이야기가 노래처럼 아름답게 들리길 원했다. 소녀가 시가 되길 원했다. 그런 식으로, 나는 우리의 참혹을, 참혹이 아닌 듯 견뎌내고 싶었다.

언니의 무릎을 베고 누웠다. 볼에 언니의 배가 닿았다. 배는 차고 단단해서 무엇이 들어 있는지 가늠하기가 쉽지 않았다. 비는 그치지 않았고, 물은 불고 또 불어, 집 앞의 늪을 삼킨 지 오래였다. 늪은 강으로 돌아갔다. 나는 언니의 뱃속이 빛과 빛 사이를 부유하는 먼지로 이루어져 있을 것이라고 생각한다. 언니는 그런 방식으로 나를 낳았을 것이라고 생각한다. 언니는 먼 옛날, 마을이 생기기 이전, 혹은 북쪽 강이 저수지가 되기 이전부터 이곳에 살았던 것은 아닐까. 태어남과 죽음, 어느 것도 인정하지 않은 채로 오랫동안 살아남아서, 오랫동안 출처 없는 아이를 낳았던 것은 아닐까 생각한다.

하수구가 역류했다. 물이 올라오고 있었다. 물은 금방이라도 차오를 기세로 우리를 향해 달려들었다. 그러나 이 정도의 물로 우리는 금세 익사하진 않을 것이다. 나는 창밖으로 넘실대는 저수지의 검은 물을 바라보았다. 깨진 가로등의 유리가 별의 파편처럼 물 위를 떠돌았다. 나는 저 수면 위로 둥둥 떠오른 언니를 상상했다. 언니의 복중은 빛과 먼지로 가득 차 있으므로, 언니는 등처럼 물 위를 부유할 수 있을 것만 같았다. 언니는 또 그렇게 살아남을 것만 같았다. 등이 축축했다. 물이 언니의 엉덩이와, 다리와, 나의 등을 적시고 있었다. 물은 저수지 밑바닥을 헤매던 그의 살점들이 녹아 있는 듯 냄새가 고약했다. 언니는 물속으로 사라진 머나먼 이국의 이야기를 하기 시작했다. 그것은 오래 전 언니가 나에게 들려주었고, 또 내가 다시 언니에게 들려주었던 이야기였다. 우리의 이야기가 비로소 제자리를 찾은 것만 같았다. 언니의 목소리는 단호하고 부드러웠지만, 그 내면은 무수한 두려움으로 가득 차 있었다. 그것은 내가 그리워했던 바로 그 목소리였다. 우리도 처음으로 되돌아가고 있는 것일까. 나는 울지 않는 것으로 우리의 때늦음을 애도했다. 저 멀리, 어둠 속에서 그의 집이 발광하고 있었다. 언니의 언어가 쌓여가듯 물도 수위를 높여갔다. 여인들은 금세 그의 집에 세간을 갖추고 불을 놓은 듯 보였다. 불현듯 저곳에 소녀가 있을 것만 같았다. 멀리서 따뜻한 불빛이 오라고, 오라고, 나를 부르고 있었다. 나는 그곳으로 가고 싶어졌다.

소문은 마을 전역에 퍼졌다. 그것은 매일 아기의 팔다리를 조금씩 먹어치우고 대신 흙으로 빚어놓는 여자에 관한 오래된 전설과 비슷했다. 다른 것이 있다면, 실제로 팔이 흙처럼 붉은 아기를 본 사람이 여럿이라는 것이었다.

움은 1906년 9월 25일 태어났다.

그해 봄엔 큰 지진이 있었다. 삼백 명이 죽거나 다쳤다. 집과 건물들은 누군가 등을 떠민 듯 일제히 동쪽을 향해 쓰러졌다. 사람들은 붉은 오로라를 보았노라고 증언했다. 움의 집 앞마당에는 길고 얕은 균열이 생겼다. 움의 어머니는 희고 풍만한 가슴을 갖고 있었다. 사람들은 그녀를 거위라고 불렀다. 거위는 마당의 갈라진 틈에 자주 발이 빠졌다. 드러난 감나무의 뿌리들이 그녀의 발을 낚았다. 거위는 얽힌 감나무 뿌리 사이에 왼쪽 다섯 발가락이 끼인 채로 움을 낳았다. 움을 낳는 동안 셋째 발가락과 넷째 발가락이 부러졌지만, 그녀는 거의 통증을 느끼지 못했다. 움의 아버지는 강에서 건져올린 물고기로 죽을 끓였다. 무너진 부엌에 솥을 세우고 불을 지폈다. 그는 잘 익은 생선의 흰 살을 발라내며, 물에 불린 쌀을 돌로 빻으며, 아기의 이름을 생각했다. 뿌옇게 우러나는 죽 위에 주걱으로 몇 개의 글자들을 그려보았다. 생선 비린내가 진동했다. 거위는 보름 동안 어죽을 먹었다. 부러진 뼈들은 서서히 아물었다. 그는 끝내 이름을 찾지 못했다. 거위는 아들이 가장 처음 내뱉은 소리를 이름으로 지어주었다. 겨울이 올 때까지, 강물 위로 죽은 물고기들이 쉼없이 떠올랐다. 물이 너무 따듯해, 수초들이 뿌리부터 썩어갔다. 겨울이 올 때까지 물은 식지 않았다.

그는 말했다.

나는 형에게 이름을 물려받았습니다만, 형을 본 적은 없습니다. 형 또한 마찬가지였습니다. 형은 아버지에게 이름을 물려받았지만, 아버지를 본 적은 없습니다. 우리에게 이름은 유산과도 같았습니다. 우리는 모두 같은 이름을 갖고 있었습니다.

이름은 유서가 깊었다. 그는 이름의 이백일곱번째 주인이자, 마지막 주인이었다. 사람들은 그를 호명하며, 그의 형이나 그의 아버지, 혹은 그의 할아버지의 얼굴을 떠올리기도 했다. 그들의 족보는 간소했다. 그들은 이름 대신 빗금을 사용해 흔적을 남겼다. 일족은 대부분 요절했으므로, 이름의 주인은 자주 바뀌었으며, 빗금도 자주 그어졌다. 그의 형은 일곱 살 때 늑대에게 물려 죽었다. 그의 아버지는 작은아버지에게 살해당했다. 할아버지는 열병으로 죽었다. 누구도 죽음의 이유에 토를 달지 않았다. 그 역시 언젠가 그런 식으로 죽을 것이었다. 그것이 그들의 방식이었다. 사람들은 그들의 짧았던 생애의 가장 좋았던 부분만을 기억했다. 기억 속에서 그들은 영원히 젊었다. 그리하여 기억 속에서, 일족은 언제나 강하고 아름다웠다. 오래 사는 것은 약한 것이었다.

그의 어머니는 아주 오래 살았다. 그녀는 왕좌를 지키는 시종처럼, 일생 동안 이름의 곁을 지켰다. 그것은 그녀가 원치 않는 삶이었을 것이라고, 그는 말했다. 그는 아홉 살 때까지 형의 옷을 물려입었다. 체구가 작았다. 그는 그 시절을 회상했다.

나는 종종 어머니가 내 이름을 부를 때, 내가 아니라 형이나 아버지를 부르는 것일지도 모른다고 생각했습니다. 어머니는 자주 그들과 나의 취향이나 버릇을 혼동하곤 했으니까요. 어느 날은 나를 밥상으로 끌어앉히더니, 검은 콩을 간장에 조린 음식을 내놓으며 좋아하는 것이니 많이 먹으라더군요. 그러나 나는 그때 태어나서 콩조림을 처음 먹어보았습니다. 순식간에 나는 콩조림을 매우 좋아하는 사람이 되어버렸어요. 짜디짠 콩조림을 숟가락으로 퍼먹으며, 그것은 누구의 취향일까 생각했습니다.

그의 어머니는 백 년을 넘게 살았다. 그녀는 마을에서 가장 오래 산 노인이 되었다. 그녀가 집을 나서면, 아이들은 멀리서도 그 냄새를 맡고는 소리를 지르면서 도망쳤다. 귀신이다, 귀신. 그녀는 마지막 이십 년을 귀신으로 불렸다.

그는 또한 회상했다.

병상의 어머니가 입을 열기 전까지, 전 어머니가 살았는지 죽었는지 알 수 없었습니다. 한겨울의 굴참나무 같았거든요.

그의 어머니는 천천히 입을 열었다. 그는 그녀의 입을 통해 서서히 소진되어가는 영혼의 가지들을 바라보았다. 그녀는 누구에게도 이름을 물려주어서는 안 된다고 말했다. 그는 꺼져가는 어머니의 숨을 붙들고 물었다. 그럼 우린 어떻게 되는 건가요. 그녀는 온 힘을 다해 어린아이처럼 웃으며 말했다.

사라진다. 사라진다.

그녀는 곧 숨을 거두었다. 그는 어머니의 눈에 돌처럼 박힌 눈곱을 떼어주었다. 그리고 이름을 버렸다. 일족은 그렇게 사라졌다.

거위는 아들의 손을 입에 넣었다. 움의 팔이 거위의 입속으로 하염없이 들어갔다. 움이 소리내어 웃었다. 움은 태어날 때부터 몸이 붉었다. 홍반은 오른쪽 귀 뒤의 튀어나온 연골에서부터 시작되었다. 그 영역은 오른쪽 목의 일부와 어깨, 그리고 오른쪽 팔 전체에 달했다. 붉은 곳과 붉지 않은 곳의 경계가 뚜렷했다. 무너진 돌담 위로 서서히 볕이 들었다. 거위는 입속에 넣었던 팔을 쪽, 소리나게 빨았다. 움이 더 크게 웃었다. 거위는 한 뼘이 조금 넘는 움의 오른쪽 팔과 어깨, 겨드랑이를 꼼꼼히 핥았다. 그러면 홍반이 사라질지도 모른다고 믿었다. 개미떼가 깨진 기왓장을 넘어 거위의 그림자를 밟고 지나갔다. 떨어진 감잎들이 빛났다.

올봄까지 과자가게의 막내아들이었던 소년은, 벌초를 하고 내려오는 길이었다. 그의 아버지는 손바닥보다도 작은 과자들을 만들었다. 꿀을 씌운 다디단 과자는 여자와 아이 들이 좋아했으며, 김이나 은단을 박은 과자들은 노인과 남자 들이 좋아했다. 소년은 지진 때문에 고아가 된 수많은 아이들 중 하나였다. 살아남은 아이들은 대부분 방치되었으므로, 편의에 따라 서로의 형제나 부모가 되어주었다. 소년은 또한, 그렇게 탄생한 수많은 유사가정의 가장들 중 한 명이었다. 소년은 감나무 아래의 풍경을 한참 동안 바라보다, 달리기 시작했다. 좁은 길이 소년의 발 아래 끝없이 이어졌다. 소년은 썩은 이처럼 박혀 있는 폐가들을 지나쳤다. 간판이 떨어진 구둣방, 깨진 유리창 위에 신문을 덧댄 책방도 지나쳤다. 곧 강이 보였다.

강은 폭이 넓고 수심이 깊었다. 동쪽에서 시작된 지류는 남서쪽에서 바다로 편입되었다. 물은 검었다. 무너진 다리, 철골이 드러난 교각 들이 도열해 있었다. 다리는 복구가 되기까지 오랜 시간과 인력이 필요했다. 움의 아버지도 예외 없이 교각공사에 동원되었다. 육로를 잃은 사람들은 배를 타고 남에서 북으로, 북에서 남으로 오갔다. 강변에 매표소가 생겼다. 하루에 두 번, 거대한 그물로 물 위에 떠오른 물고기와 시체 들을 건져내었다. 썩은 수초들 때문에 악취가 심했다. 그러나 달빛을 받은 강은 아름다웠다.

밤 강을 건너던 사람들, 야간작업을 하던 인부들은 종종 환영을 보았다. 그들은 자신의 죽은 누이나 어머니, 애인 들이 교각 위에서 바다로 뛰어드는 것을 목격했다. 잊혔던 죄책감은 처음처럼 되살아났다. 아침이 되면 그들은 이미 매장한 시체를 잊고, 익사한 시체가 떠오르기만을 기다렸다. 그들이 본 것이 환영일 뿐이라는 사실을 깨닫기까지는 오랜 시간과 눈물이 필요했다.

소년은 남쪽 다리 밑으로 내려갔다. 몇 명의 아이들이 모여서 말뚝박기를 했다. 하나같이 목덜미가 때에 절어 새까맸다. 아이들은 알 수 없는 노래를 지어 불렀다. 노래의 가사는 기이하며 음탕했지만, 신이 났다. 소년은 아이들에게 자신이 본 것을 장황하게 늘어놓았다. 아이들은 무리지어 거위의 집을 향해 뛰어갔다. 고함소리가 뒤따랐다. 움에 대한 소문은 그곳에서 시작되었다. 며칠이 지나자, 소문은 마을 전역에 퍼졌다. 그것은 매일 아기의 팔다리를 조금씩 먹어치우고 대신 흙으로 빚어놓는 여자에 관한 오래된 전설과 비슷했다. 다른 것이 있다면, 실제로 팔이 흙처럼 붉은 아기를 본 사람이 여럿이라는 것이었다.

126

그는 말했다.

나는 먼저 이 고장의 방언을 익혀야 했습니다. 같은 사물을 지칭하는 다른 단어들을 배웠습니다. 미세하게 변하는 억양과 습관적 관용어 들을 손바닥에 적어가며 외웠습니다. 낯선 감탄사에 그럴듯하게 감정을 싣는 법을 연습했습니다. 가장 예의바른 표현과 가장 상스러운 욕을 함께 배웠습니다.

그는 이름과 함께 고향과 고향의 방언을 버렸다. 이곳에서 그는 이름 없는 남자로 통했다. 그는 용모가 아름다웠으며, 예의바르고 상냥했다. 사람들은 이 이방인에게 쉽게 호의를 베풀었다. 그는 한번 배운 단어는 결코 잊지 않았다. 사람들은 그의 이질적인 발음을 마음에 들어했다. 기묘한 조합이었다. 그는 고향의 언어로 단련된 강한 성대와 혀로 이 고장의 부드러운 단어들을 발음했다. 그의 언어는 힘이 넘쳤으나 조심스러웠고, 우스꽝스러울 정도로 예의가 발랐다.

몇몇 사람들은 그를 위해 이름을 지었다. 그들은 진심 어린 마음으로, 혹은 반장난으로 작명하기 시작했다. 그는 내력이 깊은 이름을 버린 대신, 수많은 이름을 얻었다. 발음이 아름다운 이름, 그의 얼굴을 닮은 동물에서 딴 이름, 유명인사의 이름, 뜻이 원대하거나 우스꽝스러운 이름 들이 쏟아졌다. 사람들은 해가 지면 그의 집으로 찾아와, 자신이 지은 이름의 의미와 전망을 설명했다. 사람들은, 이름으로 운명을 점지하길 좋아했다. 그는 이름에 담긴 시간성을 이해하기 힘들었다. 그들이 만들어온 이름엔 그들이 예상하는 과거의 그와 현재의 그, 그리고 그들이 바라는 미래의 그가 공존했다. 이름만으로 운명을 변화시킬 수도 있다고 믿었다. 그들은 등불 아래, 이름을 적은 종이를 그의 앞에 펼쳐 보이며, 그가 선택할 이름에 따른 운명의 변수들을 헤아려주었다. 이름이 너무 많아 하나만 고를 수가 없었다. 어느 것이 좋은 이름인지도 알지 못했다. 결국 아무것도 선택하지 않았지만, 그는 몇 가지 이름으로 불리게 되었다. 집에서, 공사장에서, 그리고 몇몇 지인들에게서, 그는 각기 다른 이름으로 불렸다. 그는 새로운 모든 이름들을 감사히 받았다. 그의 고향에는 존재하지 않는 발음, 존재하지 않는 억양의 이름들이었다. 그는 인생을 돌이켜 다시 살고 있었다.

그는 자연사(自然死)의 긍정성을 배웠다. 요절의 비극성을 배웠다. 죽음의 부정성을 머리로 익혔다. 그러나 젊은 그에게 그런 것들은 그 고장의 공중도덕이나 예절과 크게 다르지 않았다.

움은 천천히 자랐다. 그의 붉은 팔은 그보다 빠르게 자랐다. 왼쪽 팔과 비교해, 굵기와 길이가 눈에 띄게 차이나기 시작했다. 거위가 아무리 핥아도 붉은 기는 가시지 않았다. 겨드랑이와 팔 안쪽에 수포가 퍼졌다. 거위는 움의 팔을 안고 눈물을 흘렸다.

그녀는 아들의 운명이 불행하리라 예견했다. 습관적으로 모든 것을 자신의 탓으로 돌렸다. 남편은 그녀의 머리를 쓰다듬으며 위안이 될 만한 단어들을 찾았다. 수많은 단어들이 나타났다 사라졌다. 그는 상황에 적합한 단어를 찾았지만, 적절한 시기를 놓쳤다. 그는 혀 위에 머물렀던 말을 삼켰다. 움을 바라보았다. 움은 거위에게 팔을 붙잡힌 채 고꾸라질 듯 기울어 있었다. 긴 눈이 천천히 감겼다 떠졌다. 작은 입이 오물거리며, 우—움, 하고 말했다. 움은 세 살이 되었지만 그외에는 말을 하지 못했다. 거위는 움의 붉은 팔에 사로잡혀 깨닫지 못하고 있었지만, 움은 모든 것이 더뎠다. 그는 올해 간신히 서서 한두 걸음을 떼었을 뿐이었다. 움의 시간은 느렸다. 그의 오른팔은 움의 신체와 다른 시간 속에 사는 것 같았다. 뼈의 굵기도 달랐다. 두꺼운 손바닥의 손금도 더욱 짙고 분명했다. 그는 움의 엉덩이를 거위 쪽으로 밀어 바로 앉혔다. 모자는 한 몸처럼 달라붙었다.

그는 불현듯 내일의 할 일을 머릿속으로 꼽아보았다. 내일, 그는 해가 뜨기 전에 강으로 가야 한다. 폭파한 교각의 잔해들을 건져올려야 한다. 점차 추워지는 날씨가 걱정되기도 했다. 강물이 얼기 전에 모두 끝내야 할 텐데. 막연한 걱정이었다. 마지막 생각이 끝나자마자, 무의식중에 자신이 고향의 언어로 중얼거렸음을 깨달았다. 멋쩍어진 그가 거위를 향해 고개를 돌렸다. 거위는 움을 끌어안은 채 잠들어 있었다.

등불 주변을 맴돌던 날벌레들이 불에 타들어갔다. 그는 섬처럼 떨어져 있는 자신의 그림자를 오랫동안 바라보았다.

다음해 봄, 늙은 상인 한 명이 움의 집을 찾았다. 그가 움의 집을 찾은 첫번째 상인은 아니었다. 지난 겨울, 문지방이 닳을 정도로 많은 사람들이 찾아왔다. 의사, 침술사, 점쟁이, 약재상, 방물장수까지, 사람들의 행렬은 끝이 없었다. 그들은 모두 움을 치료할 수 있다고 자신했다. 그들은 몸을 웅크리고 앉아 있는 움의 모습을 보고는 두 번 놀랐다. 처음, 팔의 비대함에 놀랐으며, 그 붉음에 다시 놀랐다. 명료했던 홍반의 경계는 이미 흐려져 있었다. 홍반은 좀더 멀리 뻗어나가려 하는 듯했다. 소문은 참말이었다. 아이들의 말은 모두 사실이었다.

이곳의 소문은 모두 부랑아들의 입을 통해서 나왔다. 집이 없는 아이들은 마을의 구석구석을 돌아다니며, 어른들은 알아내기 힘든 은밀하고 기이한 소문들을 모았다. 먹을 것이나 돈을 받고 소문을 팔기도 했다. 효용이 떨어진 것들은 노래로 지어 부르고 다녔다. 소문을 사가는 사람들은 아이들의 말을 온전히 믿었다. 아이들보다도 순진하게 믿었다. 부랑아들은 마을의 배가 되었다. 소문을 싣고 남에서 북으로, 북에서 남으로 이동했다. 아이들이 가지 못하는 곳은 없었다. 소문을 듣고 호언장담하며 찾아왔던 수많은 사람들은 움을 조금도 고치지 못한

채 돌아갔다. 그들은 소문의 진위를 짊어지고 멀리멀리 퍼져나
갔다.

이것은 기린의 목입니다. 기린은 사계절이 따뜻한 남쪽에서
사는 동물입니다. 성장한 기린은 오 미터가 넘습니다. 아마 처음
보실 겁니다. 값이 매우 비싼 것이니까요. 우리는 해마다 세 마
리의 기린만을 도축합니다. 키가 크고 힘이 센 기린은 잡기가
용이치 않아, 장정들이 열 명 이상 동원됩니다. 이렇게, 기린의
목에 밧줄을 걸고 장정 서너 명이 잡아당깁니다. 기린이 중심을
잃고 쓰러지면, 다시 장정 서너 명이 재빨리 달려들어 긴 칼로
목을 내려치지요. 보시다시피 기린의 목뼈는 매우 크고 강해서
노련한 도축업자가 둘 이상 필요합니다. 기린은 목이 잘려도 한
동안 움직이기 때문에, 장정들이 모두 달려들어 목과 몸통을 붙
잡고 있어야 합니다. 목이 잘린 기린은 길면 오 분 이상 날뛰기
도 합니다. 목을 잘 잡고 있어야 해요. 피도 돈이 되니까요. 여
자들은 잘린 목에서 나온 피를 모아 하루 동안 굳힙니다. 피의
양이 상당해서, 아무리 조심해도 그 일대는 피범벅이 돼요. 그래
서 우리는 지정된 장소에서만 기린을 잡습니다, 장소는 비밀입
니다만. 굳힌 피는 약재료로 내다팝니다. 기린의 가죽을 벗기고
몸통은 통째로 불에 구워 잡내를 없앱니다. 비계로는 기름을 만
들고, 고기는 소금에 절여 저장해놓습니다. 뼈는 잘 발라 세공업

자에게 넘기죠. 어느 것 하나 버릴 것이 없습니다. 기린은 영험한 동물입니다. 신에 가깝죠. 우리는 목숨을 걸고 도살하는 셈입니다만, 기린만큼 약효가 좋은 것도 없습니다. 목은 보름간 그늘에 말려 포를 뜹니다. 이것은 포를 뜨기 직전의 목입니다.

그의 장광설은 햇볕에 말린 목뼈의 효능으로 이어졌다. 그의 말에 따르면, 그것으로 이제껏 고치지 못한 병은 없었다. 거위는 작은 소쿠리만한 크기의 납작하게 잘린 기린의 목을 시큰둥하게 보았다. 햇볕에 누렇게 그을린 뼈와 그것을 둘러싼 거무죽죽한 육질이 눈에 들어왔다. 그는 움에게 목뼈를 고아 우려낸 물을 보름간 먹이라고 했다. 움의 팔이 나았다는 소문이 들리면 다시 찾아오겠다고 했다.

그들에게 움의 팔은 정복해주길 바라는 산과 같았다. 성공한다면, 엄청난 명예가 따라붙을 것이었다. 움은 그 고장의 명소가 되어 있었다.

거위는 마루 끝에 앉아 있는 움을 불렀다. 작은 뒤통수와 구부정한 어깨는 미동도 하지 않았다. 거위는 움의 옆에 앉았다. 마당을 반으로 갈랐던 땅의 균열이 어느새 사라지고 없었다. 땅은 바람의 도움을 받아 서서히 틈을 메웠다. 흙의 입자가 고와 오랜 시간이 걸렸지만, 더욱 견고하게 아물었다. 거위는 움을 낳던 때를 떠올렸다. 부러진 발가락들은 단단히 옹이가 졌지만, 아무리 움직이려 해도 움직여지지 않았다. 거위의 셋째 발가락과 넷째 발가락은 우두커니 앉아 있기만 하는 움과 닮은 데가 있었다. 거위는 움을 안았다. 점점 넓어져가는 그의 홍반을 천천히 핥았다.

그녀는 말했다.

내가 처음으로 사랑했던 것은 한 마리의 개구리였습니다. 그의 등은 푸르렀으며, 눈동자는 황금색이었습니다.

어느 날 아버지는 그를 계곡물에 헹구어 입속에 넣었습니다. 그는 곧 아버지의 장기의 일부가 되었습니다. 나는 아버지의 배를 가르고 그를 구하고 싶었습니다. 오랫동안 아버지의 내장을 도려내는 상상을 했습니다. 온전한 모습의 그를 되찾는 꿈을 여러 번 꾸었지요. 꿈속에서 죄책감과 승리감을 동시에 맛보았습니다. 그 뒤엔 안온함이 찾아왔습니다.

소금장수는 일 년에 한두 번 그녀의 집을 찾아왔다. 그는 그녀가 아주 어릴 때부터 소금을 대주고 있었다. 매해 나타날 때마다 그는 조금씩 늙어갔고, 그녀는 조금씩 자랐다. 그녀가 소금을 한 되 사면, 그는 절인 생선을 한 마리씩 덤으로 주곤 했다. 둘은 사이가 좋았다. 그는 떠도는 풍문들을 주워 그녀에게 들려주었다. 그의 목소리는 구성진 맛이 있어 무슨 이야기든 재미가 좋았다. 그녀는 특히, 이야기 사이사이 휴지기처럼 찾아오는 그의 한숨소리를 좋아했다. 그녀는 고향을 떠난 적이 없었지만, 그의 얼굴에서 떠돌이들이 느끼는 삶의 권태와 피로를 읽을 수 있었다. 그는 신묘한 이야기들을 펼쳐놓으면서도, 돌멩이 따위를 바지춤에서 꺼내 보여주며 값을 매길 수 없을 만큼 진귀한 것이라고 허풍을 떨면서도, 얼굴에 드러난 무료함을 숨기지 않았다. 그녀는 그것이 재미있어 자꾸만 그를 졸랐다. 그는 이야기를 마치면, 언제 그랬냐는 듯 늙은 얼굴로 돌아갔다.

그녀는 말했다.

나는 이방인에 대한 동경이 있었습니다. 그들은 언제나 비밀스러우며 고독해 보였으니까요. 몇 번이고 고향을 떠나려고 했습니다만, 그러지 못했습니다. 고향의 낮은 풀과 염소들, 길고양이들이 좋았습니다. 고향의 안온함에서 벗어나고 싶지 않았습니다. 나는 정주자였던 셈이지요. 그 대가로 아버지와 십오 년을 더 살았습니다. 십오 년 동안, 아버지의 배를 갈랐습니다. 내 상상 속에서 아버지가 난자당하는 동안, 그는 뱃속에 커다란 돌덩이를 키우고 있었습니다. 아버지의 배에 물이 차오르기 시작했습니다. 나는 점점 불러오는 아버지의 배를 보며, 그 안에서 유영하고 있을 나의 개구리를 떠올렸습니다. 아버지는 배를 터뜨려달라며 내 손을 잡고 애원했습니다. 복수와 돌이 장기를 짓눌렀으니까요. 아버지는 몸 전체가 까맣게 타들어간 채 죽었습니다. 나는 거짓 눈물을 흘렸습니다.

나는 혼자 남겨졌습니다. 사람들이 불가능하다고 믿는 많은 대상들을 절실하게 사랑했습니다. 마을 어귀의 흙담, 개망초, 뒤뜰의 여우, 여우가 물고 간 물고기, 풍문, 오래된 이름, 고요, 어둠.

그는 어둠 속에서 홀로 눈을 떴다. 공기가 찼다. 그는 한동안 이곳이 어디인가, 가늠하지 못했다. 그는 조금 전까지 고향 마을의 감자밭 앞을 지나고 있었다. 그는 늘 고향의 언어로 꿈을 꾸었으므로, 현재도 미래도 없이, 오로지 과거만이 변주되었다. 그는 고향의 방언으로 소리내어 말했다. 이곳은 어디인가. 말은 마음속에서 했던 것과 다른 얼굴로 나왔다. 그의 발음은 이 고장의 것에 가까웠다. 그의 언어는 두 지역의 교잡종 같았다. 그는 손바닥을 비벼 눈두덩에 갖다댔다. 옆방에서 거위의 숨소리가 들렸다. 그녀는 한시도 움과 떨어지지 않았다. 움이 잘 자라지 않는 것은, 어쩌면 그녀 탓일지도 모른다고 생각했다. 그는 움을 생각할 때마다 마음 한구석이 석연치 않았다. 불편한 감정들이 조금씩 생겨나는 자신이 당혹스러웠다.

움은 어둠 속에서 자주 잠에서 깨어났지만, 미동도 하지 않았으므로 아무도 알지 못했다. 그는 어둠을 응시했다. 그의 오른팔은 이불에서 빠져나와 목침 위에 놓여 있었다. 팔은 열에 약했다. 또 자주 부었으므로, 항상 몸보다 높은 곳에 있어야 했다. 부푼 팔목에 작은 손이 볼품없이 붙어 있었다. 움은 밤새 눈을 뜨고 있다. 동이 터오자, 다시 눈을 감았다.

거위는 밖을 나서는 그의 문소리에 잠이 깼다. 사위는 아직 어두웠다. 그녀는 습관적으로 움의 배를 토닥거렸다. 그의 오른 팔에 손을 대, 온도가 너무 낮진 않은지, 혹은 열이 나고 있진 않은지 확인했다. 움의 고른 숨소리가 들려오자, 거위는 움의 목덜미에 머리를 묻고 다시 잠이 들었다.

남아 있던 교각들을 부수고, 새로운 교각을 세우기 시작했다. 위치는 동쪽으로 이동되었다. 지진 때문에 지반이 약해졌기 때문이었다. 그는 강물에 비친 자신의 얼굴을 보았다. 이미 일족 남자들의 수명을 뛰어넘어 있었다. 그는 죽지 않았다. 살아남은 그는 어떤 표정을 지어야 할지 알 수 없었다.

1906년의 지진을 정확히 기억하는 사람은 많지 않았다. 대부분의 기억은 단편적이거나, 초현실적이었다. 그의 기억도 그런 경우였다. 그는 육십 년 동안 행상으로 소금을 팔았다. 나이가 들어 아들을 얻었다. 그는 아들에게 일과 돈을 물려주었다. 아들은 시장에 점포를 차렸다. 그는 소일거리로 절인 생선을 배달했다. 그날은 날이 무척 좋았다고 그는 기억했다.

봄인데 오히려 조금 덥기까지 했지요. 나는 열심히 걸었습니다. 왼손엔 절인 생선 두 손을 들고 있었지요.

그가 시장 입구에 막 들어섰을 때, 큰 굉음과 함께 빛이 번쩍였다. 천둥소리가 지반을 울렸다. 그는 바닥에 주저앉았다. 그러자 땅이 갈라졌다. 그는 갈라진 틈에 손을 끼우고 가자미처럼 엎드렸다. 지진은 그의 머리채를 잡고 흔드는 것 같았다. 그는 필사적으로 매달렸다. 그의 옆으로 간판들이 우수수 넘어졌다. 고개를 들었다. 사람과 개 들이 그 밑에 깔렸다. 건물들의 유리창이 일제히 깨지며, 편으로 갈라져 무너지기 시작했다.

그 아비규환 중에 나는 똑똑히 보았습니다. 맞은편 정미소 창고였어요. 소녀와, 아기를 안은 여자였습니다. 둘 다 검은 옷을 입고 있었습니다. 아기는 새하얀 배냇저고리를 입고 있었지요. 소녀는 무릎을 꿇고 여자를 향해 얼굴을 들이밀었습니다. 여자가 소녀 쪽으로 아기를 기울이더군요. 그러자 아기가 팔을 소녀의 목에 두르고 볼에 입을 맞추었습니다. 모든 행동이 무척 느렸습니다. 소녀의 얼굴은 귀신처럼 창백했습니다. 그들은 지진과 전혀 상관없는 세계에 있는 것 같았지요. 그건 그림처럼 평화롭고 아름다운 광경이었습니다. 그런데 아기의 입술이 떨어지자, 소녀가 맥없이 쓰러지는 것이 아니겠어요. 웃는 얼굴이었습니다. 나는 소녀가 죽었다는 것을 직감적으로 알았습니다. 여자는 아기를 안고 몸을 일으켰습니다. 그때 아기의 얼굴을 똑똑히 보았어요. 통통하게 살이 오른 얼굴, 소름 끼치도록 천진난만한 얼굴이었지요. 아기의 얼굴은 모두 천진난만한가요. 나는 저승사자를 본 기분이었답니다. 그후로는 아기들 근처에도 가지 않아요. 아기들은 불길한 존재입니다.

지진은 일 분 만에 멈췄다. 일 분 동안 삼백 명이 죽거나 다쳤다. 그는 덧붙였다.

나는 살아남았지요. 생선 두 손과 함께 말입니다.

거위는 하룻밤에 세 가지 불길한 꿈을 꿨다. 첫번째 꿈에 그녀의 죽은 어머니가 나타났다. 그녀는 거위의 귓가에 속삭였다.

꼭꼭 숨겨. 절대 빼앗기지 않게 조심해야 해.

거위는 물었다. 무엇을요? 그녀는 음산하게 웃으며 말했다.

키킥킥킥, 훔쳐가지 못하게 꼭꼭 숨기렴.

두번째, 꿈속에서 거위는 잠이 들어 있었다. 사방이 어두운 가운데 누군가가 자신의 손을 가만히 그러쥐었다. 아기의 작고 흰 손이었다. 그 손이 너무 차가워, 거위는 두려움을 느꼈다. 손을 빼려 했지만 악력이 세 뿌리치지 못했다. 거위는 가위에 눌렸다. 다시 잠이 든 거위는 세번째 꿈을 꾸었다. 그녀는 낯선 여자에게서 책 한 권을 받았다. 당신의 책이에요. 여자는 웃으며 말했다. 거위는 책을 펼쳤다. 속지가 피처럼 붉었다. 책에는 아무것도 씌어 있지 않았다. 붉은 피가 거위의 손에 번졌다. 거위는 책을 떨어뜨리며 잠에서 깨어났다.

1906년 1월 1일의 일이었다.

육 년에 걸쳐 다리가 완공되었다.

사람들은 배를 버리고 육로를 이용했다. 교각에 얽힌 많은 풍문들은 전설이 되었다. 다리를 중심으로 좌판이 늘어섰다. 여인들은 강변에서 가지를 구워 팔았다. 가지 냄새는 강바람을 타고 멀리 퍼졌다. 사람들은 그 냄새로 강이 멀지 않음을 알았다.

움은 거대하고 단단한 팔을 가진 소년으로 자랐다. 그의 홍반은 이제 오른쪽 뺨의 일부분, 등과 가슴의 절반, 사타구니에 달했다. 그의 오른팔 근육은 운동을 하지 않아도 단단하게 자리잡았다. 오른쪽 어깨와 목이 발달했다. 멀리서 보면, 그는 한쪽 팔과 어깨에 갑옷을 댄 고대 전사처럼 보였다. 사람들은 더이상 움의 팔이 병이라고 생각하지 않았다. 움의 집으로 당대의 예술가들과 호사가들이 몰려들었다. 1906년의 지진이 일어났을 때와 상황은 비슷했다. 그들은 무엇이든 이용했다. 그들의 작품 속에서, 지진은 수백 번 수천 번 되풀이되었다. 예술가들은 탐욕스러웠으며, 침묵하는 법을 몰랐다. 지진의 양태와 그 영향은 다양한 방법으로 재편되었다. 그후 별다른 사건이 없었던 이곳에서, 움의 존재는 예술적 영감을 불러일으키기에 충분했다. 그의 아름다움은 기형적이었다. 그의 팔은 크고 강해 보였으나, 나머지 신체는 마르고 볼품없었다. 그는 경이로움과 우스꽝스러움을 동시에 느끼게 했다. 그의 모든 신체는 오른팔을 지탱하기 위해 존재하는 것 같았다. 그는 오랫동안 혹사당한 노예처럼 피곤해 보였다. 홍반은 피처럼 붉어졌으며, 나머지는 새하얗게 질려갔다. 사람들은 노골적인 이중성에 매료되었다. 그는 여전히 걷는 것에 서툴렀지만, 거대한 팔에 가려 잘 드러나지 않았다. 그는 왼손으로 조심스레 오른팔을 감싸고 천천히 이동했다. 움은 하루에 두 시간씩 감나무 아래에 모습을 드러냈다. 수많은 화가들이 그의 초상화를 그리기 위해 몰려들었다. 움의 평전을 쓰겠노라고 호언한 작가들이 손으로 꼽을 수 없이 많았다. 움은 간헐적으로 우―움, 이라고 말했다. 표정이 없었다.

거위는 매일 밤 움의 팔다리를 주물렀다. 움의 방엔 그와 어울리지 않는 고가의 장신구와 옷 들이 넘쳐났다. 입에 맞지 않는 고급 식재료들이 부엌에서 썩어갔다. 피로해진 움의 팔은 극도로 예민했다. 팔은 단단하고 무엇이든 부술 것처럼 강해 보였지만, 살갗에 손을 대기만 해도 경련을 일으켰다. 잦은 근육통에 시달렸다. 그의 왼쪽 어깨는 금방이라도 내려앉을 것 같았다. 거위는 그의 목과 어깨를 부드럽게 주물렀다. 움은 창백한 뺨을 거위의 손등에 대고 비볐다. 너무 차가워, 거위는 흠칫 놀랐다. 손으로 움의 볼을 감쌌다. 움이 격렬하게 뺨을 비벼댔다. 거위는 움의 어깨를 껴안고 모로 누웠다. 다 자란 그의 성기를 천천히 쓰다듬어주었다.

그는 말했다.

나는 잊혀졌습니다. 사람들은 더이상 내 이름들을 부르지 않았습니다. 일을 할 필요도 없었어요. 움의 존재만으로도 먹을 것과 입을 것이 넘쳐났으니까요. 해가 뜨면 몰려드는 사람들을 피해 강으로 갔습니다. 갓 구운 가지를 후후 불어 먹으며, 강변에 앉아 다리를 바라보았습니다. 다리는, 내가 이곳에서 만든 유일한 것이었답니다.

그는 거위에게 말을 배웠다. 거위가 내는 부드러운 발음을 유심히 들으며, 동그란 입모양을 관찰하며, 그와 비슷해지기 위해 노력했다. 거위는 상냥하고 인내심이 깊었다. 그가 조금씩 그곳의 방언에 익숙해져가면서 그들은 더욱 많은 말들을 나눌 수 있었다. 그는 거위가 하는 말의 미세한 변화, 어순의 도치나 억양의 높고 낮음을 통해 그녀의 감정을 이해하려 애썼다. 그는 어린아이가 제 어미에게 그러하듯, 그녀의 목소리에 즉각적으로 반응했다. 그보다 명료한 세계는 없었다. 그는 거위를 따라 한 발씩 앞으로 나아갔다.

그는 말했다.

오랫동안 어머니의 마지막 말을 생각했습니다. 그 말은 매혹적이었습니다. 어머니가 나에게 해준 많은 말들을 떠올렸습니다. 일족에 관한 무수한 이야기들, 할아버지, 아버지, 형으로 이어지는 비극적인 이야기들(나는 지금 이 지방의 풍습대로 죽음을 비극적이라고 말하고 있습니다). 단 한 번도 본 적 없으면서, 의심해본 적도 없는, 늙지 않는 존재들. 이곳 사람들은 그런 일족을 신이라고 부릅니다. 그들은 사라진 존재들입니다. 어머니의 소원은 오래 전에 이루어진 것인지도 모르겠습니다.

사람들은 미래를 내다보길 좋아했다. 그들은 타인을 통해 자신의 미래를 조금씩 엿보았다. 자라나는 아이들은 늙어가는 부모의 얼굴을 보며, 자신의 먼 훗날을 상상했다. 부모는 자신과 닮아가는 아이들을 보며 마음을 놓았다. 그들은 언제나 시간을 공유하고, 할 수 있는 한 연장하고 싶어했다. 영원함. 그는 거위를 보며 자신의 미래를 내다보았다. 그 풍경은 선연하며, 안온했다.

그는 움의 방문을 열었다. 그때마다, 움이 죽어 있길 바랐다. 그가 자연사하길 바랐다. 그것은 이 고장의 미덕이 아니었던가. 그는 움이 없는 삶을 상상했다. 매일 밤 자위행위를 하듯 움의 죽음을 떠올렸다. 죄책감과 가벼운 모멸감이 찾아왔다. 움의 나신이 눈에 들어왔다. 붉은 곳이 붉지 않은 곳보다 넓었다. 그가 활동하는 시간과 비례해 홍반은 빠른 속도로 입지를 넓혔다. 시간이 지날수록 몸은 홍반을 따라 서서히 부풀어올랐다. 그의 오른쪽 얼굴은 볼거리를 치르는 아이 같았다. 왼쪽은 노인의 뺨처럼 푹 꺼져 있었다. 그는 저절로 인상이 찌푸려졌다. 움은 추했다. 그의 육체는 기만적이었다. 이런 것을 아름답다고 하는가.

　오래 전, 부랑아들이 부르고 다니던 노래가 떠올랐다. 아기의 몸을 조금씩 먹어치우고 밤마다 흙으로 빚어놓는 여자에 관한 노래였다.

　그는 움에게 다가갔다. 움은 미동도 하지 않았다. 손을 뻗었다. 인기척을 느낀 움이 눈을 번쩍 떴다. 그는 뻗었던 손을 황급히 거두었다. 움이 그를 향해 몸을 뒤척이기 시작했다. 우─움, 우─움, 그의 입이 쉴새없이 움직였다. 움이 그를 뚫어지게 노려보았다. 그는 당황했다. 자신도 모르게 뒷걸음질쳤다. 움이 그를 향해 몸을 틀고 왼손을 사타구니께로 가져갔다. 비쩍 마른 팔이 부들부들 떨렸다. 몸이 들썩거렸다. 오른팔이 목침에서 떨어졌다. 방바닥에 질질 끌렸다. 움이 비명을 지르며 성기를 쥔 왼손을 앞뒤로 흔들었다. 우─움! 우─움! 짐승처럼 울부짖었다. 그는 움의 왼손을 보았다. 움의 시뻘건 성기가 그를 향해 부풀어 오르고 있었다. 반대방향으로 꺾인 붉은 팔이 규칙적으로 움찔거렸다. 우─움, 움, 움.

　나는 1906년 봄에 태어났습니다. 어머니는 폐허가 된 정미소의 나무판자 위에서 나를 낳았습니다. 그녀는 불과 열세 살이었습니다. 1906년 하면, 사람들은 누구나 가장 가까운 사람의 죽음에 대한 이야기로 서두를 열곤 합니다. 그리고 자신은 어떻게 살아남았는가, 에 대한 무용담도 빠뜨리지 않습니다. 살아남은 사람들에게 그것보다 중요한 것은 없겠지요. 1906년 이후에 태어난 사람들은, 아주 어릴 때부터 그해의 이야기를 듣고 자랍니다. 그들은 보지 않았으면서, 마치 본 것처럼 당시의 풍경을 몸에 새깁니다. 기억은 그런 식으로 세습됩니다. 이 고장에는 1906년에 관련된 두 개의 명소가 있습니다. 하나는 동쪽 끝에 자리잡은 주인 없는 야산이죠. 그 산은 양지바르고 산세가 험하지 않아, 오래 전부터 이 지역 사람들의 가족묘로 쓰였습니다. 풍수를 따져가며 무덤의 터를 닦고 그 옆에 키 작은 동백나무를 심기도 했죠. 그런데 1906년엔 사람들이 부지기수로 죽었습니다. 몸이 온전한 사람도 있었지만, 팔이나 다리가 없는 사람도 있었고, 또 팔이나 다리만 남은 사람들도 있었지요. 어찌 됐든 사람들은 사이좋게 시신을 나누어 가졌습니다. 그들은 필사적으로 매장을 했습니다. 나무를 베고 봉분했습니다. 산은 수두를 앓는 어린아이 같았지요. 죽은 사람들은 종종 꿈에 나타나 산 사람들을 괴롭혔습니다. 그들은 자신들의 불편함을 이런저런 방식으로 하소연했습니다. 그러면 사람들은 잠에서 깨어나, 불안과 공포에 떨며 새로운 묏자리를 알아보러 다녀야 했습니다. 산은 1906년의 사망자를 위한 공동묘지가 되었습니다. 또다른 하나는 다리입니다. 본래의 다리는 1906년에 무너졌습니다. 교각들은 온전했지만, 모두 부수고 다시 지어야 했죠. 완공되기까지 십 년 가까운 시간이 걸렸습니다. 십 년 동안, 수많은 귀신들이 목격되었습니다. 모두 1906년에 죽은 사람들이었습니다. 그들은 교량 위로 올라가 수시로 강물에 몸을 던졌습니다. 사람들은 완공 직전, 교량 인도에 1906년 사망자들의 이름을 새겨넣고, 다리 초입에 비석을 세웠습니다. 사람들은 죽은 가족의 이름, 죽은 애인의 이름을 밟으며, 다리를 건넜습니다. 한시도 1906년에서 자유로울 수 없었습니다. 그들이 매일 1906년을 되새김질하는 동안, 나는 그들의 불안을 먹고 무럭무럭 자라났습니다.

그녀는 말했다.

움의 팔이 타들어가고 있었습니다. 나는 아버지가 떠오르지 않을 수 없었습니다. 아버지가 내리는 저주 같았습니다. 내가 아버지를 상상 속에서 죽이고 또 죽여서가 아니라, 아버지의 죽음에 거짓 눈물을 흘렸기 때문이었습니다.

움의 팔은 구운 떡처럼 노릇하게 타들어갔다. 거위는 홍반이 퍼졌던 것처럼, 머지않아 움의 몸 전체가 시커멓게 타들어갈 것이라고 믿었다. 움은 고열에 시달리며, 자기 자신의 이름을 불렀다. 거위는 어릴 적 소금장수에게 들었던 이름에 관한 전설을 기억했다. 그것은 주인을 바꿔가며 오랜 세월을 살았던 한 이름에 대한 이야기였다. 이름에 사로잡혔던 수많은 젊은 주인들의 죽음에 관한 이야기였다. 그들은 요절함으로써 이름에서 벗어날 수 있었다. 요절은 저주이자, 주인들의 특권이었다. 거위는 움 또한 이름에 얽힌 수많은 전설들 중 하나가 될 것이라고 생각했다. 평생을 이름에 갇혀 살았던 남자의 이야기가 강을 타고 전해지리라 생각했다. 그러나 거위는 오래 살고 싶었다. 움과 함께, 이야기보다도 오래도록 살아남고 싶었다.

그는 말했다.
그날 밤 다리 위의 어머니를 보았습니다. 어머니가 비쩍 마른 다리를 부들부들 떨며 난간 위로 올라가는 것을, 나는 멀리서 지켜보았습니다. 달빛에 어머니의 흰 저고리가 빛났습니다. 그 빛나는 옷자락 덕분에, 어둠은 좀더 내밀한 단단함을 획득한 듯 보였습니다. 어머니는 강변의 나를 발견하고는, 어린아이처럼 두 손을 번쩍 들어 흔들어댔습니다. 나는 작게 손을 흔드는 것으로 화답했습니다. 그러자 그녀는 뒤꿈치를 들고 가볍게 강물 속으로 뛰어들었습니다. 물은 검었습니다. 나는 알고 있었습니다. 그녀의 출몰은 다분히 형식적인 것이었습니다. 어머니의 두 번의 죽음으로, 나는 고향과 일족에게서 완벽하게 떨어져나왔습니다. 돌아갈 수 있을지도 모른다는 믿음을 버렸습니다. 나는 완전한 이주민이 되었습니다. 지난 세기를 반추하는 일 따위는 이제 하지 않을 작정입니다. 나는 어머니처럼 늙어가고 있었습니다.

그는 강변을 빠져나왔다. 강과 다리가 어둠 속으로 사라져갔다. 집을 향해 걷기 시작했다. 그는 좌판이 즐비한 야시장을 지났다. 불 꺼진 담뱃가게를 지났다. 새로 지어진 똑같은 형태의 건물들을 지났다. 좁은 길이 그의 발아래 끝없이 이어졌다. 그의 걸음이 차차 빨라졌다. 깨진 가로등 밑을 지나며, 담벼락을 더듬었다. 작은 돌들, 유리 조각들이 그의 발목을 붙잡았다. 저 멀리 불빛이 보였다. 집이다. 그는 그 빛을 따라 걸었다. 여러 번 발이 꼬였다. 등에서 땀이 났다. 불빛에 가까워질수록, 그는 등뒤의 어둠이 두려워졌다. 어둠은 생소했다.

문을 열자, 피비린내가 그를 감싸안았다. 몇 개의 양동이가 발끝에 채었다. 핏물이 찰랑댔다. 흘러넘쳤다. 그 사이로, 피에 젖은 신문지 위에 누워 있는 움의 나신이 보였다. 그의 얼굴은 평온했다. 움의 몸은 피 때문에 완벽히 붉었다. 그 옆에 크기가 다른 여러 종류의 칼들과 톱들이 가지런히 놓여 있었다. 넓은 대야 안에 움의 주먹 쥔 오른팔이 있었다.

어둠 속에서 거위가 천천히 몸을 일으켜 그에게 다가갔다. 따

움 147

듯한 불빛이 그녀의 정수리를 매만졌다. 그녀는 앞치마에 손을 닦았다. 흘러내린 머리칼을 귀 뒤로 넘겼다. 문 앞에 서 있는 그를 바라보았다. 그녀는 오랜 여행을 마치고 돌아온 듯 피로한 얼굴로, 그를 향해 미소지었다.

어제

배의 이름은 귀신, 이었다. 해가 지고 물이 식으면, 배는 좁은 물길, 나무줄기들이 강
물을 움켜쥔 숲, 흰 배를 드러낸 물고기떼를 헤치고 머리를 들이밀었다.

사위는 아직 어두웠다. 허리까지 말려올라간 면치마를 잡아끌었다. 눈이 어둠에 익숙해지기까지는 시간이 필요했다. 물살을 따라, 배가 규칙적으로 출렁였다. 시력은 늙은 말처럼 천천히 돌아왔다. 간소한 세간들, 낡은 장롱, 깨진 알전구, 이 나간 세숫대야, 쪽창문, 창문 밖 옅어지는 어둠이 보였다. 박명이었다. 뒤틀린 나무벽 틈으로 바람이 새어들어왔다. 차고 단단해진 코끝을 매만졌다. 초목이 무성하던 계절이 지나고 있었다.

그녀는 십이 년 전 배를 인수했다. 배의 주인은 나의 조부였다. 그는 최초의 세탁선(洗濯船) 설계자였다. 처음 그가 한 일은 오래된 목선의 내부를 개조하는 것에 지나지 않았다. 세탁선은 멀리 운항할 필요도, 운항할 수도 없었다. 배의 건조는 시(市)의 엄격한 규제 아래, 운행의 범위와 그 수량이 한정되어 있었다. 그는 목선의 지붕 위에 난간을 세우고, 건조대를 설치했다. 선실 내부를 넓게 트고, 몇 개의 아궁이를 두었다. 세탁선의 구조는 시간을 두고 서서히 발전했다. 찾는 이들이 많아질수록 규모는 더욱 커졌다. 그는 배의 층을 올리고, 세탁부들을 위한 방을 만들었다. 이층 선실 한가운데에 거대한 세탁조 세 개를 두고 일층과 연결된 도르래를 만들었다. 세탁부들은 더이상 빨랫더미를 들고 위태로이 계단을 오르내리지 않아도 되었다. 그녀는 배를 인수하자마자 뱃머리에 개암나무의 잎과 열매를 그려넣었다. 미신에 밝았다. 나는 그녀를 이모님이라고 불렀다.

방은 복도 가장 깊은 곳에 있었다. 세탁선에서 빛과 습기는 중요한 문제였기에, 통풍이 잘되고 빛이 잘 드는 곳엔 언제나 빨랫더미들이 있었다. 자연스럽게 방은 가장 습하고 어두운 공간에 놓였다. 벽은 얇았고, 문과 문 사이의 거리는 지나치게 가까웠다. 발을 뗄 때마다 나무바닥이 몸살을 앓았다. 우리는 각자의 방에서도 쉽게 서로의 동선을 파악했다. 나는 치마 속을 더듬어 사타구니를 만져보았다. 축축했다. 속옷을 발목까지 끌어내렸다. 누런 냉(冷)자국을 손가락으로 더듬어 코에 갖다댔다. 그것은 늙은 가축의 비린내, 발효된 음식의 군내와 비슷했다. 악취에 가까웠지만, 오래도록 맡고 싶은 냄새였다. 그러나 냄새는, 타인의 살처럼 나와는 무관하게 느껴졌다. 나는 속옷을 둥글게 말아 앞

152

치마 주머니에 넣고, 창 가까운 곳에 의자를 끌어와 앉았다. 홑겹의 치마를 허리까지 걷어올리고 팔걸이 위에 오른쪽 다리를 걸쳤다. 굵게 접힌 뱃살과 여름내 땀띠와 습진으로 거뭇하게 변색된 가랑이가 드러났다. 날은 창백했다. 멀리 갈대숲이 윤곽을 드러냈다. 목을 뒤로 젖혀, 숱이 적은 머리칼을 모아 핀으로 단단히 고정시켰다. 이모님이 깨어나기 전까지, 성기를 말렸다.

이미 한 무리의 여인들이 강둑 근처에 모여 있었다. 단단한 팔뚝과 굵은 허리를 가진 여자들, 머릿수건을 동여매고 앞치마를 가슴께까지 바짝 추켜올려 여민 여자들, 호랑가시나무를 촘촘히 엮은 바구니로 무장한 여자들이 있었다. 젖은 흙을 밟아 더러워진 나막신들, 아래 짓이겨진 마른 잡초가 보였다.
배는 시(市)를 감싸고 서쪽으로 돌아나가는 강의 중간에 놓여 있었다. 강 상류의 폭은 좁았지만, 서쪽으로 갈수록 넓어졌다. 주위엔 언제나 나룻배 몇 척이 떠 있어, 세탁선은 덩치가 크고 우둔한 초식동물 같았다. 강둑 주변엔 키가 큰 갈대와 물개암나무, 버드나무가 가득했다.
이층 선실 입구에 매여 있는 밧줄을 풀어 다리를 놓았다. 밤새 추위와 이슬 때문에 단단하게 맞물린 밧줄을 풀기란 여간 어려운 것이 아니었다. 영업이 끝난 후 밧줄을 묶는 것은 이모님의 일이었다. 나는 그 힘을 당해낼 재간이 없었으므로, 늘 손끝

과 손바닥이 붉게 부풀어올랐다. 손등이 허옇게 일어나 쓰라렸
다. 배는 나룻배 한 척이 들어가고도 남을 만큼 거리를 두고 물
위에 떠 있었다. 때문에 다리의 길이는 여타의 선박들에 비해
퍽 긴 편이었다. 여자들을 한 줄로 세우고 차례로 번호표를 나
누어주었다. 누군가 설익은 개암을 깨무는 소리, 뒤따라오는 새
처럼 높은 웃음소리가 정적을 깼다. 새벽안개에 젖은 이마들이
반들거렸다.

　이모님은 나에게 여자들의 수를 물었다.
　그녀는 거대한 세탁조에 설치된 사다리 꼭대기에 있었다. 잿
물에 재워둔 빨랫더미를 꺼내기 위해 마지막으로 휘젓는 중이었
다. 세탁물은 여러 날 전에 맡겨진 것들이었다. 빨랫감이 세 개
의 세탁조에 가득 찰 정도로 쌓이면, 우리는 한꺼번에 애벌빨래
를 했다. 양질의 잿물에 여러 차례 삶고, 헹구고, 다시 새 잿물
에 담가 삶기를 반복했다. 빨래를 삶는 날은 하루 종일 배에서
연기가 피어올랐다. 사람들은 그 연기로, 빨래를 찾아갈 날이 가
까이 왔음을 알았다. 두텁게 살이 오른 이모님의 목덜미가 규칙
적으로 접혔다 펴졌다. 나는 세탁조 아래쪽 구멍에 고무호스를
끼우고, 반대편 끝을 일층 선실의 하수구로 가져갔다. 구멍을 막
고 있던 나무판을 위로 젖혔다. 잿물은 강물과 섞여 하류로 내
려갔다. 이모님은 민물고기를 낚듯, 빨랫감을 건져내었다. 그녀

는 옷의 목덜미나 아랫단에 새겨진 이름을 보지 않고도, 그 주인이 누구인지 훤히 알았다. 그녀는 옷을 통하여, 주인의 취향과 재정 상태를 쉽게 파악했다. 선호하는 색과 모양새, 옷감은 대체로 일정했다. 유행에 따라 소매 끝단이나 길이가 조금씩 변형되기도 했다. 그녀는 또한, 각각의 옷이 지닌 내력을 기억하고 있었다. 어머니로부터 물려받은 옷, 용도가 변경된 옷, 갓 지어진 옷, 맵시가 아름다워 모두의 부러움을 산 옷, 너무 오래되어 곧 버려질 옷 들이 그녀의 손을 거쳐갔다.

작업이 끝나자 이모님은 흰 옷과 이불보를 모아 삶은 세탁조 쪽으로 자리를 옮겼다. 두터운 장갑을 낀 손으로 연신 머리를 긁었다. 짧은 상고머리 아래, 귀가 붉었다. 가마가 왼쪽으로 틀어진 뒤통수가 꼭 심통이 난 사내아이 같았다. 나는 젖은 빨래를 각각의 이름에 따라 분류해나가기 시작했다.

번호표를 허리춤에 꽂은 여자들이 여러 무리로 나뉘어 쉴새없이 떠들어댔다. 간헐적으로 들려오는 큰 웃음소리들이 세탁선 내부를 가득 메웠다. 때문에 우리의 고요가 도리어 어색하게 느껴졌다. 나는 창 쪽으로 고개를 돌렸다. 물닭들. 이모님이 혀를 차며 쓴웃음을 지었다. 나는 사람들이 세탁선과 세탁선을 찾는 여자들을 가리켜 '물닭들'이라고 낮춰 부른다는 것을 잘 알고 있었다. 여름철 강둑 갈대숲 사이를 무리지어 돌아다니며 가슴을 잔뜩 부풀린 채 먹이를 찾는 물닭의 모습이, 여럿이 한데 모여 머리를 맞대고 비밀한 이야기를 속삭이며 주변을 두리번거리는 여인들의 모습과 닮았기 때문이었다. 물살에 뒤뚱거리는 세탁선의 모습 역시 그와 다르지 않았다. 꽃가루처럼 마을 주변을 떠다니던 풍문들은 이곳에서 뿌리를 내리고 싹을 틔웠다. 여자들은 각자가 보유한 소문들을 풀어놓고 진위여부를 따졌다. 그 과정은 매우 단순해서, 아무나 함께 맞장구쳐주기만 하면 되었다. 누군가가 이야기를 조합하여 인과관계를 만들면, 다른 누군가가 그 사건에 논평을 곁들였다. 나머지가 동의하듯 고개를 끄덕이면, 풍문은 사실이 되었다. 이야기는 언제나 흥미진진하고 비밀스러웠으며, 화자를 제외한 누구라도 주인공이 될 수 있었다. 그들은 자신들의 이야기만 아니라면 무엇이든 개의치 않았다. 추측과 억측이 난무했지만, 그것은 삶의 무료함을 견디는 방편의 하나일 뿐이라는 사실을 모두들 알고 있었다.

이모님이 계속되는 소음에 미간을 찡그렸다. 나는 재빨리 일어나 열어놓았던 창문을 닫았다. 무리에서 떨어진 몇몇은 강물에 손을 넣어 물의 온도를 가늠하거나, 미처 하지 못한 세수를 하기도 하고, 배 주변을 맴도는 물새를 향해 돌을 던지기도 하였다.

세탁선의 입장료는 이용시간과 무관했다. 기본요금만으로도 해가 질 때까지 배에 머무를 수 있었다. 그것은 입장료와 미리

맡겨놓은 세탁물에 대한 요금이 합쳐진 금액이었다. 빨래의 무게에 비례해 요금에 차등이 있었다. 다리미와 건조기의 이용에는 추가요금을 내야 했다.

이모님이 스무 개 남짓 되는 빨랫방망이와 솔이 담긴 그물을 양손에 끌고 갑판으로 나서자, 흩어져 있던 사람들이 일사불란하게 움직이기 시작했다. 서로의 번호표를 대조하며 강둑을 따라 길게 늘어섰다. 그 모습을 내려다보는 이모님은 제법 위용이 넘쳤다. 앞섶이 금실로 장식된 붉은 조끼는 어디서고 가장 눈에 띄었다. 그녀는 가슴 바로 아래 달린 얕은 주머니에 양 손끝을 끼웠다. 움푹 파인 등과 넓은 엉덩이가 적나라하게 드러나 보였다. 허벅지까지 올라오는 검은 양가죽 장화에 윤이 흘렀다. 나는 마을의 남자들이 이모님을 향해 선장님, 이라고 굽실거리는 체하며 비아냥거리는 것을 오랫동안 보아왔다. 그들은 이모님의 사내다운 차림새와 풍만한 몸매의 부조화를 비웃었다. 배 구실을 제대로 하지 못하는 세탁선의 주인이라는 것 역시 놀림거리가 되었다. 이모님이 마을을 지나면, 기다렸다는 듯 음담패설을 쏟아내기도 했다. 여색을 즐긴다는 소문이 돌았다. 이모님은 모든 것을 묵묵히 삼켰다. 이 마을에 자리를 잡은 지 십이 년이 지났지만, 그녀의 위상은 하나도 변한 것이 없었다. 한결같은 조소와 경계심이 있었다.

이모님이 발로 방망이를 툭툭 찼다. 나는 그 신호에 따라, 그

물을 끌고 앞으로 나섰다. 여자들이 번호표와 돈을 내밀면, 빨랫
방망이와 솔을 각각 하나씩 나누어주었다. 그 두 가지가 우리의
기본적인 대여 품목이었다. 이어 자신의 이름을 말하면, 이모님
은 이름에 따라 분류된 세탁물에서 그들의 것을 찾아주었다. 여
자들은 가져온 바구니에 세탁물을 담아 다시 강가로 나갔다. 빨
래의 양이 많은 이들은 강가와 세탁선을 여러 차례 오갔다. 여
자들은 배 근처에 터를 잡았다. 비탈면의 기울기가 커 빨래의
헹굼이 용이했다. 널찍하고 커다란 바위가 박힌 곳을 특히 좋아
했다. 날은 완전히 밝았다. 그들에게는, 본격적인 노동의 하루가
시작된 셈이었다.

나는 여인들의 이름을 모두 알고 있었다.
빨랫방망이를 내리치며 끊임없이 귀엣말로 속삭이는 미간이
좁은 늙은 여자와 머리를 땋아 길게 늘어뜨린 그의 질녀, 그 옆,
팔이 유난히 짧아 강물에 발을 반쯤 담그고 빨래를 헹구는 뾰로
통한 얼굴의 여자, 그녀를 따라 무릎까지 치마를 걷어올리고 맨
발을 강에 담가보는 여자, 두 개의 바위를 지나, 시린 손을 가랑
이 사이에 넣고 비비는 여자, 빨랫방망이로 하늘을 찌르며 높은
목소리로 노래를 부르는 덩치 큰 여자와 추임새를 넣는 주변의
무리들, 젖은 손으로 귀를 막으며 웃음을 짓는 붉은 공단치마를
입은 소녀, 벌어진 옷 사이로 마른 젖이 훤히 드러나 보이는 그

녀의 엄마, 멀찌감치 떨어져 곧 울 것 같은 얼굴로 소매 끝에 달린 장신구를 손질하는 여자, 업힌 아이에게 강아지풀을 쥐여주는 여자, 그 주위를 돌며 날지 않는 방패연을 연신 하늘에 띄우는 볼이 붉은 사내아이를, 나는 알고 있었다.

나는 또한, 그들 뒤로 군락을 이루고 있는 키 큰 나무들과 껍질이 단단한 열매들, 그 그늘에 기생하는 독버섯들, 강물 위를 걷는 길고 가는 다리의 곤충들, 계절마다 모습을 달리하는 그들의 천적들, 먼바다에서 돌아와 알을 낳는 물고기들, 강바닥의 붉고 푸른 수초들, 세탁선 난간에 앉아 우짖는 물새들의 이름을 알고 있었다.

마디가 굵은 손들이 끊임없이 강물을 헤집었다. 크고 작은 파문들이 태어났다 사라졌다. 먼 곳에서 흘러온 물이 더러워진 물을 하류로 밀어내었다. 마른 수양버들 잎들이 뒤를 따랐다. 젖은 돌들이 빛났다.

이모님은 가축을 지키는 개처럼, 빨랫방망이를 옆구리에 끼고 세탁선과 여자들 주변을 어슬렁거렸다. 그녀의 빨랫방망이는 보통의 것들보다 곱절은 크고 무거워, 위압감이 느껴졌다. 이모님은 여자들이 정해진 구획 밖으로 나가지 못하도록 감시하고, 무리지어 몰려와 돌이나 나무열매를 던지는 동네 아이들에게 호통을 쳐, 내쫓았다. 여자들은 이모님의 크고 무거운 고함소리에 어깨를 움

어제 159

츠리며 놀라다가도, 이내 저희들끼리 키득대었다. 나는 어째서 여자들이 웃는지 이해할 수 없었다. 그들은 이모님의 위엄에서 우스꽝스러움을 읽어내는 듯했다. 제법 거칠었던 날씨는 해가 높아질수록 온순해졌다. 여자들의 얼굴이 땀으로 반질거렸다. 소란은 차츰 가라앉았다. 빨래 처덕거리는 소리가 그 자리를 대신했다.

  이모님은 몇 해 전부터 끊임없이 시청에 청원서를 제출해왔다. 세탁선 운항의 규제 완화에 관한 내용이었다. 세탁선의 수는 시가 관할하는 강의 폭과 길이, 주민의 수에 따라 엄격하게 제한되어 있었다. 운항 가능한 구간이 정해져 있었지만, 너무 짧아 거의 움직이지 못하는 것과 진배없었다. 이모님은 이곳에 배를 정박시킨 후로, 단 한 차례도 닻을 올린 적이 없었다. 그러나 배의 규모에 관한 규정은 상대적으로 유연해서, 많은 세탁선들이 차츰 크기를 키우고 더욱 많은 세탁부를 고용하기 시작했다. 우리의 목선은 상대적으로 노후했으며 인력이라고는 나와 이모님, 둘뿐이었다. 시간이 지날수록 주문량이 떨어지는 것은 당연한 결과인지도 몰랐다. 표면적인 이유는 수입의 감소였지만, 그보다는 합법적으로 세탁선을 타고 낯선 강으로 나아가고 싶은 마음이 더욱 간절한 것 같았다. 그녀는 생소한 마을을 돌며 빨래를 걷고, 그곳이 익숙해지기 전에 다른 고장으로 떠나는 삶을 원했다. 이모님은 고집스럽게 청원서를 보냈지만, 그때마다 관리감찰의 어려움을 이유로 거절당했다. 이모님은 필사적이었다. 직접 시청으로 찾아가 허가를 내줄 때까지 나가지 않겠다고 으름장을 놓기도 했고, 이모님을 끌어내리려는 직원의 멱살을 잡고 행패를 부려 쫓겨나기도 했다. 결국 반 년간 시청 출입이 금지되었는데, 그후론 일주일에 한 통씩 편지를 보내는 것으로 대신하고 있었다.

그러나 세탁선을 포기하지 않는 한 세탁선과 함께 자유로워지는 일은 불가능하리라는 것을, 난 알고 있었다. 이모님 역시 하루 빨리 그것을 받아들이고 시와의 불화에 종지부를 찍기를 바랐다.

세탁선의 일층 선실은 이층과 연결된 계단을 통해서 들어갈 수 있었다. 여러 장의 천을 덧댄 다림질용 판자 다섯 줄과 세 대의 다리미, 판자와 판자 사이에 두 대의 석탄난로, 한 대의 화덕, 하수구 옆에 건조기 한 대가 있었다. 다리미를 달구기 위해 강가에서 주워온 자갈들을 화덕에 던졌다. 물기가 채 가시지 않은 돌들이 요란한 소리를 냈다. 화덕 옆에 세워놓았던 다리미들을 각각의 판자 위에 올려놓았다. 창밖으로, 나룻배를 향해 걸어오는 성장(盛粧)한 여인 셋이 보였다.

챙이 넓은 모자 아래, 얼굴이 하얬다. 입술은 붉었다. 시내의 여자들은 장미를 빻아 즙을 낸 발색제를 작은 병에 담아 품고 다니며, 수시로 입술과 볼, 유두에 발라 물을 들였다. 독한 향은 그들이 사라진 뒤에도 오랫동안 남아, 그 길을 지나던 어린 소년들은 영문도 모른 채 얼굴을 붉히곤 했다. 나룻배 근처에서 빨래를 하던 여자들은 쭈그리고 앉은 채로 길목을 막고 있던 빨랫더미를 한쪽으로 밀어 길을 내주었다. 그들은 까닭 없이 당황해, 빨랫바구니를 강물에 빠뜨리고는 허겁지겁 강물로 뛰어들어 건져내었다.

세 여인은 발끝까지 내려오는 긴 치마를 오른팔로 감아쥐고, 나룻배가 묶인 말뚝 옆에 섰다. 미처 신경쓰지 못한 치마 뒷자락이 땅에 끌렸다. 얇디얇은 겹겹의 치마는 각각의 색이 미세하게 달랐다. 치맛단에 잿물로 범벅된 진흙물이 들었다. 나룻배는 고개를 갸웃하듯 물결을 따라 몸을 흔들었다. 여자들은 말뚝 옆에 놓인 길고 얇은 대나무 막대를 들어 나룻배를 툭툭 건드리며 저희들끼리 까르륵, 웃었다. 웃음소리가 가늘고 맑았다. 셋 중 가장 키가 큰 여자가 막대를 두 손으로 쥐고 나룻배를 끌어보려 했지만, 배는 흔들리기만 할 뿐 뭍으로 다가오지 않았다. 면적이 좁은 구두 굽이 자꾸 자갈에 미끄러졌다. 그들은 서로의 팔을 붙잡거나, 가느다란 허리를 끌어안으며 중심을 잡았다. 모자 끝이 부딪혀 휘어졌다.

나룻배의 주인은 얼굴이 검고 등이 굽은 사내였다. 그는 계선주에 배를 매는 일도 겸하고 있었다. 출항하는 배의 밧줄을 풀어주고, 돌아오는 배의 정박을 돕느라 자리를 비우는 시간이 많았다. 셋은 그의 한 손에 몸을 의지한 채 배에 올라탔다. 빨래터의 여자들은 그들의 희고 연한 팔꿈치를 훔쳐보았다. 여자들은 중심을 잡지 못하고 고꾸라지면서 차례로 배에 안착했다. 치마가 속이 빈 과자처럼 부풀어올랐다. 배가 크게 요동쳤다. 그 모습은 우스꽝스럽고 불안했지만, 연약하고 우아해 보였다. 사내가 마지막으로 배에 올라탔다. 그는 장대를 들어 뭍을 밀어냈다. 배가 뒤로 밀려났다. 나룻배는 제 몸보다 훨씬 크고 유연한 물무늬를 만들며, 서서히 세탁선과 멀어졌다. 나는 작아지는 배 위로 쏟아지는 빛과 산란하는 물결들을 바라보았다.

뭍은 처음부터 그들과 아무런 연관성도, 공통점도 없는 세계였다는 듯, 본래의 색으로 돌아갔다.

정오가 다가오고 있었다. 나는 화덕의 돌들을 이리저리 뒤적였다.

배의 이름은 귀신, 이었다.

해가 지고 물이 식으면, 배는 좁은 물길, 나무줄기들이 강물을 움켜쥔 숲, 흰 배를 드러낸 물고기떼를 헤치고 머리를 들이밀었다. 돛대엔 수십 개의 알전구들이 달려 있어 어둠 속에서도 괴괴히 빛났다고 했다. 사람들은 그 빛을 쫓아 하나 둘 배 근처로 모였다. 배에 다리가 놓이고, 붉은 양탄자가 깔리면, 그들은 홀린 듯 다리를 건넜다. 다리는 녹슨 철제에 불과했다. 나무판에 음각으로 새긴 조악한 문패가 덜렁거렸다. 다리는, 아무리 걸어도 닿을 수 없을 것처럼 길게 느껴졌다, 고 나의 조부는 말했다. 사람들은 다리를 건너다 문득, 그 아래를 내려다보며 모골이 송연해지는 공포를 느꼈다. 해가 지기 전까지 아이와 발을 담그고 물고기를 잡았던 바로 그 강물이라는 사실은 완전히 잊었다. 그 순간만큼은, 검은 강물의 무한한 깊이, 금방이라도 뛰쳐나와 자신의 발목을 낚아챌 것만 같은 불길한 존재를 믿을 수밖에 없었다. 뒤따라오는 이의 기척만으로도 화들짝 놀랐다. 그들은 가느다란 난간을 부여잡고 천천히 걸음을 떼었다. 들어본 적 없는 음악, 맡아본 적 없는 술의 단내가 그들의 손을 잡고 놓아주지 않았다. 그리고 우리는 안개를 마시듯, 아무리 마셔도 취하지 않는 술을 밤새도록 들이켰다, 고 조부는 회상했다. 점점 맑아지는 정신으로 새벽이슬을 밟으며 그는 집으로 돌아왔다. 뒤돌아보면, 배는 뜨는 해 반대편으로 사라지고 있었다.

나는 단 한 번, 그를 따라 귀신에 간 적이 있었다. 젖은 눈곱이 달라붙은 눈으로 귀신에 대해 속삭이는 늙은 조부의 목소리엔 힘이 넘쳤다. 그곳에서 마신 단술의 미감과 끊임없이 흘러나온 음악의 절묘함에 관한 묘사를 들으며, 나는 유년을 보냈다. 단지 먹고 마시기 위해 존재하는 배를 본 적이 없었으므로, 배는 나의 상상 속에서 더욱 화려하게 변모하고 있었다.

직접 눈으로 본 귀신은 안개에 둘러싸인 낡은 목선에 불과했다. 축대에 부딪혀 마모된 배의 밑동엔 이끼가 무성했다. 주등

(酒燈)도 없이, 알전구는 대부분이 부서지고 몇 개만 남아 느리게 깜박였다. 돛 없는 돛대만이 하늘을 찌를 듯 높았다. 갑판 위엔 크고 작은 화분들이 빽빽이 들어차 있었다. 종자를 알 수 없는 묘목들, 누렇게 뜬 잎들, 난간 밖까지 길게 늘어져 있는 마른 넝쿨들은 여자의 긴 머리채를 닮아 섬뜩했다. 조부는 나의 손을 부서질 듯 잡으며, 눈으로 웃었다. 아래를 보지 말아라, 얘야. 조부의 주름진 양미간과 파르르 떨리는 눈밑은 우는 것처럼 보였다. 그는 잡은 손을 덜덜 떨며 다리 앞에 섰다. 그러나 노인의 안광은 알전구보다도 빛났다. 본래의 색을 알 수 없을 정도로 더러워진 양탄자가 발밑에 있었다. 나는 강물을 보지 않으려 애쓰며 고개를 하늘로 치켜드는 그에게, 집으로 돌아가겠다고 말했다. 그의 입 안에 고인 침이 곧 떨어질 것만 같았다. 배 안에선 낯선 언어로 부르는 단조로운 노랫소리가 들려왔다. 시작도 끝도 없이 몇 개의 음들만이 자리를 바꿔가며, 노래는 이어지고 있었다. 조부가 온갖 달콤한 수사를 동원하여 예찬하던 술향기 따위는 존재하지 않았다. 나는 귀신에 대한 실망보다, 조부에 대한 공포가 더 견딜 수 없었다. 두려워해야 할 것은 강이 아니라 조부 같았다. 그는 이해한다는 표정으로 두어 번 손사래를 친 뒤, 배 쪽으로 몸을 돌렸다. 난간을 더듬거리며 간신히 발을 떼는 조부의 구부정한 뒷모습을 보았다. 몇 가닥 남지 않은 떡진 머리칼이 두피에 찰싹 달라붙어 있었다. 뭍에서 배까지의 거리

는 다섯 걸음도 안 될 만큼 짧았다.

주점의 문이 닫히자, 고요가 찾아들었다. 주변은 황망했다. 나는 강물을 들여다보았다. 물결에 일그러지는 얼굴 하나가 보였다. 귀신처럼 창백하고 우스꽝스러운 얼굴. 조부가 느꼈던 공포의 정체는 자신의 얼굴일지도 몰랐다.

일 년 뒤, 귀신은 갑자기 종적을 감췄다. 그리고 다시 일 년 뒤, 배는 마을의 늪지대에 좌초된 채 발견되었다. 낡은 의자 몇 개와 탁자, 줄이 끊어진 작은 현악기, 바스러진 화초의 잔재 들만이 남아 있었다. 그 배를 거둔 것은 조부였다. 그는 다시 일 년에 걸쳐 시의 승인을 받아내고, 세탁선으로 개조했다. 그 기간 동안 조부에게는 기이한 열의가 넘쳤다. 그는 엄청난 양의 음식을 먹고 배설했다. 잠은 거의 자지 않았다. 사람들은 그가 곧 죽을 것이라고 말했다. 같은 해, 얼굴이 노랗고 어수룩해 보이는 여자 하나가 마을을 찾았다. 조부는 그녀에게 배를 팔았다. 배는, 조부가 만든 마지막 세탁선이 되었다.

여자들은 둘씩 짝을 지어 빨래의 물기를 뺐다. 감이 두꺼워 손으로 짜기 힘든 외투나 구김이 쉽게 가는 옷 들은 건조기를 이용했다. 커다란 들통 위에 십자 형태로 막대를 얹고 그 위에 건조기를 올렸다. 들통에 젖은 빨래를 담고, 톱니바퀴처럼 맞물려 돌아가는 두 개의 둥근 나무막대 사이에 옷을 끼운 후, 적당히 간격을 조절하여 손잡이를 돌리면, 옷은 압력을 견디지 못하고 물기를 뱉어내었다. 그 과정은 옷이 말린 오징어처럼 납작해질 때까지 계속되었다. 지난하고 고된 작업이었다. 빨래에서 흘러나온 물은 곧장 하수구로 흘러들어갔다. 건조기는 한 대뿐이었으므로, 줄이 길었다. 여자들은 다리미판 위에 앉아 차례를 기다렸다. 창문에서 쏟아지는 햇빛을 받으며 선잠을 잤다.

오수의 시간은 한가로웠다. 여인들은 한동안 볼 수 없을 햇빛을 온몸으로 받아내었다. 허벅지까지 치마를 걷어올리고, 오랫동안 물에 닿아 퉁퉁 불은 손을 말렸다. 곧 겨울이 올 것이었다. 잦은 비와 높은 습도, 형편없는 일조량을 견뎌야 할 것이었다. 따듯해진 강물에 발을 담그고, 각자 준비해온 음식을 나누어 먹었다. 그들은 밥에 짠지를 넣어 꼭꼭 뭉쳐오거나, 잘 익은 과일, 찐 감자를 손수건에 담아왔다. 나들이를 나온 어린아이처럼 물장구를 쳤다.

빨래는 손이 닿는 곳, 햇볕이 잘 드는 곳이라면 어디에나 있었다. 나무와 나무 사이 얇게 꼬아 매어놓은 줄 위, 커다란 바위 위, 널찍한 나뭇잎을 깐 자갈 위, 배의 난간 위, 키 작은 꽃나무 위에 활짝 펼쳐져 있었다. 옷은 제각각 색과 모양새가 달라, 멀리서 보면 강둑 전체가 커다란 조각보로 덮여 있는 듯 보였다. 세탁선 지붕 위 수십 장의 이불보들이 바람에 흔들렸다. 몇몇은 그 그늘 아래서 머리를 맞대고 잠이 들었다.

종종 강 상류에서 오물이 떠내려오기도 했다. 강과 가까운 곳에 사는 사람들, 마당이 없어 오물을 묻을 곳이 마땅치 않았던 사람들은 양철통에 똥과 오줌을 모아 몰래 강에 흘려버렸다. 물에 발을 담그고 물장구를 치던 여자들, 수건에 물을 적셔 목과 가슴을 닦아내던 여자들은 에구머니나, 소리를 지르며 발과 손을 털고 일어났다. 밥을 먹던 여자들은 울상을 지으며 욕지거리를 하거나 못 본 척 고개를 돌렸다. 아이들은 햇빛을 받아 반짝반짝 빛나는 똥덩어리들을 손가락으로 가리키며 배를 잡고 웃었다.

이모님은 소란스러움에서 조금 떨어진 바위에 기대 졸고 있었다. 언제나 양미간을 잔뜩 찡그리고 있었는데, 그 주름은 이모님의 험상궂은 인상에 일조를 했다. 그러나 그것은 그녀의 좋지 않은 시력 탓일 뿐, 그녀의 성격과는 무관했다. 빨랫방망이를 다리 사이에 끼고 잠든 이모님의 모습은 어릴 적 조부가 들려주었던 바닷가 민담을 떠오르게 했다. 그것은 쇠방망이를 들고 다니며 무뢰배들을 물리치는 여장부의 이야기였는데, 듬직한 어깨의 그녀와 잘 어울렸다. 이모님은 본래 말수가 적었지만, 가끔씩 고향의 신기한 풀 이름이나, 기후의 난폭함에 대해서 이야기해주곤 했다. 고향의 산천을 뛰어다니며 사냥했던 산짐승들의 이름이며, 그 수에 대해 무용담처럼 늘어놓는 이모님의 얼굴에는 홍조가 띠고, 웃음이 만연했다.

이모님은 욕심이 많은 사람들이 그러하듯, 스스로 정해놓은 규율과 규칙이 많았다. 시간을 세분화하고 정확성에 만전을 기했다. 정해진 시간에 일어나고, 잠을 자고, 물을 끓이고, 잿물에 쓸 장작을 모으기 위해 정해진 날짜에 산을 뒤졌다. 그녀는 자신감이 강하고 고집이 센 편이어서, 자신의 규칙을 타인에게 강요하는 버릇이 있었다. 사람들이 그녀에게 느끼는 거북함은 거기에서 비롯되는 것인지도 몰랐다. 그녀는 세탁선 안에 수많은 규칙들을 숨겨놓았다. 그중 절반은 내가 아는 것들, 지켜야 하는 것들이었지만, 나머지 절반은 너무나 사사로워 미처 깨닫지도 못하는 것들이었다. 그녀는 방의 세숫대야 위치에서부터 국에 들어가는 마늘의 개수까지 정해놓았다. 나는 이모님의 너무나 바쁜 하루 일과를 보며, 도리어 그녀의 삶이 지나치게 무료한 것은 아닐까 하는 의구심이 들었다. 그녀가 끊임없이 시에 청원서를 내는 것도 비슷한 이유이리라.

나는 종종 이모님이 진짜 배의 선장이 되는 상상을 했다. 큰 선박을 이끌고 먼바다로 나가는 그녀의 모습, 갑판에서 담뱃대를 물고 느긋하게 오수를 즐기는 모습, 거대한 그물로 바닷고기나 대게를 건져올리는 모습은 퍽 늠름할 것이었다.

멀리서 몇 명의 남자들이 빈 수레를 끌고 세탁선을 향해 걸어오고 있었다. 그들을 발견한 여자들은 자리를 털고 일어나, 널어놓았던 빨래를 걷기 시작했다. 그들은 여자들의 남편이거나, 아들이거나, 동료들이었다. 지난 계절의 묵은 빨래들은 혼자 들고 가기에는 너무 많았다. 나는 세탁선 지붕 위로 올라갔다. 강과 강둑, 갈대숲과 그 뒤로 펼쳐진 수목림, 낮은 지붕들이 한눈에 들어왔다. 바위 위에, 나무 위에 널어 말린 빨래를 걷는 여자들, 갓 찐 만두처럼 뽀얀 속옷에 얼굴을 묻고 냄새를 맡아보는 여자들, 남자들을 향해 달려가는 여자와 어린아이 들이 손이 닿을 수 없는 곳에 있었다. 누군가가 내 몸을 민 것처럼, 풍경이 서서히 멀어져가는 것도 느꼈다. 나의 마음에서가 아니라, 실제로 멀어지고 있는 것이었다. 갑자기 배에 큰 울림이 있었다. 아래를 내려다보았다. 배와 뭍의 간격이 벌어지고 있었다. 다리가 덜덜거리며 땅에 끌렸다. 곧 큰 꿍음을 내며 철제 다리가 배의 몸체와 부딪쳤다. 배는 뒷걸음질을 치듯 조금씩 뒤로 물러났다. 나는 본능적으로 건조대의 이불보들을 부여잡았다. 빨래가 강물에라도 떨어진다면, 오늘의 수고는 모두 허사가 될 것이었다. 중심이 흐트러졌다. 곧 넘어질 듯 위태로웠다. 손을 휘저어 난간을 붙잡으려 했다. 얼마 지나지 않아, 여자와 남자 들이 배로 몰려들었다. 동작이 빠른 남자 몇이 달려들어 풀린 밧줄을 낚았다.

배는 본래 두 개의 계선주에 굵은 밧줄로 단단히 연결되어 있어야 했다. 배와 육지와의 거리가 상대적으로 멀어 단단히 고정시키기가 쉽지 않았다. 그럼에도 불구하고 십이 년 동안, 밧줄은 단 한 차례도 풀린 적이 없었다. 이모님이 언제나 세심한 주의를 기울였기 때문이었다. 얼굴이 검은 나룻배의 사내가 새 밧줄을 가져오는 것을 보며, 나는 이불보를 모두 걷어 지붕에서 내려왔다. 판자로 만들어진 조악한 다리는 본체와 쉽게 분리되어, 물속으로 가라앉았다. 사내가 나룻배를 띄웠다. 배와 육지와의 간격은 다리가 있을 때보다 훨씬 넓어 보였다. 깊이감도 전과 달랐다. 익숙한 강이 낯설어 보이자, 마음에서 두려움이 싹텄다. 사내는 굽은 등을 들어 나에게 손을 내밀었다. 나는 그의 한쪽 팔에 무게를 실어, 나룻배에 내려섰다. 크고 거친 손바닥 덕분에 작고 하얗게 보이는 내 손이 생소했다. 때가 잔뜩 낀 굵은 손금, 손목으로 이어지는 깊은 골과 푸른 힘줄, 검고 긴 잔털 들이 눈에 들어왔다. 배가 울렁였다.

이모님은 그제야 사람들을 헤치고, 허겁지겁 나타났다. 그녀는 가쁜 숨을 몰아쉬며 나와 배를 번갈아 보았다. 양손으로 무릎을 짚고 한숨을 크게 쉬었다. 이모님의 이마가 당혹과 수치로 일그러졌다. 남자 둘이 나서서 두 겹의 밧줄로 더욱 단단하게 배를 계류했다. 이제 밧줄이 풀리는 일은 없을 것이라고 호언했다.

배 주위로 몰려들었던 사람들은 각자의 일거리가 있는 곳으로 돌아갔다. 여자들은 개다 만 빨래를 마저 개고 수레에 실었다. 손이 바빠졌다. 나는 짧은 시간 동안 느꼈던 당혹감과 두려움, 기시감 따위의 감정들을 곱씹었다. 강렬하지만 지나치게 짧고 모호한 감정들은 쉽게 사그라졌다. 이모님은 계선주에 감긴 밧줄을 흔들어보고, 매듭의 단단함을 여러 차례 확인하고 나서도 자리를 뜨지 못했다.

해가 가라앉고 있었다. 먼 강의 꼬리 끝에서부터 어둠은 오물처럼 떠내려왔다.

눈을 떴다. 어둠이 균일한 무게로 방을 뒤덮고 있었다. 다시 눈을 감았다. 해는 하루가 다르게 짧아졌으므로, 시간을 가늠하기가 쉽지 않았다. 습관적으로 오늘 해야 할 일을 헤아려보았다. 까무룩 다시 잠이 들었다.

빠르고 조심성 없는 발소리에 잠에서 깨어났다. 이모님이었다. 날은 완전히 밝아 있었다. 좁은 창문으로 햇빛이 다닥다닥 달라붙어 있었다. 이내 고집스럽게 안으로, 안으로 밀고 들어왔다. 나는 침대 가까이 밀려들어온 빛들이 유난히 소란스럽다고 생각했다. 그에 부응하듯, 이모님이 방문을 두드리며, 소리를 질렀다. 문득 지난밤의 이모님이 떠올랐다. 그녀는 머리를 다듬고 있었다. 이모님은 늘 같은 길이의 반듯한 상고머리를 유지하기 위해 세심한 노력을 기울였다. 머리카락이 자라는 속도는 제각각이어서, 조금만 긴장의 끈을 놓아도 심통난 아이처럼 삐죽이 튀어나왔기 때문이었다. 그녀는 탁자에 앉아, 꽃 모양의 전등갓 가까이 머리를 들이밀었다. 조도가 낮았다. 벗은 등이 누렇게 빛을 받았다. 사춘기를 앓는 소년의 이마처럼 여드름이 가득했다. 여드름들은 금방이라도 터질 듯 누렇게 고름이 차 있었다. 그녀는 고도의 집중력을 발휘했다. 배가 끊임없이 잦은 물살에 흔들려, 적절한 시기를 찾는 것이 중요했다. 이모님에게는, 제법 긴 장감이 느껴지는 순간일 것이었다. 나는 가위를 들 때마다 꼿꼿이 일어나는 무성한 겨드랑이 털, 덜렁거리는 크고 늘어진 유방에서 눈을 떼기가 어려웠다. 그것은 언젠가 이모님의 방 침대 머리맡에 구겨져 있던 피 묻은 속옷을 발견했을 때와 비슷한 이질감이었다. 잔뜩 미간을 찡그린 옆얼굴은 배 위에서 여자들을 호령하던 위엄 넘치는 표정과 꼭 같았다. 그 모든 것들이 이모님과 기묘하게 잘 어울렸다. 나는 머릿속에 우스꽝스럽다, 는 단어를 떠올렸으나, 이내 지워냈다.

이모님은 방문이 부서질 정도로 세게 두드려댔다. 붉은 얼굴로 나에게 다짜고짜 열쇠를 달라고 했다. 나는 헝클어진 머리를 하나로 묶으며 이모님의 의중을 파악하려 했으나, 그녀는 말이 끝나기도 전에 고개를 돌리고 빠른 걸음으로 복도를 지나갔다. 나는 맨발로 그녀의 뒤를 쫓았다. 마룻바닥은 얼음장처럼 차가웠다. 발바닥이 칼에 베인 듯 쓰라렸다. 이모님은 싸울 듯한 기세로 선실의 기물들을 향해 달려들었지만, 지나치게 흥분해 있어 별다른 소득은 없어 보였다. 자신이 무엇을 찾고 있는지조차 모르는 것 같았다. 자로 잰 듯 반듯한 머리칼 아래, 뒷목이 푸르렀다. 나는 그제야 그녀의 손에 들린 편지를 발견했다. 보지 않아도 내용을 짐작할 수 있었다.

단 한 번도 들어가본 적 없는, 들어갈 필요가 없었던 조종실을 향해 걸어갔다. 조종실은 우리의 방과 완전히 반대쪽에 있었다. 어두운 복도 가장 깊은 곳에, 육중한 철문이 버티고 있었다. 문고리를 잡자 먼지의 질감이 느껴졌다. 문은 쉽게 열렸다. 문은, 이모님의 관념 속에서만 잠겨 있었을 뿐, 열쇠 따위는 처음부터 존재하지도 않았다. 발을 디디자 눈이 내린 듯, 선명한 발자국이 남았다. 곰팡이 냄새가 진동했다.

나는 불현듯 어제를 떠올렸다. 이 고장에서의 마지막 날이 되었을 어제, 이 고장에서 보낸 모든 날들과 같았던 어제를 떠올렸다. 그리고 그전과는 달랐을지도 모를 어제를 떠올렸다. 그것은 의미 있는 일인가.

이모님이 내 어깨를 밀치고 조종실 안으로 들어왔다. 그녀는 조타기 앞에 섰다. 먼지로 뒤덮인 창 너머, 경계선이 사라지고 형체만이 남은 풍경들이 일렁였다. 나는 그녀에게 물었다.

그것이, 움직일까요.

이모님은 말없이 미소지으며, 손에 들린 마른걸레로 조타기를 닦기 시작했다.

골목의 아이

나는 시간이 지남에 따라 이 골목의 길들이 여러 겹으로 이루어져 있다는 사실을 깨달았다. 이방인에게는 절대 열리지 않는 길들, 아무리 뒤져도 찾을 수 없는 길들이 있었다.

그리하여 도착한 골목의 어귀에서 마주친 것은 맹렬히 돌진하는 한 마리 코끼리였다. 먼 바다에서부터 밀려오는 해일, 정적을 부수는 기차의 기적소리 같은 난폭함으로 그는 앞발을 들어 대지를 내리찍었다. 몸체와 부딪히는 것만으로도 산산이 부서지는 상점의 진열장들, 가래를 뱉던 노파가 그의 왼쪽 뒷발에 짓밟히는 광경들을 보며, 나는 오줌을 지렸다. 무너진 돌담 위에 앉아 사타구니를 움켜쥐었다. 젖은 손을 가슴팍에 문질렀다. 가슴에 찍힌 손자국에서 지린내가 올라왔다. 그가 허공에 콧물을 내뿜으며 길 반대편으로 사라지자, 상점 안으로 몸을 숨겼던 사람들이 하나둘 모습을 드러내었다. 피로한 얼굴로 구겨진 땅을 밟았으나 펴지지 않았다. 늙은 개가 울었다.

여자는 쏟아지는 구토를 손으로 틀어막으며 노파를 향해 다가 갔다. 피냄새를 맡고 몰려든 길고양이들, 혈기왕성한 개들이 으깨진 노파의 뒤통수를 핥았다. 여자는 부서진 평상의 다리를 들어 짐승들을 물리쳤다. 휘이, 휘—이, 여자의 목소리가 사람들을 불러모았다. 노파는 허공을 움켜쥔 채 말린 새우처럼 몸을 오그리고 있었다. 여자는 노파의 배 위로 올라타, 완전히 돌아간 머리통의 양옆을 움켜쥐었다. 뼈와 뼈, 근육과 근육이 쓸리는 소리와 함께 노파의 부릅뜬 두 눈이 여자를 향했다. 사람들은 노파의 벌어진 입, 입 안 가득 고인 침, 침과 함께 흘러내리는 부러진 이들을 보기 위하여 더욱 가까이 몰려들었다. 침은 여자의 손목을 향해 달려들었다. 여자는 노파의 얼굴이 제자리로 돌아온 것을 확인하고 잡았던 손을 놓았다. 남자가 노파의 발목을 붙잡고 아래로 잡아당겼다. 벗겨진 신발이 나뒹굴었다. 슬그머니 다가온 길짐승들이 바닥에 뒹구는 두피를 주워물었다. 백발이 늘어진 살점을 입에 물고 골목 끝으로 달아났다. 서로 다퉜다.

여자가 노파의 배 위에서 내려오려 할 때였다. 갑자기 끼—익, 소리와 함께 노파의 머리가 다시 반대방향으로 돌아갔다 땅에 부딪혔다. 나는 탄성을 지르며 뒤로 물러나는 사람들을 뚫고 노파 앞으로 다가갔다. 여자는 용감했다. 그녀는 다시 노파의 배 위로 올라가 양쪽 귀를 잡고 힘껏 반대방향으로 돌렸다. 그러나 여자가 서서히 손을 놓자, 노파의 얼굴은 다시 땅바닥으로 곤두박질쳤다. 나는 용수철처럼 탄력적으로 돌아가는 노파의 목과 그 때마다 땅바닥에 짓이겨지는 긴 코, 젖은 흙을 헤치며 지상으로 기어나오는 지렁이처럼 조금씩 입밖으로 머리를 들이미는 푸른 혓바닥을 아직도 생생히 기억한다. 노파의 얼굴은 점토처럼 뭉개져갔다. 으깨어진 머리통이 쿵 소리를 내며 바닥으로 곤두박질쳤다. 혀가 턱 끝에 닿아 덜렁거렸다. 예상치 못한 결과에 여자의 얼굴은 당혹과 공포로 일그러지기 시작했다. 그녀는 결국 노인의 양쪽 귀를 붙잡은 채 우스꽝스럽게 짓이겨진 죽음을 대면하고 있을 수밖에 없었는데, 아무도 선뜻 그녀를 돕지 않았다. 이윽고 여자는 울음을 터뜨렸다.

어어어엄마아아아아아, 어어어엄마아아아아아아.

나는 그 광경을 손가락으로 가리키며, 배를 잡고 웃었다. 웃으며, 내가 길을 잃었다는 사실을 잠시 잊었다. 우리의 울음과 웃음은 시취처럼 지독스럽게 골목 사이사이로 스며들어갔다. 모골이 송연해진 사람들은 각자의 집으로 돌아가 문을 걸어잠갔다. 흩어지는 사람들을 바라보며, 우리는 더욱 소리 높여 웃었다, 울었다, 웃었다, 울었다, 울었다.

나는 길을 잃었던 최초의 순간을 더듬었다. 학교 앞 문방구에서 들쥐를 뒤쫓던 순간이었을까. 쫓다가, 세탁소의 화분을 깨고 도망치던 때였을까. 돌담 위를 지나가는 쥐며느리들을 쓸어모으던 순간, 손바닥에 박힌 유리조각을 빼낼 때, 얇고 거친 민들레 잎사귀에 피를 닦아내던 순간, 날아가는 씨앗 반대편으로 떨어지는 해, 뒤로 숨는 그림자를 밟던 순간, 더러워진 운동화를 소매 끝으로 닦아내던 순간, 때에 전 소매 끝을 늘여 양쪽 겨드랑이 사이에 끼던 순간, 어둠이 몰려오는 소리에 놀라 골목길을 질주하던 순간, 주머니 속에서 달그락거리는 동전 소리에 다시 놀라 더욱 빨리 뛰던 순간, 양쪽 구레나룻을 타고 땀이 흘러내리던 순간, 바람이 목덜미를 어루만지며 땀을 식혀주던 순간, 점멸하는 가로등의 숫자를 세다 문득 새하얗게 머릿속이 지워지는 순간, 생각했다. 나는 언제부터 혼자였는가.

그는 군인이었다. 폐허가 된 상점, 찌그러진 통조림을 주워 주머니에 넣으며, 서양배를 씨앗째 씹어먹고 있었다. 오른쪽 다리를 절었다. 오줌에 전 코르덴바지가 허벅지에 달라붙어 쓰라렸다. 그가 요란한 소리를 내며 배를 크게 한입 베어물었다. 과즙이 턱을 타고 흘러내렸다. 향기로웠다. 나는 그의 입속에서 잘게 부서지는 배의 흰 속살들을 하염없이 바라보았다. 코를 파 입에 넣고 혀로 굴렸다. 배, 배가 고, 고프구나. 그는 다람쥐처럼 오른쪽 볼을 크게 부풀린 채 말을 더듬었다. 나는 대답 대신 만삭의 볼이 점차 줄어드는 것을 보며 애를 태웠다. 그가 배 꼭지를 멧

비둘기를 향해 집어던진 후 내 어깨를 붙잡으며 눈을 맞췄다. 그의 왼쪽 입꼬리가 기형적으로 높게 올라갔다. 눈 밑에 경련이 일었다. 그의 얼굴은 말상이었다. 길고 강한 턱이 주억거렸다. 그는 주머니에서 거뭇한 나뭇잎이 든 비닐봉지와 얇은 종이 몇 장을 꺼내어 보여주었다. 얼마간의 잎들을 종이 위에 올려놓았다. 잎은 축축하고 서로 엉겨붙어 잘 떨어지지 않았다. 종이를 반으로 접어, 능숙하고 빠른 동작으로 침을 묻혀 말았다. 그는 같은 것을 하나 더 말아 나에게 건넸다. 우리는 깨진 유리창 아래 쭈그리고 앉아, 유리파편을 밟으며 연기를 들이마셨다. 있는 힘껏 내장 속으로 연기를 빨아들였다. 나는 안개에 둘러싸인 내면을 상상했다. 아침에 먹었던 두 쌍의 잠자리 날개가 안개 위를 둥둥 떠다니고 있을 모습을 떠올렸다. 이름을 알 수 없었던 검은 나무열매들이 뿌리를 내려 싹을 틔우고, 안개를 뚫고 자라나길 바랐다. 그가 다리를 주무르며 자리를 털고 일어났다. 혀로 담뱃불을 끄고 재를 삼켰다. 나는 그를 향해 고개를 들었다.

목소리는 먼 곳에서 들려왔다. 그것은 비에 쓸려 내려간 무덤, 남겨진 비석처럼 형체는 없으되 흔적만이 남은 묘 주인의 이름처럼 모호했다. 그 자취를 밟고 자라나는 식물들, 풍화되어가는 비석에 새겨진 흐릿한 이름을 알아보기 위하여, 나는 차고 단단한 어둠을, 자명하게 느껴지는 그 질감을 더듬었다. 멀리 어둠

너머, 붉고 커다란 플라스틱 통이 아른대고 있었다. 통은 뜨는 해처럼 서서히 다가왔다. 몸을 뒤척일 때마다 살갗이 아려왔다. 크고 작은 고통들이 멀어진 정신을 끌어당겼다. 나는 고통의 실체를 확인하기 위하여 바닥을 더듬어보았다. 일말의 여지 없이 손바닥을 찌르는 예민한 조각들, 그 틈을 헤집고 살을 파고드는 무수한 가루들, 마른 모래들이 햇빛에 타들어가듯 유리조각들이 툭툭 튀어올라 손등 위로 떨어졌다. 너덜너덜해진 손바닥을 보았다. 제법 큰 콜라병 조각이 손바닥 한가운데에 박혔으나, 빼고 싶지 않았다. 모든 것이 다만 꿈만 같았다.

발아래 붉은 통이 멈춰 서 있었다. 목소리가 누군가에게 말했다. 앤 뉘요. 나는 습관적으로 입을 벌렸으나 발화하지 못했다. 플라스틱 통 옆으로 뒤축이 구겨진 고무신과 개가죽처럼 늘어진 발목이 눈에 들어왔다. 눈을 부릅떴다. 어둠과 완벽히 동화된 목소리의 주인을 보고 싶었다. 생소하지만, 한번 들으면 누구든 보지 않고도 얼굴을 그려 보일 수 있을 법한 목소리, 고목의 나이테처럼 수백 가지의 층위를 가진 목소리, 그 가장 바깥에 위치한 몹시 부패되고 단단한 목소리, 지나던 금수들이 오줌을 누고, 그 위에 곰팡이가 피고, 누군가가 칼로 도려낸 듯한 목소리가 말했다. 넌 뉘냐. 나는 목소리의 주인을 바라보았다. 그는 눈곱이 잔뜩 낀 눈을 내 얼굴 앞으로 바싹 갖다대며 코를 킁킁거렸다. 동공을 감싼 누렇게 변색된 흰자위에 핏발이 잔뜩 서 있었다. 나는 몸을 일으켜 뒤로 물러났다. 축 처진 입꼬리 양옆으로 주름진 볼이 덜렁거렸다. 시큼한 냄새가 진동을 했다. 다리를 절뚝이며 군인이 다가와 그의 어깨를 짚었다. 그에게 엄마, 라고 말했다. 나는 그 얼굴이 눈에 익었다.

그가 나를 거두었다. 그는 이 골목의 잔반수거인이었다. 그는 줄지어 늘어선 식당 뒷문에 놓인 잔반통을 거두어 비료공장에 내다팔아 이윤을 남겼다. 그는 나에게 계약된 식당의 목록과 각 식당의 쪽문의 위치, 정해진 잔반 수거시간 들을 가르쳤다. 음식물을 말끔히 털어내는 요령, 잔반통 주변을 깨끗이 물로 씻어주는 예의, 무거운 잔반통을 효율적으로 끄는 방법들을 배웠다. 우리는 전설의 주인공이 돌을 끌고 절벽을 올라가듯, 잔반통을 끌고 골목을 누볐다. 길들, 잎맥처럼 사방으로 뻗어나간 길들, 누군가가 알려주지 않으면 영원히 알 수 없을 것 같은 숨어 있는 길들, 제한된 사람들에게만 열려 있는 막다른 골목들을 지났다. 나는 시간이 지남에 따라 이 골목의 길들이 여러 겹으로 이루어져 있다는 사실을 깨달았다. 이방인에게는 절대 열리지 않는 길들, 아무리 뒤져도 찾을 수 없는 길들이 있었다. 어느 날 문득, 낯선 길을 걷고 있는 자신을 발견하고 주변을 두리번거리다, 최소한의 방향감각만으로 골목길을 빠져나오면, 그것은 내가 늘 다니던 길 근처 어디엔가 교묘히 숨어 있던 샛길들이었다. 그들은 어미의 치마 뒤로 숨는 어린 여자아이처럼 큰길 뒤에 몸을 웅크리고 있다. 익숙한 냄새에만 몸을 내어주고 농을 걸어왔다. 나는 자주 그 장난에 속아 길을 잃었다. 때문에 길에 익숙해지는 데에는 오랜 시간이 필요했을 뿐만 아니라, 구획된 길의 크기를 가늠하기조차 어려웠다. 이 골목의 모든 것들이 그러한 방식으로 은밀했다. 그는 나를 데리고 각각의 식당을 돌며, 나를 새로운 잔반수거인이라고 소개했다. 그들은 새로운 잔반수거인에게 아무런 관심이 없었지만, 예의상 나의 머리통을 몇 번 토닥여주었다. 그들이 나에게 말했다. 대견하구나. 나는 처음 이 골목으로 들어왔을 때의 풍경을 기억하고 있었다. 무너졌던 돌담들, 부서진 진열장들, 깨진 유리창들은 어느새 말끔히 보수가 되어 있었다. 나는 목이 돌아간 노파의 시체 주위로 몰려들었던 사람들의 얼굴을 기억하고 있었다. 공포와 혐오를 애써 숨기며 단단한 얼굴로 발을 돌리던 사람들의 표정과 지금의 온유하고 평화로운 모습들이 겹쳐 보였다. 그와 나는 시간에 따라 구역을 나누었다. 그는 오전에, 나는 저녁에 잔반을 수거했다.

나는 처음, 잔반을 수거하기 위해 국수를 파는 식당 안으로 들어섰을 때를 기억한다. 오랫동안 누적된 육수의 누린내가 진동했다. 참을 수 없는 허기가 몰려왔다. 구역질이 났다. 사람들을 헤치고 부엌 깊숙한 곳으로 들어갔다. 가장 깊은 곳, 붉은색으로 덧칠된 낡은 쪽문을 열자, 막다른 골목이 나왔다. 등을 돌린 건물들 사이의 불빛도 없는 그 골목을 따라 각기 주인이 다른 잔반통들이 도열해 있었다. 두서없이 섞인 음식물들, 부패가 시작된 식재료들 냄새가 발광했다. 나는 미세한 달빛으로 잔반의 양을 가늠했다. 불어터진 국수, 멸치 대가리, 단물이 빠진 고기, 발효된 조미료 찌꺼기를 손끝으로 긁어, 끌고 온 잔반통에 옮겨담았다. 내장에서부터 올라오는 구역질을 손으로 틀어막았다. 잔반을 비워나갈수록, 가져온 잔반통의 무게는 한정없이 무거워지고 있었다. 무게는 근심이 되어 마음에 쌓여갔다. 마지막 잔반통을 비우기 위하여 골목의 가장 깊숙한 곳으로 들어섰을 때, 나는 암캐 한 마리와 마주쳤다. 그는 잔반통을 뒤지고 있었다. 무늬와 색이 각기 다른 새끼들이 주변에 떨어진 오물들을 핥았다. 그는 커다란 고깃덩어리를 입에 문채 나를 바라보았다. 우리의 대치상태는 퍽 오랜 시간 이어졌다. 우리는 잔반을 사이에 둔 경쟁자가 되어 서로를 노려보았다. 내가 잔반통을 향해 다가가자 그가 낮게 으르렁댔다. 나는 그가 이미 쟁취한 고깃덩어리를 빼앗을 생각이 없었지만, 그의 태도는 극단적이었다. 조약돌처럼 희고 검은 새끼들이 어미 앞으로 몰려나와 짖어대기 시작했다. 그는 금방이라도 내게 돌진할 기세로 몸을 숙이고 고개를 치켜들었다. 나는 어둠 속에서 형형히 빛나는 개의 눈을 보았다. 허겁지겁 쪽문을 향해 뛰기 시작했다. 문이 잘 열리지 않자, 울음이 터져나왔다. 길을 잃고 헤맸던 수많은 낮과 밤, 허기와 추위, 죽은 비둘기를 밟고 지나가는 자동차, 그 주검을 떼어내는 사내들보다도, 암캐가 더욱 무서웠다. 가늠할 수 없는 폭력성, 순수한 적의가 암캐에겐 있었다. 우리는 애초에 협상이 불가능했다. 나는 부술 듯한 기세로 문고리를 잡아당겼다. 희고 밝은 불빛 아래서 토악질을 했다. 누런 위액, 몇 알의 밥풀이 뚝뚝 떨어졌다.

우리의 전투는 내가 그 골목에서 빠져나올 때까지 계속되었다. 그의 자식들은 잔반을 주워먹으며 무럭무럭 자라났다. 나는 무기를 들었다.

그의 아들은 말을 더듬었지만, 수다스러웠고 입이 험했다. 삼십 촉 전구 아래 상을 펴고 밥을 물에 말아먹는 동안, 그는 쉴새 없이 입을 놀렸다.

어, 엄마, 내, 내가, 그때, 그, 뭐냐, 뱀, 뱀 대갈통을 주, 주먹으로 꽉 쥐었그덩, 근데, 아씨, 씨발, 이빨을 안 놓는 거야, 대, 대갈통이, 다, 다다다, 터졌는데, 키킥, 꼬마야, 너, 배, 뱀 본 적 있어, 없지, 씨—입 새끼, 키, 키킥, 어, 엄마, 엄마.

그는 문장의 처음과 끝에 습관적으로 엄마, 를 붙였다. 그의 습관은 나에게 암묵적이 강요처럼 느껴졌다. 제대로 된 호칭으로 노인을 호명한 적이 없었기 때문이었다. 그가 수십 번 수백 번 반복할수록, 단어는 낯설고 하찮게 느껴졌다. 거부감이 일었다. 나는 끝내 노파를 부를 만한 적절한 호칭을 찾지 못했다. 그는 손으로 갓김치를 집어올려 물에 불은 밥 위에 얹었다. 고춧가루가 뽀얀 물 위에 피처럼 번져나갔다. 나는 눅눅한 김을 씹어먹었다.

그의 아들은 오래 전에 제대한 직업군인이었다. 바다 건너 남의 나라에서 사 년간 복무했다. 사 년간, 그는 벙어리처럼 지냈다고 했다. 말하지 못한 것들, 말해야 하는 것들이 화살촉처럼 단단하게 굳어갔다. 그는 주기적으로 발광했다. 사격에 능했다. 오 년 복무를 지원했지만, 도중에 오른쪽 다리를 잃었다. 붉은 사슴을 사냥하기 위해 숲을 뒤지다 뱀에 물렸다. 아무런 보상도 받지 못한 채 본국으로 송환되었다. 일정한 직업 없이 골목을 떠돌았다. 못이 박힌 각목을 끌고 다니며 눈에 보이는 길짐승들을 잡아 족쳤다. 사람들은 그가 난폭하긴 하지만 나쁜 사람은 아니라고 했다. 그는 그의 인생에서 가장 특별했던 사 년간의 경험을 끊임없이 되새김질했다. 나는 그가 바다를 건너 낯선 인종들 틈에서 어떻게 사 년을 보냈는지 머릿속에 선연히 그려낼 수 있을 만큼 여러 차례 그의 무용담을 들어주었다. 그는 종종 군대에서 미처 하지 못했던 말들을 나에게 퍼부었다. 내 멱살을 쥐고 흔들며, 속사포처럼 입을 놀렸다. 나는 그의 침을 얼굴로 받아내며 참고 견뎠다. 그러면, 그는 상으로 잎담배를 주었다.

그 순간만큼은 그가 침묵을 지켰으므로, 우리는 화목할 수 있었다. 나는 연기를 들이마시며, 태어나기 이전의 과거와 죽음 이후의 먼 미래 사이를 오갔다. 그가 남은 재를 씹어삼키고 무참히 침묵을 부수면 나의 환상도 깨졌다. 말은 다시 시작되었다. 말은 그의 무기이자 병이었다. 그가 난사하는 수많은 문장들 중 어느 것도 온전한 것은 없었다. 나는 그가 대단히 무력한 사람이라고 생각했다. 때에 전 러닝셔츠 위로 툭 튀어나온 쇄골이 앞뒤로 움직였다. 갈비뼈가 훤히 드러나 보이는 가슴팍이 납작했다.

나는 노파가 아들의 말에 대꾸하는 것을 한 번도 본 적이 없었다. 노파는 말을 무척 아끼는 편이었다. 어쩌면 하고 싶은 말이 없는 것인지도 몰랐다. 노파는 그릇에 붙은 밥알 하나까지 깨끗하게 떼어먹고, 상을 방 한쪽으로 밀어놓았다. 그는 아들의 닳고 닳은 양말을 기우거나 달력으로 겉을 싼 낡은 책을 꺼내 낮은 목소리로 읽으며 밤을 보냈다. 아들은 그의 무릎을 베고 누워 잠이 들 때까지 혼잣말을 했다. 적절한 층위의 두 목소리는 조화로웠다. 전구의 약한 불빛이 책을 든 노파의 손등을 비쳤다. 누렇고 두꺼운 손톱, 까맣게 멍이 든 손톱 들이 글자 위를 더듬었다.

그것은 거짓말의 역사, 그리고 그에 대한 응징과 체벌의 기록이었다. 최초의 인간이 저지른 거짓말, 대물림되는 저주, 그리고 그 피를 이어받아 속임수를 쓰는 갖가지 유형의 주인공들, 그들에게 내려지는 무수한 형벌들이 책 속에 있었다. 세상의 모든 우연과 필연 들이 그들을 응징하는 도구로 동원되었다. 그들은 참수당하거나 불태워졌고, 혹은 영원히 살아남아, 죽고 다시 태어나는 자신의 육신을 목도해야 했다. 책을 읽어내려가는 노인의 목소리는 결연했다. 처음 어둠 속에서 들려왔던 옹골진 목소리 그 자체였다. 그들이 더욱 고통스럽고 끔찍한 벌을 받을수록, 그의 목소리는 단단해졌다. 나는 사지가 잘리고, 피를 토하며, 내장이 꺼내어지는 난잡한 삽화들을 그리며, 어둠 속에서 수음을 했다.

언젠가 그의 고쟁이 속에서 이 골목의 세부도를 본 적이 있다. 네 귀퉁이와 접힌 면이 닳아 너덜너덜해진 지도를, 그는 보물처럼 다루었다. 그는 붉은 펜으로 자신의 영역에 점을 찍어놓았다. 그가 활동하는 영역은 골목의 크기만큼 넓었다. 모든 샛길들, 상점들, 집들이 있었다. 골목이 골목을 보호하듯 소용돌이치며 안으로 휘어진 길들, 그들이 낳은 크고 작은 집들이 그 안에 있었다. 골목은 모두 숫자로만 표기가 되어 있었다. 그 수는 백을 넘었다. 큰 길과 작은 길들을 구분하지 않고 균일한 숫자를 매겼다. 길에 주어진 숫자에 따라 집과 상점들의 번지수가 부여되었다. 빈틈없이 들어찬 수많은 곡선과 직선, 면 들은 지도라기보단 기하학적인 무늬의 벽지 같았다. 이 골목에 들어선 이후, 길을 찾는 것을 그만두었다. 마음속에서 안일함이 자라났다. 나는 병에 걸린 듯 길을 잃었으나, 조금만 걷다보면 언제나 제자리로 돌아와 있었다. 안일함이 언제나 나를 제자리로 돌려놓아주는 것 같았다. 지도를 더듬으며, 그간 내가 잃어버렸던 길의 양상을 파악하려 애썼지만, 소용없었다. 내가 밟고 서 있는 집의 위치조차 알 수 없었다. 나는 모든 상황을 쉽게 받아들였다. 규칙적인 식사와 노동만으로 안정된 삶을 누리고 있는 것만 같았다. 지도를 접어 다시 노인의 고쟁이 주머니 안에 넣었다. 앞섶이 누렇게 떠 딱딱하게 굳어 있었다. 머리를 긁었다. 살비듬이 떨어져 눈처럼 어깨에 쌓였다.

혼자 남겨진 방 안을 둘러보았다. 조악한 일회용 식기들, 변색된 김치통, 휴대용 가스레인지가 어둠 깊숙이 밀려나 있었다. 방 바닥은 차고 습했다. 가스레인지에 불을 켜고 그 옆에 드러누웠다. 멀리서 그가 잔반통을 끌고 다가오는 듯 미세한 진동이 가까워지고 있었다. 불 가까이, 손을 쬐었다. 갓김치의 군내가 방 안 공기를 좀먹었다. 잎담배를 피우며 보았던 풍경들을 떠올리려 애썼다. 기이한 돌들이 우뚝 솟아오른 평야, 끝없는 모래사막 한가운데 말라 죽은 과실나무 한 그루, 동물의 뼈로 밭을 일군 심해를 떠올렸다. 척박하고 아름다웠다. 가보지 않고도 알 수 있었다. 그곳이 나의 고향일 것이었다.

나는 암캐를 보았던 마지막 날을 기억한다. 우리는 화합 불가
능한 적이자, 선의의 경쟁자였고, 오랜 시간을 함께 다퉈온 암묵
적 동지였다. 나는 성견이 된 새끼들의 얼굴을 모두 알고 있었
다. 개의 시간은 인간보다 빨랐다. 흑백이 명확했던 털들은 성견
이 되자 회색으로 바뀌었다. 길에서 태어난 그들은 누구보다도
골목과 잘 어울렸다. 나는 무수한 전투의 시간들을 통하여 그
사실을 인정하지 않을 수 없었다. 먹이 앞에서 거칠고 공격적으
로 변하는 것은 자연의 습성이었다. 우리는 모두 먹다 버린 음
식 찌꺼기를 구걸하는 족속에 지나지 않았다. 우리는, 각자의 무
기를 방어를 위해서만 사용했다. 나는 그들이 잔반으로 배를 채
우는 것을 묵인했다.

노인은 평소보다 조금 늦게 집으로 돌아왔다. 멀리서 잔반통
을 끄는 소리가 들려왔다. 콘크리트 바닥을 긁는 소리, 간헐적인
침묵은 시간이 지나도 좀처럼 익숙해지지가 않았다. 잔혹한 이
미지가 뒤를 따랐다. 습관적으로 문밖으로 나가 그를 마중했다.
가득 찬 잔반통은 무게가 대단해 혼자서 문턱을 넘기가 쉽지 않
았다. 내가 잔반통을 대문 안쪽으로 옮기자, 그가 내 손을 내쳤
다. 잔반통의 뚜껑을 열어 보였다.

모두 여섯 마리였다. 두 마리는 머리가 없었다. 피에 젖은 회
색 털이 자꾸 손에서 미끄러졌다. 노파는 한 마리씩 차례로 꺼

내어 마당에 늘어놓았다. 뼈가 바스러져 형체가 사라진 짐승의 주검들이 전시되었다. 몸통에 박힌 못이 덜렁거렸다. 터져나오는 구토를 손으로 막았다. 노파는 나를 지나쳐 부엌으로 들어갔다. 쌀 씻는 소리가 들려왔다.

나는 그가 밤마다 읊어주던 이야기들을 떠올렸다. 참담한 보복의 기록들이 머릿속에 스쳐 지나갔다. 지난했던 과거의 피로가 한꺼번에 몰려왔다. 그것은 얼마나 부박한 것이었으며, 공포스러운 경험이었나 새삼스레 깨닫고 있었다. 악몽에서 깨어난 어린아이처럼 불안함에 떨며 주변을 두리번거렸다. 사라지지 않는 두려움들을 떼어내고 싶었다. 모든 현실화된 공포에서 달아나고 싶었다. 이 골목으로 들어와 처음으로, 두고 온 고장과 그곳의 기억을 더듬었다. 그 어떤 안온함도 익숙함도 없었던 시간들, 아무도 존재하지 않았던 나의 방으로 돌아가고 싶었다.

그곳에 있었다. 모두가 그곳에 있었다. 주차장 옆 공터, 낡은 트램펄린, 뽑기를 파는 노인이 있었다. 거대한 성벽처럼 철망이 둘러쳐진 그곳에서, 아이들은 트램펄린을 타기 위해 줄을 섰다. 노인은 줄 선 아이들을 꼬드겨 뽑기를 덤으로 팔았다. 갖가지 모양의 틀을 펼쳐 보이며 승부욕을 자극했다. 아이들이 복잡한 무늬가 들어간 선박, 거대한 이빨을 가진 공룡 틀을 가리키면, 노인은 바늘을 내어주며 목울대로 웃었다. 대부분의 아이들이 성공하지 못했다. 그는 지나치게 오래 산 사람들이 그렇듯, 성별을 가늠하기 어려웠다. 아이들은 그가 낡고 냄새 나는 고쟁이와 굵은 고무줄이 들어간 스판치마를 입고 있음에도 불구하고, 남자인지 여자인지를 놓고 내기를 벌였다. 아이들은 바짝 치켜올린 고쟁이 아래 늘어진 노인의 가슴을 만지기 위해, 쉰내 나는 그의 몸에 팔을 두르길 주저하지 않았다. 그들은 날벌레를 잡기 위해 몸을 웅크린 들고양이처럼 호시탐탐 기회를 노렸다. 노인은 자신의 가슴을 만지고 도망가려는 사내아이들을 붙잡아, 만들던 뽑기를 정수리에 붓거나 한 움큼 침을 뱉었다. 아이들은 젖은 머리로 울면서 집으로 돌아갔다. 아이들은 노인을 통해 치욕을 배웠다. 노인은 트램펄린 위에서 뛰고 있는 아이들을 이유 없이 내쫓기도 했고, 예약금을 돌려받으려는 아이들을 향해 욕설을 퍼붓기도 했다. 때때로 아이들이 어른의 손을 잡고 올 때면, 한두 방울 눈물로 동정을 샀다. 어른들은 종종 노인에게서 자신의 미래를 보았으므로, 맥없이 돌아가는 날이 더 많았다. 자라나는 아이들은, 그곳에서 이유 없는 무례와 부당함을 겪으며 적의를 키워나갔다. 노인은 밤이 되면 낮 동안 아이들이 벌려놓은 철망 사이사이를 촘촘히 메웠다. 멀리서 보면, 트램펄린을 둘러싼 그곳은 방어태세를 갖춘 견고한 요새처럼 보였다.

노인은 그물을 기우고 있었다. 그물망은 낡고 노후해, 자주 닳거나 찢어졌다. 아이들은 종종 트램펄린 위에서 놀다 발이나 팔이 빠졌다. 그는 안쪽에 누런 털이 달린 고무신을 가지런히 벗어두고 그물 위로 올라갔다. 그가 지지대를 벗어나 그물 위에 발을 디디면, 트램펄린 전체에 파문이 일었다. 달이 밝았다. 그는 조심스럽게 엎드려 양손으로 바닥을 짚었다. 낮은 포복으로 서서히 찢어진 부위를 향해 진군했다. 손에 들린 실패가 덜덜 떨렸다. 그는 자주 균형을 잃어, 바닥에 턱을 찧거나, 실패에 꽂아두었던 바늘에 제 손을 찔렸다. 거리는 멀고멀었다. 그는 실패를 입에 물었다. 형체가 불분명한 그림자가 그의 등을 밀어주었다.

무장한 아이들이 트램펄린과 가장 가까운 집 지붕 위로 속속 올라서고 있었다. 아이들은 둘씩 짝을 지어, 서로의 발판과 줄이 되어주었다. 그들은 일사불란하게 전열을 다듬었다. 누군가가 신호를 내리자, 일제히 노파를 향해 비비탄을 쏘기 시작했다. 노인은 쏟아지는 탄환에 화들짝 놀란 듯했다. 사정거리가 멀지 않았기에, 탄환의 위력은 대단했다. 노인은 살 속으로 박히는 비비탄을 맞으며 비명을 질렀다. 탄환을 피하기 위하여, 그는 트램펄린 위를 이리저리 뛰어다니기 시작했다. 트램펄린은 그의 무게와 속도에 따라 자연스럽게 반동을 주었다. 그는 공중으로 가뿐하게 튀어올랐다가 떨어지고, 다시 그 무게에 튕겨져나갔다. 아이들 중 하나가 그 광경을 보고, 날고 있다, 고 소리쳤다. 그의

194

주머니에서 동전들이 우수수 떨어졌다. 동전들은 뻥튀기처럼 사방으로 튀어올랐다. 아이들은 그 광경을 손가락으로 가리키며 배를 잡고 웃었다. 총을 쏘는 속도를 높여, 그가 더욱 높이 날 수 있도록 도왔다. 노인이 그물망의 찢어진 틈에 거꾸로 박힐 때까지, 사격은 멈추지 않았다.

누군가 정지신호를 내렸다. 차고 무른 밤공기 위로 노인의 신음소리가 서서히 떠올랐다. 아이들은 텀블링 밖으로 드러난, 발작하는, 그리고 서서히 오그라드는 그의 몸통을 바라보았다. 노인의 얼굴을 확인하기 위해 고개를 내밀었지만, 그물에 가려 보이지 않았다. 순간 아이들은 자신의 등을 어루만지며 다가오는 낯선 기척을 느꼈다. 아무도 가르쳐주지 않았지만, 아이들은 그것이 죽음의 얼굴이라는 것을 어렵지 않게 알아차렸다. 옥수수 알 같은 아이들이 지붕 위에서 우수수 떨어져내리기 시작했다. 달빛을 받은 그들의 얼굴은, 순간 어른의 것인 양 차고 냉정했다. 발을 헛디뎌 나뒹구는 여덟번째 아이를 버려둔 채 일군의 무장한 무리들은 어둠 속으로 사라졌다. 그들이 몰래 집으로 돌아가, 그들의 방문을 열고, 이불을 뒤집어쓰고 잠이 들 때까지, 공포는 그들의 목덜미에서 떨어지지 않을 것이었다.

나는 땅에 머리를 박고 꺽꺽대는 노파를 바라보았다. 그물망을 통하여, 터질 듯 튀어나온 그의 두 눈을 바라보았다. 입에 물었던 실패가 침에 젖어 땅바닥으로 떨어졌다. 그는 벌어진 입을 쉴새없이 오물거리며 신음을 내었다. 그의 신음소리는 언젠가 동네 어귀에서 엉덩이를 맞대고 신음하던 개들의 교성과 닮았다. 트램펄린 위로 허리께까지 뒤집힌 그의 치마와, 그 위로 벌어진 두 다리가 보였다. 가랑이 사이에 덧대어진 누런 가제수건 아래로 두툼한 지폐뭉치가 달빛에 빛났다. 그의 양팔과 다리가 부들부들 떨렸다. 나는 트램펄린 아래 몸을 웅크리고 앉았다. 그의 얼굴을 바라보았다. 나는 노파의 벌어진 입을 닫으며 흐느껴 울기 시작했다. 아아, 어머니. 어머니…… 멀리서 누군가가 욕설을 퍼부으며 술병을 던졌다. 철망에 부딪혀 산산이 부서졌다.

혀처럼 붉은 골목길을 지났다. 붉은 혀가 까맣게 타들어갈 때까지 숨바꼭질을 하는 아이들, 한데 모여 만두를 빚는 여인들, 백내장을 앓는 노인의 시선을 지났다. 매일 드나들었던 각기 다른 종류의 식당들, 창문 없는 벽돌집, 교묘히 선로를 바꾸는 좁은 골목길을 지났다. 이제야 너를 알 수 있을 것 같다. 젓은 길을 지나다, 안광을 번뜩이며 노파의 집 쪽으로 질주하는 한 마리 짐승을 보았다. 제 가지로 몸을 덧댄 나무들, 나이를 가늠하기 힘든 초목들의 군락을 지났다. 자라나는 이끼를, 흙으로 돌아가기 직전의 나뭇잎들을 무자비하게 밟았다. 좁은 물길을 지났다. 나뭇가지 꼭대기에 자라나는 연한 풀들을 뜯어먹는 노루들, 그들의 목을 물고 달아나는 늑대들, 얕은 물가의 물방개들과 섭게 사랑에 빠졌다. 공기놀이를 하는 어린 소녀들, 그들을 괴롭히는 순진한 소년들과 분탕질했다. 실종된 아이들의 사진이 나붙은 골목을 지났다. 그들의 소소한 신상명세, 그들임을 짐작할 수 있는 모든 요소들이 쓰인 이력을 읽어나갔다. 나는 그들이 어떤 방식으로 길을 헤매는지 알고 있다. 그들을 찾는 다급한 발자국과 교묘하게 엇갈리며, 스스로를 고독과 궁핍에 몰아넣고 배회하고 있을 얼굴들, 자신이 지나쳐온 해와 달의 숫자를 손가락으로 세다가, 더이상 손가락으로 꼽을 수 없음을 깨닫고 체념하는 노루처럼 순한 그들의 얼굴을, 나는 알고 있다. 피로가 몰려왔다. 전단지를 잘게 찢어 입속에 넣었다. 말더듬이 군인이 내게 물려주었던 잎담배가 그리웠다.

매일 밤 죽었다 다시 살아나는 어머니를 보았다. 각목으로 뼈가 으스러질 때까지 맞는 어머니, 짐승의 발에 밟혀 목이 부러진 어머니, 잔반통 가장 위, 버려진 음식물 위에 제물처럼 놓인 어머니의 머리통을 보았다. 살이 녹아내리고, 곤충들이 그 살들을 나누어 가지면, 어머니는 늙고 무력한 노인으로 다시 태어났다. 골목에서 보았던 모든 노인들의 얼굴을 떠올렸다. 콩을 입안에서 굴리는 노인, 두부를 파는 노인, 폐휴지를 등에 지고 다니는 노인, 볕을 쬐는 노인의 벌어진 입, 주변에 곧 떠날듯 맴도는 그들의 영혼을, 다시 태어난 어머니의 얼굴을 보았다.

그리하여 도착한 골목의 끝에서 마주친 것은 맹렬히 돌진하는 한 마리 코끼리였다. 먼바다에서부터 밀려오는 해일, 정적을 부수는 기차의 기적소리 같은 난폭함으로 그는 앞발을 들어 대지를 내리찍었다. 나는 그를 알고 있었다. 비도 눈도 내리지 않는 곳, 코끼리가 유일한 재난인 골목의 나라, 그 익숙한 풍경들이 눈앞에 펼쳐져 있었다. 나는 그를 온몸으로 받아들였다. 그는 나의 어머니처럼 다가왔다. 아아 어머니, 어머니. 오랜 기억 속에 묵혀두었던 그날을 떠올렸다. 차갑게 식어가는 어머니를 버려두고 집으로 돌아왔다. 고독하며 안온한 나의 방으로 도망쳐 문을 잠갔다. 방은 수십 겹의 치맛자락처럼 나를 감싸주었다.

　몸체와 부딪히는 것만으로도 산산이 부서지는 상점의 진열장들, 코끼리의 왼쪽 뒷발이 내 머리를 짓밟고, 내가 무른 땅에 대못처럼 박히는 것을 보며 오줌을 지리는 한 소년이 있었다. 허옇게 버짐이 일어난 볼, 그 위를 가로질렀던 눈물의 가지들, 때에 전 목덜미를 바라보았다. 그것만으로도 나는 그가 걸어온 수많은 낮과 밤의 길들을 떠올릴 수 있었다. 멀어져가는 코끼리에게서 눈을 떼지 못하는 그의 뒤통수를 바라보았다.

　그리하여 나는 이 골목의 이정표가 되었다. 대지에 몸이 박힌 채, 얼굴만이 남아, 골목 앞에서 서성이는 수많은 길 잃은 아이들을 인도했다. 골목은 그들에게 많은 것을 가르쳐줄 것이었다.

골목은, 그들에게 스스로 울음을 그치는 법을 알려줄 것이며, 이 골목의 습성을 깨우칠 때쯤이면, 늙고 지친 얼굴로 목적지 없이 귀가하는 자신을 돌아보게 해줄 것이었다. 나는 살아온 날들을 반추하되 반성하지는 않았다. 눈만이 살아남아, 어리고 늙은 모든 여행자들이 골목으로 흘러들어오는 것을 목도했다. 나는 지복을 누릴 수 있게 된 것이었다.

낙타 관광

손에 잡힐 듯 가까운 곳에 숲이 있었지만 낙타는 정해진 길을 벗어나지 않았다. 김의 몸이 출렁였다. 닿을 수 없는 곳에서부터 어둠이 서서히 걸어들어오고 있었다. 아득한, 아늑한 어둠이었다.

관광버스는 땡볕에 타 죽은 쥐며느리처럼 흰 배를 드러낸 채 계곡에 처박혀 있었다. 연기는 곧게 솟아올랐다. 계곡의 물살은 더뎠다. 떠내려가던 사상자의 소지품들은 제법 큰 바위에 막혀 일순 정체상태를 겪고 있었다. 슬리퍼, 김밥, 오이, 배드민턴공 따위가 한곳으로 주둥이를 들이댔다. 김은 들것에 실려가는 사망자의 삐져나온 팔을 자세히 보기 위해 화면 가까이 얼굴을 들이밀었다. 전자파의 따스한 온기가 코끝을 간질였다. 화면은 이내 평창군수의 크고 얽은 얼굴을 비춰주고 있었다. 그는 햇빛 때문에 얼굴을 잔뜩 찌푸린 채 말을 더듬었다. 방아, 방아다리, 방아다리 약수터에서…… 빛이 여과 없이 그의 얼굴 위로 쏟아졌다. 입술이 검었다. 화면 아래로 사망자의 명단이 달음박질하듯 지나갔다. 성미 급한 기자가 그의 말을 낚아챘다. 군수는 자꾸만 눈을 깜박였다. 김은 그의 뒤로 펼쳐진, 성벽처럼 단단하고 오래된 숲을 바라보았다.

김은 반대편 구석에 놓인 밥통을 열었다. 그의 집은 거실이랄 것이 없었다. 단지 방과 방, 화장실과 부엌을 연결하기 위한 통로가 있을 따름이었다. 어머니는 그 한가운데에 대형 텔레비전을 놓았다. 김은 시청거리를 유지하기 위하여 부엌의 냉장고 옆에 기대어 텔레비전을 보아야 했다. 바로 뒤에 싱크대가 있었다. 부엌 바닥은 보일러가 들어오지 않아 언제나 차가웠다. 김은 밥통 손잡이 옆, 물받이에 가득 고인 누런 물을 싱크대에 버렸다. 취사버튼 위에 앉은 먼지를 손가락으로 쓸었다. 변색된 밥을 쓰레기봉지에 담았다. 꽁치 대가리, 세금 영수증, 다 쓴 화장품 샘플용기가 한데 섞여 있었다. 김의 집은 분리수거를 하지 않았다. 그의 어머니는 쓰레기봉지에 집 주소가 적힌 우편물이 섞여 들어가지 않도록 늘 김에게 주의를 주었다. 이 주 전 김의 실수로 구청에서 벌금통지서를 받았기 때문이었다. 벌금은 십이만원이었다. 그는 어머니에게서 받는 삼십만원의 용돈 중 절반가량을 벌금으로 썼다. 김은 밥통을 씻어놓고 거름망에 들러붙은 호박 찌꺼기를 손톱으로 긁어내었다. 개수대 옆 쪽창으로 빛이 쏟아졌다. 빛은 어린아이의 볼처럼 한없이 부드러웠다. 김은 얼굴을 찡그렸다. 고개를 숙여 빛을 피했다. 텔레비전 위에 쌓인 각종 우편물들을 모았다. 고지서와 일반 우편물을 분리했다. 지나간 것과 다가올 것, 필요한 것과 불필요한 것을 추렸다. 김은 텔레비전 앞에 쭈그리고 앉아 주소가 적힌 부분을 가위로 오려내기 시작했다. 마늘을 다지듯 잘게 부수었다. 아무도 본래의 글자를 알아볼 수 없도록, 초성과 중성을 분리했다. 김은 리모컨으로 53번을 눌렀다. 바이올린에 턱이 짓눌린 연주자의 얼굴이 화면에 가득 찼다. 밀려난 왼쪽 볼살 때문에 작은 코가 찌그러져 보였다. 땀이 눈두덩 위에서 뚝뚝 떨어졌다. 음소거 버튼을 눌렀다. 곧 자신의 가위질 소리가 거슬렸다. 그는 잠시 가위를 내려놓았다. 이내 적막이 먼지처럼 풀풀 날렸다.

김의 방은 어두웠다. 큰 창이 있었지만, 그것은 베란다와 연결되는 창문인데다, 옆집이 완벽하게 시야를 가리고 있어 큰 효용이 없었다. 한낮에도 불을 켜야 했지만, 김은 불을 켜는 대신 하루 종일 컴퓨터를 켜놓았다. 모니터의 불빛은 그 앞에서 라면을 먹거나 사전을 뒤적이기엔 부족함이 없었다. 앉은뱅이책상 주변은 노트북과 스피커에 필요한 전선들로 난삽했다. 여섯 개의 플러그를 꽂을 수 있는 멀티탭엔 다시 네 개의 플러그를 꽂을 수 있는 멀티탭과 두 개짜리 멀티탭이 꽂혀 있었다. 그 위로 희고 검은 플러그들이 개구리알처럼 줄줄이 달라붙어 있었다. 그는 자주 얽힌 전선에 걸려 고꾸라졌다. 등에 베개를 대고 앉아 한 글 프로그램을 열었다. 노트북 옆 충전중인 핸드폰의 폴더를 열었다 닫았다. 아무도 그를 찾지 않았다. 오래 전에 써두었던 자기소개서 파일을 열었다. 아무래도 자기소개서가 지나치게 소극적이어서 연락이 오지 않는 것 같았다. 김은 글씨체를 바탕에서 신명조로 바꾸고 장평과 자간을 십 퍼센트씩 좁혀 모양새가 좀더 우아해 보이도록 했다.

저는 부끄러움이 많아 자신감 있게 능력을 드러내는 데에 익숙하지 않으나 묵묵히 자신의 일을 하는 편입니다.

김은 문장의 앞부분을 모두 덜어냈다. 그리고 '매사에 자신감이 넘치지만, 자만하지 않고'로 대체했다. 백스페이스로 문장을 지우고 새롭게 쳐나가는 동안, 김은 약간의 부끄러움을 느꼈다. 수상경력란에는 워드프로세서 3급 자격증과 함께 불어능력시험도 추가했다. 삼 개월 전 김은 독학으로 6단계 중 2단계 시험에 통과했지만, 자랑할 만한 수준이 못 될뿐더러, 과학보조교사와는 아무런 상관이 없었기 때문에 적지 않았었다. 김은 육 개월 전부터 서울시 교육청 홈페이지를 드나들며 중·고등학교 과학보조교사나 교무실 사무보조, 도서관 사서 업무에 지원해왔다. 월급은 김의 학력에 비해 낮은 편이었지만, 근무시간이 짧고 안정적이었다. 크게 월급이 오르거나 승진할 만한 일도 없었고, 그래서 적당히만 한다면 잘릴 일도 없었다. 입사경쟁이 치열한 것도 아니었다. 김은 그곳이 자신에게 적절한 직장이라고 생각했다. 그러나 어찌된 일인지 번번이 서류전형에서부터 탈락하고 있었다. 인터넷으로 원서를 넣은 곳만 오십 군데가 넘었다. 그의 어머니는 김이 포기하지 않고 직장을 구하고 있다는 데에 의의를 둘 뿐 크게 상관하지 않는 듯했다. 김은 구인광고를 새로 올린 학교의 목록을 클릭하고, 조건을 살폈다. 대부분의 학교는 학기 말과 학기 초에 사람을 구했으므로, 그 수는 점차 줄어들고 있는 추세였다. 그는 조바심이 났다. 학교의 위치나 월급에 상관없이 모든 학교의 이메일 주소를 받아적었다. 이메일을 받지 않는 곳은 약도와 지하철역 명을 적었다. 직접 찾아가야 했다. 단체메일을 보내는 대신, 각기 다른 인사말과 함께 한 통씩 메일을 발송했다. 마지막 메일을 보내고 나자, 눈앞이 차츰 흐려졌다. 커서가 잘 보이지 않았다. 김은 중압감을 느끼거나 극도의 긴장이 닥칠 때마다 눈앞이 흐려지곤 했다. 렌즈를 끼고도 끼지 않은 듯, 사물의 형체를 구분하지 못했다. 정신이 몽롱해지는 탓에 무척 졸린 사람처럼 눈이 풀리고 말도 느려졌지만, 사람들은 반대로 그가 긴장이 풀렸거나, 한껏 여유를 부리고 있다고 생각했다. 그래서 그들에게 김은 늘 덤덤한 사람이었다. 김은 전원을 끄지 않고 모니터를 닫았다. 등에 받치고 있던 베개를 들고 침대 위로 올라갔다. 시계는 아침 열한시 십오분을 가리키고 있었다. 나가보지 않아도 알 수 있었다. 오늘은 햇빛이 유난스러울 것이다. 옆집 여자아이가 큰 목소리로 유행가를 부르기 시작했다. 김은 눈이 쓰라렸다. 피로가 몰려왔다. 어머니를 보지 못한 지 일주일이 다 되어간다.

　김의 기억력은 그다지 좋은 편이 아니었다. 김은 사람의 얼굴을 익히는 데 서툴렀고, 이름을 외우는 데는 더욱 오랜 시간이 걸렸다. 끝까지 외우지 못하는 경우도 있었다. 대학 시절 김은 여러 차례 선배의 얼굴과 이름을 외우지 못해 곤란을 겪었다. 종종 건방진 후배로 오해를 사기도 했지만, 김은 그 사실조차 알지 못했다. 김은 소문에 어두웠다. 그런 그가 아홉 살 때 꾼 꿈을 지금까지 뚜렷이 기억하는 것은 대단히 이례적인 일이었다. 그 꿈은 김의 유년 시절 전체를 공포로 몰아넣었다. 김은 그것 때문에 또다시 악몽을 꾸었고, 악몽은 들꽃처럼 쉽게 뿌리를 내리고 꽃을 피웠다. 김의 교우관계와 학습의 결과는 고스란히 꿈에 반영되었다. 악몽은 좀더 교활해지고 이미지는 다채로워졌다. 그는 깨어 있는 대부분의 시간을 지난밤의 악몽을 잊고 극복하는 데에 할애했다. 김은 상상의 적과 맞서 싸우느라 현실에 무감각했다. 꿈이 현실이 될지도 모른다는 불안감은 그를 온갖 미신과 괴담에 능통하게 만들었다. 김은 징후를 믿었다.
　눈을 뜨자 시계는 한시 반을 향해 가고 있었다. 익숙한 불쾌감과 피로가 몰려왔다. 목뒤가 끈적였다. 어머니를 마지막으로 본 게 언제였는가. 김은 손가락으로 날짜를 꼽아보았다. 정확히 오 일 전이다. 그는 어머니가 하는 일이 무엇인지 정확하게 알지 못했다. 며칠씩 집을 비우는 일이 잦았지만, 김은 단 한 번도 어머니에게 이유를 물은 적이 없었다. 김은 그 질문이 어머니를 곤혹스럽게 할 것이고, 나아가 어머니의 곤혹이 곧 자신의 곤혹이 될 것이라는 사실을 어렴풋이 알고 있었다. 김은 무엇인가를 묻는 것에 익숙하지 않았다. 그는 대부분의 현상을 이유를 묻지 않고 있는 그대로 받아들였다.

김은 그간의 경험으로 미루어 어머니가 돌아올 날이 멀지 않음을 알았다. 어머니는 일주일 이상 집을 비운 적이 없었다. 그는 어머니의 방으로 들어갔다. 방은 부엌을 사이에 두고 양 끝에 자리잡고 있었다. 바깥으로 연결된 케이블선 때문에 문은 완전히 닫히지 않았다. 어머니의 방은 크고 밝았다. 이중으로 된 커튼을 걷고 창문을 열었다. 창틀에 놓인 오각형 성냥갑이 바닥으로 떨어지며 성냥들이 산산이 흩어졌다. 해는 자세를 낮추고 집어삼킬 듯 그를 노려보고 있었다. 김은 차가운 바닥에 배를 깔고 엎드려, 침대 밑으로 토사물처럼 쏟아진 성냥들을 모았다. 손바닥에 어머니의 다갈색 머리카락 뭉치가 딸려나왔다. 이가 나간 집게핀을 주웠다. 세간은 간소했다. 킹 사이즈 침대와 열두 자짜리 장롱, 대형 텔레비전이 가구의 전부였다. 그는 오 일간 방치되었던 방을 치우기 시작했다. 행거 아래, 목덜미가 누런 흰 면티, 청바지, 와이어가 휜 브래지어 들이 꼬리를 물고 딸려나왔다. 둘둘 말린 이불을 털어내자 몇 켤레의 스타킹과 조잡한 무늬의 레이스팬티가 떨어졌다. 그는 침대 위에 앉아 브래지어의 와이어를 분리했다. 스타킹에 손을 집어넣어 올이 온전한가를 꼼꼼히 확인했다. 김은 어머니에게 한 달에 삼십만원의 용돈을 받는 대가로 집안일을 도맡아 하고 있었다. 어머니가 강요한 것은 아무것도 없었다. 김의 어머니는 그에게 아무것도 강제하지 않았다. 그에게는 그것이 가장 큰 강요였다. 김은 쌀통 옆에 쌓인 배즙과 홍삼액을 열 개씩 꺼내어 냉장고 야채칸에 넣었다. 그사이 등이 축축이 젖었다. 그는 선풍기를 꺼낼 때가 되었다고 생각했다.

학교는 아파트단지 안에 있었다. 김의 머릿속에서 학교란 늘 크고 작은 언덕 꼭대기에 굳건히 버티고 있는 것이었으므로, 아파트숲 한가운데 위치한 고등학교를 찾는 것은 쉽지가 않았다. 그는 사철나무로 둘러싸인 단지의 낮은 울타리를 여러 차례 오가고 나서야, 아파트 입구의 명패 바로 아래 붙어 있는 이정표를 발견할 수 있었다. 면접시간이 오 분 정도밖에 남지 않았다. 그는 걸음의 속도를 높였다. 교무실에는 몇 명의 대기자가 면접 순번을 기다리고 있었다. 김은 연신 이마를 훔치며 철제의자의 가장자리에 앉았다. 땀이 등줄기를 따라 흘러내렸다. 무의식적으로 허리를 곧게 펴 옷이 땀에 젖지 않게 했다. 이미 젖은 줄무

늬 셔츠가 김의 등에 달라붙어 함께 움직였다. 그는 다섯번째였다. 옆자리에 앉은 여자가 허벅지에 달라붙은 스타킹을 떼어냈다. 땀이 밴 스타킹이 요란한 소리를 내며 다시 여자의 허벅지에 달라붙었다. 김은 옆구리에 끼고 있던 이력서 봉투를 왼손으로 집어들었다. 잔뜩 구겨진 종이가 힘없이 덜렁거렸다. 축축했다. 김은 재빨리 이력서와 자기소개서를 꺼내들었다. 그의 불찰이다. 주름이 간 증명사진을 엄지손가락으로 꾹꾹 눌러폈다. 찌그러진 귀에 자꾸만 지문이 묻었다. 김은 가늘게 한숨을 쉬었다. 아무래도 소용이 없다.

이틀간의 휴가가 주어진다면, 당신은 무얼 하겠습니까?
삼 개월 전 치른 불어능력시험의 말하기 평가 시험관은 여러 번 접힌 여섯 개의 질문지 중 하나를 고르라고 했다. 김은 질문이 적힌 쪽지를 한참 동안 들여다보았다. 그에게는 십오 분의 준비시간이 주어졌다. 김은 주어와 미래형 동사, 가정법, 여러 개의 전치사로 이루어진 제법 긴 불어 문장을 속으로 되뇌었다. 질문이 어려운 것은 아니었다. 모르는 단어는 하나도 없었지만, 어딘가 막연했다. 그는, '저는 매일 매일이 휴가입니다. 그냥 어제처럼 쉬고 싶습니다'라고 말하고 싶었지만, 적당한 단어가 생각나질 않았다. 그는 십오 분간 질문을 읽고 또 읽었다.
시험관이 그에게서 쪽지를 받아든 후 정확한 발음으로 동일한 질문을 던지자, 김은 처음 받는 질문인 양 당황했다. 시험은 지정된 초등학교 교실에서 이루어졌다. 밖에서 대기중인 응시자들의 목소리가 웅웅 울렸다. 교실은 지나치게 컸다. 창가에 아무렇게나 구겨진 체육복에서 구린내가 났다. 그것은 책상 옆에 덜렁거리는 실내화 주머니에서 나는 냄새인지도 몰랐다. 김은 수차례 주어만을 반복했다. 나는, 나는, 그러니까 나는. 덩치가 크고 얼굴이 붉은 사내는 시계를 들여다보았다. 그는 속눈썹이 길었다. 곱슬거리는 금발이 이마에 달라붙어 있었다. 김에게 주어진 시간은 십 분이었다. 그러니까, 영화를 본다거나…… 사내는 김을 도왔다. 김은 그제야 생각났다는 듯 한껏 격앙된 목소리로 빠르게 말을 내뱉었다. 네, 저는 영화를 보러 가겠습니다. 저는, 친구와 함께 영화를 보러 갈 것입니다. 그리고 미술관에 가겠습니다. 우리는 저녁을 먹을 것입니다. 그리고 커피를 마시겠습니다. 우리의 저녁은 매우 만족스러울 것입니다.

김은 사내가 바라는 대답이 그의 진심과는 아무런 상관이 없다는 사실을 잘 알고 있었다. 그는 단지 응시자가 올바른 문장을 구사하는가를 알아내기만 하면 되었다. 김은 자신이 어리석었다고 생각했다. 시험관은 즉석에서 점수를 매겼다. 그는 흥분해서 아무렇게나 내뱉어진 발음이 부끄러웠다. 잘못 쓴 동사변화들이 머릿속을 떠다녔다. 김은 고개를 숙이고 간지럽지 않은 이마를 긁적였다. 그는 20점 만점에 14점을 받았다. 퍽 좋은 점수라고 생각했지만, 부끄러움은 쉽게 가시지 않았다. 차디찬 손 끝을 바지 주머니에 찔러넣었다.

김은 본능적으로 그늘을 찾았다. 버릇은 그의 어머니에게서 비롯되었다. 김의 어머니는 피부가 희고 약했다. 여름이면 햇빛 에 쉽게 상했다. 김은 어머니와 길을 걸을 때면, 주의 깊게 그늘 의 위치를 살폈다. 그늘은 어디에나 있었다. 등을 낮추고 제 몸 을 내어주는 가축들처럼, 그늘은 온순하며 관대했다. 그는 언제 나 어머니를 그 안으로 밀어넣었다.

김은 고등학교 시절 수학여행 기념품으로 어머니에게 양산을 선물했었다. 크고 작은 물방울무늬가 어지럽게 찍혀 있는 양산 은, 그에게는 제법 비싼 것이었다. 양산은 가을, 겨우내 빛을 보 지 못했다. 다음해 여름, 어머니는 잊지 않고 양산을 꺼냈지만, 펴고 접을 때마다 엄지손가락을 집혔다. 다음해 여름부터 어머 니는 양산을 쓰는 대신 선크림을 발랐다. 그녀는 김에게도 선크 림을 권했다. 김은 어머니처럼 피부가 하얗지도 않을뿐더러 끈 적이는 것이 싫어 거절했지만, 어머니는 한사코 김의 손에 선크 림을 쥐여주었다. 그녀는 선크림의 효능을 맹신했다. 그것이 자 신의 피부건강을 지켜줄 것이라고 굳게 믿었다. 지난해 봄, 김은 발인 전날 큰아버지의 장례식장을 찾았다. 김의 어머니는 오래 전 인연이 끊긴 일족의 조사(弔事)에 참여해야 할지를 놓고 고민하는 눈치였다. 그들은 자정이 다 되어 구석에 자리를 잡았다. 그 앞으로 떡과 눌린 돼지머리, 육개장 따위가 놓였다. 몇몇이 퉁퉁 부은 얼굴로 안부를 물었다. 큰아버지는 십 년 전에 떼어낸 암이 재발했다고 했다. 새롭게 돋아난 싱싱한 세포를 아무도 막지 못했다. 김은 큰아버지의 얼굴이 기억나지 않았다. 그는 때 이른 모기를 손바닥으로 잡아 탁자 모서리에 비볐다. 그의 어머니는 연신 주위를 두리번거리며 식혜를 마셔댔다. 그 동안 누가 늙었고, 누가 더 빨리 늙었는가가 그녀의 주된 관심사였다. 그들은 타인과 가족의 애매한 경계선에 있었다. 김의 어머니는 손님처럼 어색하게 자리를 지키다가도, 벌떡 일어나 조문객들에게 귤을 집어주거나, 맥주잔을 날랐다. 김은 피로했다. 쉴없이 시계를 바라보았다. 발인은 새벽 다섯시였다. 가죽으로 된 시곗줄 가장자리의 삐져나온 실밥을 손끝으로 잡아 뜯었다.

발인이 다가오자 장례식장 안이 부산스러워졌다. 미처 상복을 입지 못한 여자들이 서둘러 팔을 꿰었다. 김과 어머니는 그 소란에 덩달아 자리에서 일어났다. 김은 무엇을 해야 할지 몰라 몸만 이리저리 뒤척였다. 김은 조례에 어두웠다. 그는 어머니를 바라보았다. 김의 어머니는 갑자기 가방을 뒤적이더니, 작은아버지와 큰아버지의 세 아들들에게로 걸음을 옮기고 있었다. 넥타이를 만지작대는 작은아버지를 세우고, 그의 얼굴에 선크림을 바르기 시작했다. 온종일 햇볕을 쬐어야 할 텐데, 피부가 상할까 걱정이에요. 어렴풋이 들려오는 어머니의 목소리는 다정했다. 며칠간의 밤샘으로 얼굴이 푸석해진 큰아버지의 세 아들들에게도 꼼꼼히 선크림을 발라주었다. 큰아버지를 닮아 마르고 키가 큰 청년들은 갑작스러운 손길을 막을 도리 없이, 어정쩡한 자세로 서 있었다. 높게 들린 어머니의 턱선이 고왔다. 지나치게 많은 양을 발라, 그들의 얼굴은 멀리서도 광이 났다. 일렬로 선 얼굴들이 시체처럼 푸르렀다.

김은 가로수를 따라 걸었다. 낮은 담벼락, 오래된 처마, 사층짜리 빌라가 내어놓은 좁은 그늘 아래로 몸을 구겼다. 계단 입구에 앉아 입을 벌리고 볕을 쬐는 노인들, 입 안의 알사탕을 뱉어, 우는 아기의 입에 넣어주는 사내아이, 놀이터 벤치에 앉아 손끝으로 개미를 눌러 죽이는 곱슬머리의 여중생을 지나쳤다. 가슴이 벌어진 비둘기의 주검 위로 날벌레처럼 들끓는 빛의 무리를 지나쳤다. 김이 어디를 가든, 햇빛은 그를 놓치는 법이 없었다. 김은 목덜미를 감쌌다. 선크림이 땀에 뒤섞여 끈적거렸다. 그는 곧 후회했다. 선크림을 바른 것을 후회했고, 교감선생이 학력에 비해 월급이 너무 적은 것이 아니냐고 물었을 때, 잠시 망설였던 것을 후회했다. 그는 곧, 아닙니다. 결코 적지 않아요. 팔십만원은 저에게 아주 큰돈입니다, 라고 손사래를 치며 망설임을 무마하려 했지만, 그것은 외려 변명이나 비아냥거림으로 들렸다. 김은 언제나 자신의 대답이 조금씩 과하다는 것을 알고 있었다. 말이 끝난 뒤에는 곧바로 후회가 뒤따랐다. 김은 매번 반복되는 상황에 조금 짜증이 일었지만, 침을 삼키듯 감정을 내장 깊숙이 밀어넣었다. 습관적으로 핸드폰의 폴더를 열었다 닫았다. 연락은 오지 않을 것이다. 입에서 더운 김이 나왔다.

여주인은 김이 가게에 들어서서 자리를 잡은 후에도 텔레비전 앞을 떠날 줄 몰랐다. 브라운관은 얼굴이 무척 낯익지만 이름은 알 수 없는 두 여배우의 얼굴을 번갈아가며 비춰주고 있었다. 김은 드라마를 보지 않았다. 그는 그것이 일일연속극의 재방송 쯤 되리라고 짐작했다. 김은 일부러 의자를 땅에 약간 끌고, 헛기침을 해 보였다. 점심때가 한참 지난 식당에는 그와 여주인 둘뿐이었다. 잡다한 반찬 냄새와 퀴퀴한 기름 냄새가 뒤섞였다. 누구의 것인지 알 수 없는 사인이 적힌 액자가 달력 옆에 걸려 있었다. 김은 벽을 가득 메운 메뉴판을 차례로 읽어나갔다. 볶음밥의 종류만 일곱 가지가 넘었다. 그는 각종 찌개류를 넘어 라면과 국수류로 넘어갔다. 김은 열무냉면과 물냉면을 두고 고민했다. 물냉면은 삼천사백원, 열무냉면은 사천원이었다. 여주인이 간신히 텔레비전에서 시선을 떼어냈다. 김은 물냉면을 주문했다. 여자는 주방으로 들어가려다 말고 리모컨으로 텔레비전의 음량을 높였다.

냉면은 전혀 시원하지 않았다. 육수 위로 깨가 둥둥 떠다녔다. 김은 찬 것을 잘 먹지 못했으므로, 다행이라고 위안했다. 차갑지 않은 냉면의 육수에서는 비린내가 올라왔다. 김은 식초를 양껏 뿌렸다. 뒷주머니에서 수첩을 꺼냈다. 모서리가 쉽게 마모되는 탓에 비닐을 덧씌웠다. 그는 깍두기만한 크기의 공란에 깨알 같은 글씨로 내일의 할 일을 적어나갔다. 등이 둥글게 굽었다. 그는 내일 3단계 불어능력시험을 위해 문제집을 살 생각이다. 문제집은 외서여서 보통의 것보다도 비싼 편이었다. 이 주 전 벌금을 치른 뒤라 남은 용돈은 책을 사기에도 빠듯했다. 미지근한 냉면이 이번 달의 마지막 외식이 될지도 몰랐다. 그가 재정난에 시달리면서까지 시험을 치르는 데에 특별한 이유는 없었다. 그는 보통의 대학 졸업자들이 그렇듯 이십 년 가까운 시간 동안 시험을 치르며 살았다. 중간고사와 기말고사는 몸에 밴 습관이자 생활리듬이었다. 대학을 졸업할 때까지, 그 규칙이 깨진 적은 단 한 번도 없었다. 김은 졸업 후, 시험을 치르고 결과를 얻을 수 있는 일들을 찾았다. 자격시험은 적당히 권위를 갖추고 있으면서 여러 번 도전이 가능하다는 데에 그 미덕이 있었다. 그는 강제적으로 정해진 날짜와 시험범위 안에서, 차츰 다가올 날짜에 조바심을 내면서, 일상의 안온함을 느꼈다.

갑자기 뒤에서 굉음이 들려왔다. 스테인리스 물컵들이 시멘트 바닥으로 우르르 쏟아졌다. 소리에 소리가 더해졌다. 김은 귀가 아팠다. 여주인이 한 손으로 탁자를 잡고 다른 손으로 이마를 감싸고 있었다. 어이구, 어이구. 탁자를 짚은 손이 부들부들 떨렸다. 김은 여자와 거리를 유지한 채 물었다. 어디 아프세요. 여자는 양손으로 머리를 감싸쥐었다. 아이고 내 머리! 김은 여자가 머리가 아프다는 것을 알았지만, 못 들은 척 재차 물었다. 어디가 아프세요. 여자는 바닥에 주저앉았다. 머리를 시멘트 바닥에 찧으며 껵껵댔다. 곧 토할 것처럼 입을 틀어막았다. 목이 늘어난 나일론 티셔츠 아래로 검은색 브래지어 끈과 유방이 드러났다. 김은 여자를 향해 발을 떼었다. 아주머니, 아주머니, 괜찮으세요. 그의 질문은 공허했다. 살집이 오른 등과 어깨가 크게 요동쳤다. 입을 틀어막은 손가락 사이로 토사물이 쏟아졌다. 김은 화들짝 놀라 뒤로 물러났다. 본능적으로 운동화를 살폈다. 시간차를 두고 쉰내가 코를 찔러왔다. 김은 미간을 찌푸렸다. 여주인이 그를 향해 손을 뻗었다. 나, 나 좀, 병원 좀. 그녀는 말을 끝맺지 못한 채 다시 구토를 하기 시작했다. 온전한 형체의 밥알들이 우수수 떨어졌다. 그는 당혹했다. 곧이어 당혹보다 큰 두려움, 두려움보다 큰 곤혹이 밀려왔다. 김은 조금씩 뒤로 물러났다. 손을 더듬어 미닫이문의 손잡이를 쥐었다. 서서히 문을 열자, 따듯한 공기가 그의 등을 받쳐주었다. 김은 뒷걸음으로 가게의 문턱을 넘었다. 새로운 소음들이 그의 귀를 감쌌다. 다리가 후들거렸지만, 뛰지 않았다. 그는 잰걸음으로 가게에서 멀어졌다. 뒤돌아보지 않았다. 가슴이 뻐근할 정도로 심장이 뛰어댔다. 들리지 않는 여주인의 목소리가 그의 발목을 휘어감았다. 김은 더욱 빠른 속도로 걸었다. 눈앞이 흐려져, 석류를 파는 리어카에 무릎을 찧었다. 균일하게 쌓아올린 과일의 대형이 흐트러졌다. 모자를 깊게 눌러쓴 사내가 그에게 욕지거리를 했다. 몇몇이 그를 바라보았다. 김은 고개를 숙였다. 김은, 멈추지 않고 걸었다.

발광(發狂)하는 어머니의 모습은 생소했다.

그녀는 자신이 정확히 어디가 아픈 것인지 알지 못했다. 배가 아픈지, 머리가 아픈지, 가슴이 아픈지, 혹은 셋 다인지 가늠하지 못한 채로, 아프다, 고만 했다. 고통의 전조 따윈 없었다. 그들은 그날 저녁으로 냉동갈치구이를 먹었다. 밥이 조금 된 탓에, 그는 어머니가 매일 아침 떠나르는 약수를 부어 말아먹었다. 그녀는 좋지 않은 식습관이라고 다그쳤다. 설거지는 그의 몫이었다. 가스레인지 주변에 생선기름이 덕지덕지 달라붙어 있었다. 그는 신문지로 기름을 훔쳤다. 어머니는 다리를 모으고 앉아 오랫동안 동물 다큐멘터리를 보았다. 몸이 약한 새끼를 뒷발로 저만치 밀어버리는 암사자의 무심한 얼굴을 보며 혀를 찼다. 그녀가 비명을 지르듯 그의 이름을 부른 것은 새벽녘이 다 되어서였다. 김이 방문을 열자, 어머니는 바닥을 나뒹굴고 있었다. 발목에 감긴 이불이 침대 위에서 침처럼 흘러내렸다. 그는 어머니의 어깨를 부여잡았다. 어디가 아파요. 그녀는 대답하지 못했다. 가늘고 푸석한 머리카락이 산발이 된 채 휘날렸다. 얇은 잠옷이 가슴께까지 말려올라갔다. 몸에 맞지 않는 팬티 때문에 살이 드러났다. 골반께의 붉은 팬티 자국이 눈에 거슬렸다. 김은 치마를 끌어내리며 다시 물었다. 어디가 아픈 거예요. 배가 아파요. 머리가 아파요. 가슴이 아파요. 체한 것 같아요. 그녀는 김의 질문 중 어느 것에도 대답하지 못했다. 아파. 몰라. 아프다고. 어머니는 양손으로 머리와 배를 감싸쥐며 짜증을 냈다. 김은 저녁 식단을 떠올렸다. 몇 시간 전 음식의 냄새와 미묘한 식감을 떠올리려 애썼다. 그녀는 아파, 와 김의 이름을 난사하듯 쏟아내었다. 신경질을 부리고, 어린아이처럼 칭얼댔다. 김은 어머니가 자신의 이름을 부를 때마다, 무력감이 어깨를 짓누르는 것 같았다. 어머니의 모습은 낯설었다. 무섬증이 일었다. 두려움이 그를 한 발씩 뒤로 물러나게 했다. 마음은 이내 차갑게 식어갔다. 김은 어머니의 고통을 전혀 이해할 수 없었다. 어머니가 많은 말을 쏟아낼수록, 그녀의 행동이 지나치게 과장된 것이 아닌가, 의심이 자라났다. 그는 완벽한 타인으로 변모하고 있었다. 김은 119를 불러야 할 것인가를 두고 고민했다. 냉정하게 어머니가 겪고 있는 고통의 척도를 재려 했다. 그녀가 느끼는 고통의 주기를 찾으려 했다. 시간이 지나면 나을지도 모른다고 믿었다. 어머니가 갑자기 비명을 질렀다. 고요를 무참히 깨는 목소리, 김은 처음으로 어머니의 목소리가 경박하다고 느꼈다. 아아 목소리, 목소리. 김은 무의식적으로 구겨진 미간을 폈다. 치마를 추어올려 입으로 쥐어뜯는 어머니에게 말했다.

구급차를 불렀어요. 조금만 참으세요. 똥이 마려워. 나 똥이 마려운데. 화장실에 데려다드릴게요. 움직일 수가 없잖아. 너무 아파. 아프다구. 나 못 가. 그래도 조금만 움직여보세요. 제가 들게요. 싫어. 여기서 싸면 안 될까. 그럼 조금만 참아봐요. 곧 일일구가 올 거예요. 우리 집이잖아. 왜 안 돼. 왜 안 돼냐구! 아파 죽겠단 말이야! 여기서 쌀 거야. 나 똥 마렵단 말이야. 너무 아파, 니가 알아! 싸게 해줘, 제발. 안 돼요, 어머니. 안 돼요. 조금만, 조금만.

김은 그의 바짓가랑이를 붙잡고 똥을 싸게 해달라며 울부짖는 어머니를 망연히 바라보았다. 그는 한꺼번에 닥쳐온 수많은 감정들이 하나로 뭉뚱그려지는 것을 느꼈다. 그가 알고 있던 어머니와 발광하는 어머니 사이에는 크나큰 간극이 있었다. 그는 그 전까지 단 한 번도 어린아이처럼 칭얼대며 떼를 쓰는 어머니를 본 적이 없었다. 어머니가 오랜 시간 보여준 단단함은 너무나 손쉽게 무너져내렸다. 김은 그 속에서 어머니의 미래를 보았다. 그리고 자신의 미래를 보았다. 단 한 번도 그려보지 않았던 아득한 시간들이, 그가 원치 않는 순간에 찾아왔다. 그는 모든 상황들이 곤혹스럽게만 느껴졌다.

어머니의 고통은 값비싼 검사로도 확실한 원인을 찾지 못했다. 그녀는 자신의 병명을 급체로 단정지었다. 의사는 부인하지 않았다. 세 시간 만에 응급실에서 일반병실로 옮긴 김의 어머니는 불필요한 검사에 돈을 썼다며 이내 분통을 터뜨렸다. 김은 몸을 가눌 수 없이 피로했으므로 아무 말도 하지 않았다. 그녀는 젖은 옷이 마르듯 자연스럽게 이전의 상태로 돌아갔다. 그러나 김은 앞으로 모든 것이 예전과 달라지리라는 것을 알고 있었다. 그가 오래 전 꾸었던 꿈이 그의 유년을 공포로 몰아넣었듯이, 어머니의 발광이 그의 미래를 공포로 몰아넣으리라는 것을, 그는 알고 있었다. 김은 심한 무력감을 느꼈다. 아무 말도 하지 않았다.

김은 걸음을 멈췄다. 숨이 찼다. 걸어온 길을 돌아보았다. 그는 식당에서 충분히 멀리 달아나 있었다. 김은 목이 말랐다. 등에 달라붙은 셔츠를 떼어내었다. 구레나룻을 타고 흘러내리는 땀이 불쾌했다. 걷는 동안 김은 여러 차례 사이렌 소리를 들었다. 그 소리 중 하나는 여주인의 것이리라 자위했다. 김은 단지 곤혹스러움을 피하고 싶었던 것뿐이라고 마음을 다독였다. 토사물이 묻은 여자의 입을 닦고, 병원으로 데려가 누군가에게 자초지종을 설명하기엔 지나치게 피곤했다. 그는 모든 것을 피로의 탓으로 돌렸다. 그렇지 않고서는 버틸 수 없을 만큼, 그는 또한 피로했다. 김은 무의식적으로 뒷주머니를 더듬었다. 수첩이 없었다. 그는 일순 머릿속에 텅 비는 듯했다. 다독였던 마음이 송두리째 파헤쳐지고 있었다. 수첩 맨 앞에 적힌 그의 주소와 전화번호, 이메일주소 따위가 떠올랐다. 갑자기 입을 움켜쥐고 병원, 이라고 말하던 여주인의 얼굴이 눈앞에 나타났다 사라졌다. 죄책감과 불안함이 눈덩이처럼 불어났다. 그는 귀신을 본 듯 어깨를 떨었다. 그에게 돌아갈 용기 따윈 없었다. 김은 핸드폰을 꺼냈다. 아무도 그를 찾지 않았다. 김은 전원 버튼을 깊게 눌렀다.

김은 제 몸만한 커다란 책가방을 메고 있다. 그는 버릇처럼 실내화가방을 발로 차며 걷는다. 남색 실내화가방 안쪽에 연거푸 발자국이 찍힌다. 가방은 얼마 전 손잡이가 떨어져나갔다. 싸구려다. 어머니가 천을 덧대어 손잡이를 기워주었다. 김은 그것이 못내 부끄럽다. 뻥, 뻥, 너무 세게 발길질을 하는 바람에 김은 간혹 실내화가방을 놓친다. 가방은 발아래 떨어지기도 하고, 골목 한 귀퉁이 남의 집 화단까지 날아가기도 한다. 김은 목이 꺾인 붉은 깨꽃 위에 나뒹구는 실내화를 집어든다. 실내화 앞코에 김의 이름이 푸른 실로 수놓아져 있다. 김의 이름은 역사책에 나오는 장군의 이름을 닮아 늘상 아이들에게 놀림거리이다. 김은 잘 자라지 않는 발도 원망스럽다. 김은 늘 같은 자리에 주차되어 있는 낡은 자동차를 본다. 뿌옇게 쌓인 차체 위에 누군가가 큼지막하게 보지, 라고 적어놓았다. 뽑기를 하고 아무렇게나 버린 둥근 플라스틱 케이스를, 김은 발로 밟아 잘게 바순다. 그의 운동화는 튼튼하다. 김은 자꾸만 흘러내리는 가방끈을 추켜올린다. 김의 어깨는 좁고 처졌다. 김이 집으로 향하는 골목의 입구에 도착했을 때, 누군가가 김의 어깨를 붙잡는다. 모르는 사람이다. 가지 마. 그가 김에게 말한다. 김은 골목 양옆으로 길게 늘어선 자동차들의 이마 위로 떨어지는 햇빛을, 그 아래 몸을 웅숭그린 불길한 그늘을 바라본다. 가지 마. 김은 무섭다.

버스는 혼잡한 시내를 지나 서쪽으로, 서쪽으로 달리고 있었다. 김은 정확한 버스의 행선지를 알지 못했다. 그러나 버스는 멀리 가지 못할 것이다. 그 역시 마찬가지였다. 하루는 놀랍도록 길었다. 차창에 부서지는 햇빛, 김은 그것이 대단히 상투적인 표현이라고 생각했지만, 그것만큼 적확한 것도 없었다. 느릅나무 그림자가 창문에 갖다댄 그의 손에 어지러운 물무늬를 만들었다. 김은 귓가에 들려오는 미세한 부침(浮沈) 소리를 들었다. 태어났다 사라지는 빛의 입자들, 망설임 없이 유리에 몸을 던지고, 이내 볶은 콩처럼 타닥, 타닥, 소리를 내며 타들어가는 그들의 용맹한 비명소리를, 김은 들을 수 있었다. 오랫동안 창가에 닿았던 볼이 붉게 달아올랐다. 김은 그 어느 때보다도 피곤했다. 영원히 해가 지지 않을 것 같았다.

버스는 시외의 한 테마파크 앞에서 오랫동안 정차했다. 그는 무리지어 올라타는 사람들에 떠밀려 버스에서 내렸다. 그곳은 드라마 촬영을 위해 지은 대형 세트장이었는데, 입장료를 받고 수익을 챙기는 듯했다. 김은 그것이 어떤 드라마인지 알지 못했다. 낮은 산과 숲 한가운데, 조악하게 만들어진 성문과 드라마의 이름을 딴 휴게소가 보였다. 그는 테마파크에 들어가기 위하여 삼천원을 지불했다. 안내원은 그에게 폐장시간이 한 시간밖에 남지 않았음을 알려주었다. 목에 수건을 두른 사내들, 얼굴이 벌겋게 익은 여자들이 칭얼대는 아이들을 달래며 계단을 내려오는 것이 보였다. 졸린 아이들은 자주 짜증을 냈다. 그는 합판 위에 페인트로 성의 없이 마감을 한 성벽을 가볍게 두드려보았다. 소리가 생각보다 컸다. 김은 흠칫 놀라 주위를 두리번거렸다. 휴게소에서 단팥이 박힌 얼음과자를 샀다. 단단해서 잘 깨물어지지 않았다. 공기는 좋구나. 김은 숨을 깊게 들이마셨다.

폐장시간이 다가오자 사람들은 일제히 출구 쪽으로 몸을 돌렸다. 그들의 얼굴에는 이미 집까지의 피로한 여정이 그려지고 있었다. 김은 천천히 무리의 뒤를 따르는 낙타 한 마리를 보았다. 낙타몰이꾼은 고삐를 잡고 익숙하게 낙타를 이끌었다. 아이 머리통만한 눈알이 천천히 끔뻑였다. 긴 속눈썹이 찌를 듯 하늘로 치솟아 있었다. 쉴새없이 주둥이를 오물거렸다. 김은 단단하고 오래되어 보이는 누런 이빨들을 보았다. 낙타몰이꾼은 얼굴이 검고 체격이 건장했다. 김은 그가 어느 나라 사람인지 짐작할 수 없었다. 김이 낙타에게 관심을 보이는 듯하자, 사내가 재빨리 김의 옆으로 다가왔다. 낙타를 타고 테마파크를 한 바퀴 도는 데 오천원을 받는다고 했다. 그는 한국말이 제법 익숙했다.

낙타에게 저는 너무 무거울 겁니다. 게다가 폐장시간이 다가오지 않습니까.

남자는 그럼 삼천원만 받겠다고 선심 쓰듯 말했다. 아이들은 낙타의 커다란 덩치와 낯선 외양 탓에 쉽게 울음을 터뜨린다고 했다. 그는 하루치 일당을 채우지 못한 모양이었다. 목소리에서 조바심이 묻어났다. 낙타는 튼튼한 동물입니다. 그는 말했다. 김은 곤란한 표정을 지었다. 무리에 섞여 걷고 있으려니, 김은 어서 귀가해야 할 것만 같았다. 어머니가 돌아와 있을지도 몰랐다.

나는 낙타가 무섭습니다.

남자는 요금을 이천원으로 내렸다. 돈이 문제가 아니었다. 낙타가 무섭지도 않았다. 김은 어쩐지 자신이 너무 매몰찬 것 같았다. 남자는 낙타가 얼마나 친근한 동물인지 설명하려 애썼다. 거대한 덩치의 초식동물은 끊임없이 몸을 위아래로 움직였다. 낙타가 단단한 흙 사이의 마른 잡초들을 뜯으려 고개를 숙일 때마다, 남자는 고삐를 잡아당겼다. 김은 반도 먹지 못한 아이스크

226

림을 쓰레기통에 버렸다. 벌써 입 안이 얼얼했다. 김은 남자에게
오천원을 주었다.

우리는 무사합니다.
김은 그가 의미하는 바는 '무사'가 아니라 '안전'에 가까울 것
이라 생각했다. 그러나 그 말은 김에게 까닭 없는 위안을 주었
다. 시야가 한껏 높아졌다. 김은 피가 통하지 않을 정도로 고삐
를 세게 움켜쥐었다. 안장 아래, 거칠고 투박한 털을 손끝으로
쓸어보았다. 우리는 무사합니다. 그는 되뇌었다. 오랫동안 김은
꿈속의 광경이 현실이 될 것이라 믿었다. 가지 말라는 손을 뿌
리치고 햇빛을 뚫고 달려간 집에서, 그는 토막난 아버지의 시체
를 보았다. 피칠갑을 한 채, 죄책감도 없이, 반갑게 맞이하는 어
머니의 얼굴을, 덤덤히 이별을 고하는 어머니의 얼굴을, 김은 오
랫동안 기억했다. 허리가 잘린 아버지보다 어머니를 잃는 것이
두려워, 김은 깨어나고도 한참 동안 눈물을 흘렸다. 그러나 아무
도 죽지 않았다. 아직까진 모두 무사하다. 김은 그것이 다행인지
불행인지 알 수 없었다. 손에 잡힐 듯 가까운 곳에 숲이 있었지
만 낙타는 정해진 길을 벗어나지 않았다. 김의 몸이 출렁였다.
닿을 수 없는 곳에서부터 어둠이 서서히 걸어들어오고 있었다.
아득한, 아늑한 어둠이었다.

고요

나는 아이를 일으킬 수 없는 것처럼, 할머니의 시신을 꺼낼 수 없었다. 단지 오랫동안, 아주 오랫동안 그 고요한 어둠을 바라볼 뿐이었다.

그곳에 꽃이 피어 있었으나 알아채지 못했다.

나는 어둠을 탓했다.

눈(雪)은 뼈를 가진 듯 크고 무거워 보였다. 차광막을 친 인삼
밭과 붉은 소나무숲, 병을 앓는 나뭇가지 위로 눈은 무자비하게
쏟아져내렸다. 쏟아지는 눈을 짓이기며, 버스는 천천히 나아갔
다. 눈안개가 들짐승처럼 돌연히 앞을 가로막았으므로, 버스는
자주 멈춰 섰다. 차창 가장자리 눈의 결정들이 달라붙어 있었다.
한데 뭉쳐 있거나, 일그러진 채 얼어붙은 그것들로 추위를 가늠
해보았다. 곱은 손이 잘 펴지지 않았다. 서서히 경계가 지워지는
풍경이 있었다. 나는 그 위에 K의 얼굴을 새겨넣었다.

그곳은 나의 고향은 아니었다. 마을 초입의 능수버들을 지나 두어 마지기의 논과 토란밭 사이의 두렁길을 따라가면 낮은 야산을 등에 업은 집이 있었다. 지붕을 새로 올린 집은 멀리서도 눈에 띄어, 안개 속에서도 이정표가 되어주었다. 산비탈에 두 개의 봉분이 있었는데, 주인을 알 수 없어, 어린아이들에게 겁을 주거나 사내아이들이 호기를 부리는 데 이용되곤 했다. 집성촌이었던 마을은 같은 족보를 갖고 있거나 서로의 계통을 꿰뚫고 있었지만, 나는 아는 사람이 아무도 없었다. 그곳은 아버지의 고향이었으나 나의 고향은 아니었으므로, 매해 여름 그곳에 보내질 때마다, 버려진 비석에 새겨진 한자를 손바닥에 그리거나 망초와 할미꽃을 연습장에 붙여가며 나의 계보를 만들곤 했다. 지는 해 반대편 싸늘한 낮달이 나의 시조가 되어주었다. 그것은 고독하고 불필요한 작업이었다.

할머니는 풍채가 좋고 얼굴이 맑았다. 방 윗목엔 언제나 말린 고구마나 볶은 콩, 배추전 같은 주전부리들이 떨어질 날이 없었는데, 청포도맛 알사탕이나 설탕이 범벅된 젤리는 자개문갑에 숨겨두고 내어주는 법이 없었다. 나는 할머니의 비밀한 간식들보다 평상에 항상 놓여 있던 구운 개구리 뒷다리 같은 것이 더 진귀해 보였다. 우리는 대화를 나눈 적이 거의 없었다. 할머니의 어린아이 같은 식탐이나 노인 특유의 군내는, 그녀가 종종 내 머리를 쓰다듬으려 할 때마다 흠칫 뒤로 물러서게 하는 이유가 되어주었다. 우리는 서로의 침묵에 익숙했다. 할머니와 나 사이의 서먹함은 마을 사람들과 나 사이의 서먹함으로 이어졌다. 나는 그곳의 가축들, 덜 여문 옥수숫대, 빌어먹고 다니는 개들과 더욱 살갑게 지냈다.

버스가 시(市)로의 진입을 알리는 표지판을 지날 무렵, 눈은 진눈개비로 바뀌어 있었다. 눈으로 위장한 빗방울들이 쌓인 눈더미를 파고들었다. 그것은 쌓인 속도보다 더 빠르게 녹아내릴 것이었다. 뒷좌석 아이의 칭얼거림이 정적을 깼다. 버스 안의 공기는 무겁고 눅진했다. 창밖, 갓길로 소를 끄는 노인이 있었다. 얼굴이 붉고 걸음이 느렸다. 반들거리는 젖은 이마가 소와 같았다. 소 등에 짚단처럼 묶인 들꽃들이 빗속에서도 푸르렀다. 오랜 시간 계속되던 울음이 뚝 그쳐 뒤를 돌아보니 아이의 손에 약밥이 들려 있었다. 차는 속도를 올려, 이윽고 멀리 버스터미널의 간판이 보이는 듯했다. 아주 오랫동안 땅을 밟지 못한 것 같은 기분이 들었다. 포장되지 않은 길은 질척일 것이고, 굽이 낮은 신발 탓에 바지는 금세 더러워질 것이었다. 차가 멈춰 서기도 전에, 사람들은 짐을 둘러메고 자리에서 일어나기 시작했다. 이미 진물처럼 녹아내려 진창으로 변해버린 눈의 흔적들, 내리는 비를 맞으며 자판기 커피를 홀짝이는 버스기사를 보았다. 찢어진 차양 사이로 쉼없이 빗방울이 떨어졌다. 그 아래, 빗물을 받아내며, 정차하는 버스 주변을 서성이는 커다란 우산을 든 여자가 있었다.

여자는 키가 작고 얼굴이 검었다. 길고 결이 좋은 머리를 하나로 묶고 있었는데, 코가 아주 낮았다. 우산 끝이 자꾸만 귀에 부딪혔다. 어깨로 빗물이 떨어져 물자국이 생겼다. 내게 이름을 말해주었지만, 곧 잊었다. 나는 혈육이 아닌 그녀가 어떻게 할머니와 오랫동안 함께 살게 되었는지 알지 못했다. 내가 자라 더 이상 매년 여름 이 마을을 찾지 않아도 되었을 무렵부터, 나는 할머니를 이 고장의 풍경 한쪽 구석에 묻어두고 있었다. 늙거나 사라지는 법 없이, 종종 이곳을 추억할 때, 지나간 통속극의 여주인공을 기억해내듯 할머니의 얼굴을 떠올릴 뿐이었다. 내가 할머니에 대해 묻자, 여자는 한참 동안 입 안에서 말을 웅얼거린 후에야, 아직, 이라고 짧게 대답했다. 그녀는 말을 하는 데 어려움을 겪는 듯 보였다. 말을 더듬진 않았지만, 발화하기까지 눈에 보이는 망설임과 결심의 긴 과정이 있었다. 미간에 잔뜩 힘을 주고 있어 본래의 나이보다 너덧 살은 많아 보였다. 눈을 맞추는 법은 없었다.

우리는 버스터미널 주변에 밀집되어 있는 제법 큰 농협과 정육점, 양품점을 지나쳐 도로의 갓길을 따라 걸었다. 모든 길이 새것처럼 깨끗했다. 그녀는 나에게 길을 내어주느라 일부러 가장자리로 걷는 것 같았다. 걸음을 옮길 때마다 여자의 통굽 슬리퍼가 강아지풀이나 민들레의 목을 꺾었다. 우리는 다시 한번 버스를 타야 했다. 마을까지는 터미널에서 이십여 분 이상 차를 타고 들어가야 했다. 마을이 가까울수록, 인가의 수는 줄어들었다. 내 기억이 옳다면, 근방 어딘가에 작은 점방이 있었다. 그곳엔, 자급자족이 불가능한 모든 공산품들이 있었다. 마을에서 가장 가까운 우체국이면서, 물품 보관소, 지리 안내소이자 만남의 장소였다. 점방 안에는 전기장판만한 쪽방이 있었다. 주인은 칠순 노인이었는데, 기력이 없어 라면을 집어올리는 젓가락이 덜덜 떨리곤 했다. 그러나 물건의 가격만큼은 놀라우리만치 정확하게 기억하고 있어, 허투루 계산하는 법이 없었다. 유통기한이 몇 년씩 지난 통조림과 누렇게 변색된 깍두기공책, 편리에 따라 배치된 생필품, 그리고 시간을 헤아리기 어려울 만큼 오래된 먼지들이 그것들을 뒤덮고 있었다. 먼지 때문에, 그곳의 모든 개체들은 이미 사라지고 남은 자취에 지나지 않아 보였다. 나는 그 먼지의 나라에서 박하사탕을 사먹었다. 아주 쓰고 눅눅한 맛이었다. 주인을 잃은 소라껍데기처럼, 논과 밭 사이 폐가들이 있었다. 마을은 이미 소멸되었거나, 소멸되어가는 과정에 있었다. 살아남을 것들, 다시 태어나는 것들은 꽃과 나무, 들짐승들이 전부인 것 같았다.

사라진 것들 중에는 할머니도 있었다. 할머니는 나흘 전 집을 나가 돌아오지 않았다고 여자는 말했다. 그녀는 또한 내가 할머니의 유일한 혈육이라는 사실을 일깨워주었다. 그러나 할머니의 집 주변으로 거미줄처럼 널려 있던 멀고 가까운 일가친척들이 어떻게 되었는지는 알려주지 않았다. 가죽 단화의 발끝에서부터 빗물이 스며들었다. 신발은 새것이어서, 아마도 양말엔 붉은 물이 들었을 것이었다. 젖은 발가락이 아려왔다. 집으로 돌아가고 싶었다. 할머니가 실종되었다.

K는 종전 이듬해에 태어났다. K는 입버릇처럼, 나는 네가 상상도 못할 세계에서 자라났다, 고 말했다. 그 말 때문에, 나는 내가 할 수 있는 모든 상상력을 동원하여 K의 시절을 그려보곤 했다. 빈곤이나 기아와는 상관없이 풍부한 양분을 먹고 무럭무럭 자라나는 수목들, 그 사이에서 뛰어노는 어린 K를 떠올렸다. 불에 탄 집터를 떠나지 못하는 귀신들이 나타나 밤마다 K의 발목을 늘이고, 어둠 속에서도 형형히 빛났다던 굶주린 노인들의 안광도 떠올려보았다. 경험한 적이 없었으므로, 상상은 대단히 추상적이고 미화되어 있었다. 내가 K에게 나의 상상을 들려주면, K는 언제나 지나치게 낭만적이라고 말했다. 그러나 그러한 낭만성은 K라고 해서 예외는 아니었다. K가 종종 들려주었던 어린 시절의 풍경들, 이를테면 어릴 적 보았던 어둠의 밀도나 별의 밝기에 관한 것들은 그보다 결코 덜하지 않았다. 그것은 전설에 가까웠다. 나는 온전히 학습을 통하여 그 시절을 이해했

다고 믿었다. K가 지닌 지난 시절들은 나와는 무관한 것이었으므로, 그 시절이나 K 둘 다 아름답다고 느꼈다.

할머니의 방은 따듯했지만 퀴퀴한 냄새가 났다. 방 아랫목에 깔려 있는 두꺼운 솜이불에 코를 갖다대어보았다. 이불보엔 조잡한 무늬의 자목련들이 만발했다. 누런 벽 가장 높은 곳에 몇 개의 영정사진이 걸려 있었다. 그들이 누구인지 알 수 없었다. 천장엔 파리 끈끈이가 여태껏 매달려 있었다. 몸통만 남은 파리의 주검들이 빼곡히 달라붙어 끈끈이의 몸체를 부풀렸다. 살림은 단출했다. 오래 전부터 보아왔던 자개문갑과 미닫이문이 달린 텔레비전, 붙박이 옷걸이가 세간의 전부였다. 옷걸이엔 목둘레에 털을 덧댄 누빈 쥐색 조끼만이 덩그러니 걸려 있었다. 할머니는 어디에 있는가. 주인은 사라지고 체취만이 남은 방에선 기이한 정적이 흘렀다. 모든 물건들이 지나치게 낡고 오래되어 보였다. 오래 전 사라졌어야 할 것들이 유령처럼 남아 있는 것 같았다. 나는 벽지의 작은 핏자국이나 모서리가 깨진 문갑의 걸쇠장식을 보며 순간순간 섬뜩함을 느꼈다. 그들이 지닌 유구한 세월들이 거북스러웠으나, 정작 이 방에서 가장 이질적인 것은 나 자신이었다. 이미 어둠이 내려앉고 있었다. 습관적으로 시계를 보았다. 이제 막 오후 다섯시를 지나고 있었지만, 창밖 번져가는 붉고 푸른빛들만이 요동칠 뿐, 마을은 한밤중인 듯 기척도 없었다. 사방에서 나는 할머니 냄새와 정적은 나를 옴짝달싹 못하게 매어두고 있었다. 어릴 적 할머니와 한 방에서 서로 침묵을 지켰던 것처럼, 눈알을 굴려 사방을 살펴보는 것 말고는 아무것도 할 수 없었다. 할머니의 체취는 할머니를 대신해 안주인 행세를 하고 있는 것 같았다. K의 불안으로 가득 찬 얼굴이 눈앞에 아른거렸다. 아랫목의 뜨거운 온기가 발바닥과 언 발가락을 녹였다. 물이든 양말이 피처럼 붉었다. 할머니는 어디에 있는가. 아무도 대답해줄 수 없는 물음이 앞에 놓여 있었다.

형광등 불빛 아래 여자는 한결 온화해 보였으나 타고난 폐쇄성이 엿보였다. 까무잡잡한 얼굴에도 주근깨가 가득했다. 상 한가득 차려진 잡곡밥과 무국, 이 고장에서 나고 자란 푸르고 노란 나물무침들은 생기가 넘쳐 이질감이 느껴질 정도였다. 나는 명백히 손님이 된 기분이었다. 한결 마음이 편해졌다. 여자는 상에서 한 걸음 물러서서 문 바로 앞에 무릎을 꿇고 앉아 있었다. 잊고 있었던 허기가 몰려왔다. 나는 여자에게 물었다.

할머니를 마지막으로 본 것은 언제입니까.

나는 그 물음이 대단히 상투적이고 전형적이라는 사실을 알고 있었으나, 내가 앞으로 만날 사람들마다 물어야 할 질문이라는 것 또한 알고 있었다. 실종자의 마지막 모습을 묻고 또 물어 시간을 거슬러올라가다보면, 언젠가는 그의 현재에 닿을 수 있을지도 모른다는 믿음 탓이리라. 여자는 내가 던진 몇 가지의 질문 중 단답형이 가능한 질문에만 답변을 해주었다. 이를테면, 할머니에게 치매증상이 있었나요, 라고 물으면 여자는 한참이 지난 후에야 문득 기억났다는 듯 바쁘게 고개를 저으며 아니요, 라고 대답했다. 나머지 질문은 대체로 침묵으로 일관했다. 여자의 태도는 시종일관 죄지은 사람처럼 잔뜩 주눅이 든 상태였다. 나는 답변이 돌아올 때까지 같은 질문을 여러 차례 다른 방식으로 던졌다. 시간이 지나자, 나도 모르게 여자를 질책하거나 추궁하는 어투로 대답을 종용하고 있다는 사실을 깨달았다. 나는 여자와의 침묵이 불편했다. 내가 입을 닫자, 여자는 비로소 고개를 들어 차려온 밥상을 향해 시선을 놓았다. 그제야 단단해진 밥알과 식은 국이 눈에 들어왔다. 풍성한 밥상과 우리의 상황은 결코 어울리지 않았다.

아무것도 보이지 않았다. 방에서 새어나오는 불빛이 아니라면, 무엇이 움직이건 아무것도 볼 수 없을 것이었다. 나는 대청에 앉아 집 뒤 웅크린 산 그림자와 어렴풋이 농도를 달리하는 대지와 대기의 경계를 바라보았다. 진눈깨비가 그친 뒤여서 날이 매우 찼다. 내일이면 땅이 단단히 얼어붙을 것이었다. 이곳의 어둠은, 내가 볼 수 있는 K의 어린 시절 어둠과 가장 유사한 것이리라. K의 집은 고향에서 가장 큰 인삼밭을 갖고 있었다고 했다. 어린 K는 저녁을 먹고 나면 하루도 빠짐없이 인삼밭을 순시

해야 했는데,·전등도 없이 홀로 어둠을 뚫고 한 시간이고 두 시간이고 밭 주변을 맴돌았다고 했다. 덕분에 지금도 칠흑 같은 어둠 속에서도 무엇이든 잘 볼 수 있다고 했다. K는 종종 도깨비불과 마주쳤지만, 한 번도 달아난 적이 없었다며 짐짓 자랑스레 말했다. 나는 도깨비불의 양태에 대하여 아는 것이 없었으나 어린 K가 대견하다고 말해주었다. 멀지 않은 곳에서 개가 짖었다. 그러자 조금 더 먼 곳에서 개 짖는 소리가 꼬리를 물고 들려왔다. 어둠 속에 구획되어 있을 논과 밭, 몇 채의 집들을 떠올려보았다. 달이 붉었다. 할머니가 숲이나 길 어딘가에서 헤매고 있다면, 오늘이 다섯번째로 맞이하는 밤이 될 것이었다. 겨울 달이 붉으면 가뭄이 온다는 풍문 따위가 머릿속을 헤집었다. 나는 할머니의 죽음을 생각하지 않을 수 없었다.

건넌방 문풍지를 뚫고 조도가 낮은 불빛이 새어나왔다. 그림자 하나가 일렁였다. 여자 같았다. 무언가 소곤대는 소리가 들리는 것 같다고 느끼는 순간, 여자의 그림자 뒤에 또하나의 그림자가 비춰 보였다. 누군가 있었다.

정적 속에서 깨어났다. 낯선 천장이 있었다. 눈을 감았다 뜨면 이곳이 나의 방이길 빌었다. 몸이 참을 수 없을 만큼 무거웠다. 방바닥은 지나치게 뜨거웠고, 공기는 차디찼다. 머리가 깨질 듯이 아팠다. 나가보지 않아도 이곳의 기후를 가늠할 수 있을 것 같았다. 산, 새가 울었다.

안개는 군락을 이룬 숲처럼 울창했다. 그 위용에 짓눌린 새벽 공기가 소스라치게 차가웠다. 하늘이 낮았다. 여자는 보이지 않았다. 텅 빈 외양간, 젖은 풀들이 썩어가는 여물통이 있었다. 주변에 널린 볏짚을 발끝으로 짓이겼다. 녹슨 대문은 쉽게 열렸다. 집 앞으로 난 좁은 두렁길을 따라 걸었다. 습기를 머금은 바람이 불었다. 길은 곧 두 갈래로 갈라졌다. 오른쪽은 마을의 바깥으로 가는 길이고, 왼쪽은 내부를 가로지르는 길이었다. 그 길을 사이에 두고 집과 논이 대치하고 있었다. 뒤를 돌아, 할머니의 집과 지난밤 그림자로만 보았던 야산을 눈에 담았다. 구두굽이 젖은 땅에 닿을 때마다 질척거리는 소리를 냈다. 그것이 소음처럼 느껴질 만큼, 마을은 고요했다. 지난밤 울어댔던 개들은 기척도 하지 않았다. 대문은 대부분 굳게 닫혀 있었으나 마음만 먹는다면 누구나 쉽게 열 수 있을 만큼 허약해 보였다. 빈집이었다. 누구도 다시는 그 집에 세간을 들이지 않았으므로, 집은 비어 있는 상태에서 서서히 풍화되어가고 있는 듯했다. 할머니의 친척이 살았다던 집들을 기억해내려 애썼다. 누구든 찾아서 묻고 싶었다. 불에 탄 집들을 지났다. 그 마당 한가운데, 과실수들만이 살아남아 커다랗게 자라났다. 앙상한 나뭇가지에 겨울눈들이 티눈처럼 덕지덕지 달라붙어 있었다. 그들이 집의 주인이었다. 버섯은 어디에든 있었다. 나무둥치, 돌담 아래 이끼

사이에서도, 종을 알 수 없는 버섯은 버짐처럼 피어났다. 귀가 먹은 노인, 말린 옥수수알을 입 안에 털어넣고 우물거리는 노인을 만났다. 이가 없었으므로, 그는 단물이 빠진 옥수수를 개밥그릇에 뱉어내었다. 요강 지린내가 멀리서도 진동했다. 개집은 비어 있었다.

마을의 끝, 산으로 이어진 길은 무너진 돌담으로 막혀 있었다. 그 위로 담쟁이넝쿨이 자라났다. 집으로 발길을 돌렸다. 이 마을 엔 할머니를 찾는 데 도움이 될 만한 무엇도, 누구도 없었다. 안 개비에 머리가 젖었다. 옷에 알알이 물방울이 맺혔다. 지난밤 보 았던 사진 속의 할머니를 떠올려보았다. 텔레비전의 미닫이문 안쪽에 끼워져 있던 사진은 알아보기 어려울 정도로 닳아 있었 지만, 그 여자가 할머니라는 것을 짐작할 수 있었다. 젊은 할머 니는 대청에 앉아 무표정한 눈으로 정면을 응시하고 있었다. 저 고리는 짧고, 치마의 폭은 좁았다. 살짝 드러난 버선이 티 하나 없이 깨끗했다. 소박한 옷차림에 어울리지 않는 화관이었다. 한 번도 본 적 없는 화관이 그녀의 머리 위에, 싱싱하게 피어 있었 다. 나는 그 꽃이 한없이 붉으리라 짐작했다. 허리가 꼿꼿했다. 할머니는 젊고 아름다웠다. 젊었으므로 아름다웠다는 것이 옳겠 다. 꽃을 두른 젊은 여자와 기억 속 할머니의 모습 사이엔 큰 괴 리감이 있었지만, 둘 중 누구에게도 애정이 생겨나진 않았다. 끊 임없이 자신에게 할머니를 되찾길 바라는가를 되물었으나, 대답

할 수 없었다. 단지 의무감에 지나지 않은 곤혹의 시간들이 어서 지나기만을 바랐다.

　걸쇠가 고장난 문은 무용지물이었다. 단지 집과 바깥을 경계 짓는 것 이상의 의미는 없었다. 아귀가 맞지 않는 철문이 문턱에 질질 끌리며 앓는 소리를 냈다. 저절로 인상이 찌푸려졌다. 대문 안으로 들어섰을 때, 젖은 마당 한가운데 쓰러진 여자아이가 보였다. 모자가 달린 스웨터가 떨어진 꽃잎처럼 흩어져 있었다. 나는 크게 놀라 뒷걸음질을 쳤다. 이런 마을에 어린아이가 있으리라 생각지 못한 탓도 있었으나, 꼭 죽은 것 같았기 때문이었다. 꼬마야, 하고 불러보았으나 반듯하게 잘린 까만 단발머리 가까이에 놓인 손가락이 미동도 하지 않았다. 긴장한 목소리 끝이 갈라져 쉰 소리를 냈다. 이 아이가 누구인가, 하는 물음에 앞서, 등을 보이고 죽은 듯 널브러져 있는 아이가 살아 있는 것인지 확신이 서지 않았다. 숨을 쉬지 않는 것 같았다. 몸은 차갑고 경직되어 보였다. 나는 어릴 적 만져보았던 죽은 개의 단단함을 기억했다. 어리고 약한 것들은 쉽게 죽는 법이었다. 살아 있는 것이 아니라면, 나는 저 주검을 어찌할 도리가 없었다. 한동안 대문에 바짝 붙어서서 아이를 응시했다. 그것 말고는 할 수 있는 것이 없었다. 흰 면스타킹을 신은 짧은 다리를, 반 뼘도 안 되어 보이는 얇은 어깻죽지를 바라보며, 조금이라도 스스로 움직여주기를 바랐다. 나는 나도 모르게 모든 상황을 쉽게 죽음과 연관시키고 있었다. 마을의 모든 요소들이 나를 자연스럽게 죽음 가까이로 이끌고 있었다. 주변을 둘러싼 안개 때문에 아이는 익사체처럼 보였다. 망설임 끝에 아이에게 다가가기 위해 발을 떼자, 뒤에서 인기척이 났다. 여자였다. 반가운 마음에 화색이 돌 지경이었다. 내가 여자를 바라보며 아이를 손가락으로 가리키는 순간, 시체처럼 단단하던 아이가 훌훌 몸을 털고 일어나 건넌방으로, 빨려들어가듯 뛰어가버렸다. 황망함에 다시 여자를 바라보자, 머리에 이고 있던 채반을 허리춤에 옮겨잡고는 멋쩍게 뒷머리를 쓰다듬으며, 딸이에요, 라고 말했다. 나는 불쾌한 감정을 숨기지 않았다.

오랫동안 잠을 잤다. 기면증 환자처럼 주기적으로 잠이 몰려왔다. 난삽한 꿈들을 모두 기억할 수는 없었다. 나는 그것이 가시지 않는 할머니의 냄새 때문이라고 생각했다. 마을에서 이방인인 내가 할 수 있는 일은 별로 없었다. 할머니를 찾아야 했지만, 무엇을 어떻게 해야 할지 알지 못했다. 여자는 할머니를 찾기 위한 그 어떤 행동도 하지 않았다. 폐허가 된 마을에 대해서도 침묵으로 일관했다. 여자와 그녀의 딸이 할머니의 실종에 어느 정도 연관이 있다는 느낌을 지울 수 없었으나, 여자에게 화를 내거나 강요하고 싶지는 않았다. 알고 싶지 않은 것인지도 몰랐다. 그러나 여자는 식사만큼은 극진히 대접했다. 나는 하루에 두 번, 이전엔 받아본 적 없는 소박하지만 정성스러운 밥상을 받았다. 여자에게는 섬세한 구석이 있어, 손이 자주 가는 반찬은 다음번에 한번 더 올렸고, 전혀 손댄 흔적이 없는 반찬은 다음번 식사에서 제외되었다. 숭늉은 언젠가 K가 극찬했던 한 정식집의 것보다 맛이 좋았다. 먹성이 좋았지만 입맛이 섬세했던 할머니의 영향인지도 몰랐다. 상을 물리면, 다시 잠이 쏟아졌다. 억지로 대청에 앉아 찬바람을 쐬어보았지만 정신이 들지 않았다. 나는 혼몽한 상태에서 여자와 딸아이의 목소리를 들었다. 그것이 꿈인지 생시인지는 확신할 수 없었으나, 여자의 목소리는 놀랍도록 다정했다. 장난스러운 목소리에 웃음이 섞여 있어 딸아이의 목소리와 혼동되었지만, 그것은 분명 여자의 목소리였다. 두 개의 크고 작은 그림자가 한 몸처럼 엉겼다. 무력하게 떨어지는 해의 꼬리를 물고 밤이 몰려오고 있었다.

죽은 척 장난을 친 여자의 딸은 병을 앓는 K를 떠오르게 했다. K는 언제나 장난스럽게 난자당하는 자신의 신체에 대해 묘사하곤 했다. 나는 그것을 병이라고 불렀지만 K는 단지 상상에 지나지 않는다고 말했다. 그러나 K를 찾아갈 때마다 그 상상들이 실현이 될까 두려움에 떨지 않을 수 없었다. K의 상상은 집요하고 세세했으며, 한계가 없었다. 늘 소파 위에 몸을 길게 누이고 있는 K를 쉽게 깨우지 못하는 것은 그 탓이었다. K가 살아 있음을 확인하고 나면, 소파 밖으로 삐져나온 K의 제법 큰 발, 마디가 불거진 발가락에 박힌 검고 흰 터럭, 나무껍질처럼 단단하고 누런 발톱 들을 만지작거리곤 했다. 손질되지 않은 발톱은 길고 더러웠다. K의 늙고 초라한 육체를 살필 때면, 그에 대한 애정이 조금씩 희석되는 것 같았다. 나는 K보다 젊고 아름다웠으므로, 이 관계에서 우위를 선점할 수 있을지도 모른다는 용기가 생겨났다. 그러면 잠시나마 내면의 평화가 찾아왔다. 그러나 그 순간은 그리 길지 않았다. 나는 이루어지지 않은 일, 이루어지지 않을지도 모르는 일에 지레 겁을 먹고 있었다. K는 내 악몽의 원인이었다. K는 내가 죽음을 지나치게 무겁게 받아들인다고 말했다. 그것이 젊은이들의 속성인 양 비웃었다. 나는 죽음을 농담처럼 소비하는 K를 이해하고 싶지 않았다. 늙은 K는 교활했다.

어제는 다른 생각을 했어. 나의 악력이 누구보다도 세져서, 내 피부를 단지 잡아당기기만 해도 벗겨낼 수만 있다면, 머리카락이 숲처럼 울창하게 박힌 두피가 찢겨지는 소리를 들을 수 있다면, 귀를 살짝 잡아당기면, 귀가 떨어져나가는 그런 힘, 아파트 베란다에서 떨어지거나 차에 치일 필요 없이, 누구의 도움도 필요 없이, 내 손이 무기가 될 수 있다면, 내가 손톱만으로 배를 가르고 내장을 꺼내어 온기를 느낄 수 있다면, 오른쪽 눈이 두근대는 내 왼쪽 눈알을 관찰하고, 지친 성기를 꺼내어 핥아주고,

흐르는 피를 베고 잠을 잘 수 있다면…… 나는 너무 오래 살았
단다. 너는 이해할 수 없겠지만.

나는 오래 살았다고 해서 모든 사람들이 자신을 살해하는 꿈
을 꾸진 않는다고 말해주었다. K는 어린아이에게 하듯 내 머리
를 쓰다듬어주었다. 나는 묻는 것에 대답해주지 않는 K, 언제
나 기다리고 떼를 쓰게 만드는 K에게 차츰 지쳐가고 있었다.
K는 또한 이유 없이 화를 내거나 눈물을 흘렸고, 입을 닫고 오
랫동안 말하지 않았다. 발작적으로 불안에 떨며, 쉽게 거리를
만들고, 고자세로 나를 내려다보며 명령했다. K에게는 다가가
기 어려운 어둠이 있었다. K는 그것을 자신이 살아온 시간의
무게로 일반화시키려 했다. 그것은 부당했지만, 나는 그 앞에
서 무력했다.

그들은 속삭였다.
할머니는 언제 와.
할머니는 오지 않을 거야.
저기, 꽃 핀 것 봤어?
응, 봤어. 예쁘더라.
몰려오는 졸음을 버텨내며, 내일은 읍내에 나가보아야겠다고
생각했다. 실종신고를 하고 나면, 집으로 돌아갈 것이었다. 할머
니를 되찾는 것이 불길하게 느껴졌다.

버스는 기다려도 오지 않았다. 나는 버스정류소 표지판과 버스운행표를 여러 차례 확인했다. 와야 할 시간이 삼십 분이나 지났음에도 불구하고 버스는 좀처럼 나타날 기색을 보이지 않았다. 도로는 텅 비어 있었다. 조바심이 났다. 모처럼 모습을 드러낸 햇빛이 긴 나무의자를 반으로 갈랐다. 나는 빛 쪽으로 몸을 옮겨 언 발을 녹였다. 구두 앞코에 달라붙은 진흙이 말라붙어 허옇게 일어났다. 바람은 여전히 차디차 볼이 얼얼했다. 그 속에서, 시간은 더디게 흘렀다. 마을에서 보낸 이틀이 한정없이 길게 느껴졌다. 물러나 있던 졸음이 몰려오고 있었다. 이곳에서의 하루하루는 졸음과의 싸움에 다름아니었다. 속수무책으로 당하는 수밖에 없었다. 입에서 단내가 났다. 소를 끄는 노인을 보았는데, 까무룩 잠이 들고 말았다.

격자유리로 된 미닫이문 사이, 이리저리 움직이는 할머니의 뒤통수가 일그러져 보였다. 좀더 자세히 보기 위하여 속눈썹이 닿을 정도로 가까이 유리에 얼굴을 갖다댔다. 할머니는 문갑도 안심할 수 없었던지, 이불을 걷어내고 장판의 벌어진 틈을 잡아뜯기 시작했다. 매미가 울었다. 시멘트 바닥이 고스란히 드러났다. 할머니는 정사각형의 무지개색 젤리를 납작하게 짓누르기 시작했다. 탄력이 좋은 젤리는 쉽게 제 모양으로 돌아갔다. 할머니는 젤리를 바닥에 두고 그 위에 성경책을 얹었다. 엉덩이로

248

깔고 앉아 있는 힘껏 힘을 주었다. 구역질이 치밀었다. 할머니의 감색 고쟁이는 언제 빨았는지 기억도 나지 않았다. 종아리에 달라붙은 파리를 신경질적으로 털어냈다. 할머니가 납작하게 짓눌린 젤리를 장판바닥에 숨기고 이불로 위장하는 모습을 입을 틀어막으며 지켜보았다. 할머니가 자리를 비운 사이, 나는 저 젤리를 찾아 떠돌이 개에게 먹일 것이었다. 할머니가 미운 것은 아니었다. 우리는 호불호의 감정을 느낄 만큼 가까운 사이가 아니었다. 장난일 따름이었으나, 시간이 지날수록 할머니의 반응은 극렬해지고 있었다. 할머니는 자다가도 벌떡 일어나 숨겨놓은 과자를 꺼내어 다른 곳으로 옮겨두었다. 어디에 숨겨두건 상관없었다. 한 번도 찾지 못한 적은 없었다. 할머니의 수는 너무 얕았고, 나는 할머니보다 작고 빨랐다. 나는 종종 숨겨둔 과자를 꺼내 문갑 위에 아무렇지 않게 올려두거나, 할머니의 손이 닿지 않는 처마 밑에 박아두곤 했다. 훔친 과자들을 모아 동네 아이들에게 환심을 샀다. 방학은 길고 지루했다. 무엇이든 해야 했다. 할머니는 곧 불안과 공포에 시달렸다. 할머니에게 사탕이나 젤리 같은 것이 어떤 의미인가 생각하고 싶지 않았다. 흔적을 남기지 않았으므로, 나를 나무라지도 못했다. 처마가 부서져라 장대로 쑤셔대며 씩씩대는 할머니의 모습은 추하고 역겨웠다. 그것은 언제 보아도 유쾌한 광경이었다. 나는 그 모습을 머릿속에 담아두고 싶었다. 담아두고, 언제든 꺼내보고 싶었다. 시간이 흐를수록 우리는 침묵했다. 우리는, 그 어떤 말도 주고받지 않으며 같은 지붕 밑에서, 같은 상을 받는 무언의 적이 되었다. 방학이 끝날 때까지, 할머니의 악몽은 계속되었다.

집을 향해 뛰었다. 모든 것이 이상했다. 또다시 잠이 들다니. 모든 것이 나의 통제를 벗어나 있었다. 나 자신조차 제어할 수 없었다. 나는 할머니의 방문을 열었다. 기다리는 것은 할머니의 냄새, 영원히 계속될 것만 같은 그 냄새가 전부였다. 그것은 곧 앞날에 대한 불안과 징조들을 불러들이기 시작했다. 나는 불현듯 벌떡 일어나 이불을 걷었다. 어릴 적 할머니의 과자를 훔칠 때처럼, 방의 모서리, 장판의 벌어진 틈들을 살피기 시작했다. 해충 같은 불안은 구석에 숨어 있다 어둠에 섞여 그 모습을 드러내었다. 드러난 불안은 사라지는 법이 없었다. 나는 K처럼 발광했다. 불안에 완벽히 사로잡혀 있었다. 사라진 할머니가 당장이라도 나타나 내 목을 조를 것 같았다. 할머니를 되찾는 것과 나의 안위는 아무런 상관이 없었다. 나는 애초에 할머니의 얼굴도 정확히 기억하지 못했다. 아무런 인과관계 없이 찾아오는 등 뒤의 섬뜩한 기운들 모두 불길한 징조 같았다. K는 내가 이곳으로 내려오는 것을 한사코 말렸었다. 다 거짓말 같다, 너는 그 여자를 본 적도 없지 않느냐, 고 불만스러운 기색을 감추지 않으며 말했다. 나는 또다시 K의 병이 도진 것이라고 생각했으나 지금은 K의 어두운 얼굴이 예언처럼 나를 짓누르고 있었다. 방 한 가운데 육중하게 자리 잡은 문갑을 보았다. 문갑은 어릴 적 만화영화에서 보았던 비밀한 통로, 혹은 시취로 가득 찬 고문기계처럼 보였다. 문갑 위 개어놓은 이불들을 치우고 걸쇠를 열려 할 때, 여자가 밥상을 들고 방으로 들어왔다. 이마에 맺힌 땀이 귀밑머리를 적셨다. 밥상을 내려놓는 여자의 드러난 목덜미에 붉은 멍이 보였다. 여자는 거칠게 숨을 몰아쉬고 있는 나를 보고는, 그 자리에 서서 벌벌 떨기 시작했다. 딸아이가 방으로 뛰어들어와 여자의 다리를 붙잡으며 그 앞을 가로막았다. 아이의 눈에서 경계와 경멸을 읽었다. 나는 이 모든 숨겨진 것들로부터 드러난 징후들과 앞으로 닥쳐올 일들의 전조들이 두려워지기 시작했다. 벗어나고 싶었다. 오지 않는 버스와 몰려오는 잠으로부터, 죽었는지 살았는지 알 수 없는 할머니로부터, 그 그전에 내 앞에서 떨고 있는 여자와 딸아이로부터 벗어나고 싶었다. 밥상 위 갓 구운 조기에서 섬뜩한 윤기가 흘렀다. 졸음의 원인은 여자가 차려온 음식 때문인지도 몰랐다. 여자는 나에게 무엇을 원하는가. 나는 밥상을 있는 힘껏 걷어찼다. 꽝음과 함께 여자와 아이가 비명을 질렀다. 그 모든 소리들을 피해 집을 뛰쳐나왔다. 무작정 달리기 시작했다. 나를 붙잡는 것은 아무것도 없었지만, 그만큼 절실하게 달려본 적은 없었다. 이곳의 기후마저도 무서웠다.

방학이 끝나갈 무렵, 할머니는 버젓이 눈앞을 활보하는 적을 섬멸하기로 마음먹었다. 나는 다시 서울로 돌아갈 예정이었으나, 할머니는 다음해, 혹은 그 다음해의 여름에 닥쳐올 재앙을 미연에 방지하고 싶었는지도 몰랐다. 나는 여느 때처럼 할머니의 문갑을 뒤졌다. 퀴퀴한 냄새가 나는 겨울용 고쟁이와 누빈 조끼들 속으로 손을 집어넣었다. 손끝과 손바닥에 찐득하고 불쾌한 천의 감촉이 느껴졌다. 금방이라도 땀띠가 돋을 것 같았지만, 이곳에 숨겨둔 것이 확실했다. 새벽에 두 눈으로 확인하지 않았던가. 곧 무언가 물컹한 것이 손에 잡혔다. 나는 회심의 미소를 지으며 잡은 것을 들어올렸다. 눈으로 확인하는 순간, 소리를 지르며 그것을 바닥에 내던졌다. 그것은 토끼의 앞발이었다. 앞발이 설탕이 잔뜩 발라진 수박모양의 젤리를 감싼 채 노끈으로 묶여 있었다. 할머니의 복수였다. 그후, 할머니는 언제나 과자와 함께 죽은 개구리나 오리의 머리, 닭 볏 같은 것들을 함께 넣어두었다. 할머니는 내 앞에서 보란 듯이 죽은 참새의 날갯죽지를 펼쳐 자두맛 사탕을 꺼내어 먹었다. 장난은 악몽으로 바뀌었다. 밤마다 할머니의 머리통이 문갑에서 튀어나와 내 목덜미를 물었다. 너무 아파, 깨어나서도 눈물을 흘렸다. 나는 응징당했다.

집 뒤 야산을 향해 달렸다. 산을 가로지르면, 읍에 좀더 빨리 도착할 수 있을 것이라 생각했다. 여전히 도로는 텅 비어 있을

것이었다. 나는 뛰어서 읍까지 갈 참이었다. 언제 잠이 들지 알
수 없었으므로, 있는 힘껏 달려야 했다. 떨어질 준비를 하는 해
가 마지막 빛을 발하고 있었다.

　나는 이 숲을 알고 있었다. 숲의 지리와 풍토, 자라는 풀과 나
무의 이름들을 알고 있었다. 가장 양지바른 곳과 산짐승들만이
발자국을 남기는 은밀한 길들을 알고 있었다. 이곳은 나의 휴양
지이자, 그 사건 이후 할머니로부터의 도피처였다. 산의 입구로
들어섰다. 키 작은 작살나무와 산벚나무, 길을 따라 무리지어 자
라는 망종화, 쑥부쟁이들을 지나자 눈앞에 산밤나무숲이 펼쳐졌
다. 키 큰 나뭇가지 사이로 햇빛이 맥없이 추락했다. 어린 시절
몸으로 익힌 길은 시간이 지나자 차츰 기억 속으로 되돌아왔다.
켜켜이 쌓인 낙엽과 젖은 흙이 솜이불만큼 폭신했다. 따듯한 계
절이었다면, 암꿩이나 오소리와도 쉽게 마주칠 수 있었을 것이
었다. 나는 닦여진 길이 아닌 나무와 나무 사이의 좁은 틈, 드러
난 나무뿌리와 바위들을 뛰어넘으며 빠른 속도로 산을 올랐다.
숲속의 해는 급작스럽게 지는 법이었다. 해가 져감에 따라 기온
도 눈에 띄게 떨어졌다. 태어나는 입김들이 쉴새없이 얼굴에 달
라붙어 체온을 떨어뜨렸다. 새들의 지저귐은 사그라졌으나 바람
결에 몸을 비벼대는 나뭇잎소리는 톱질소리처럼 규칙적으로 뒤
를 따라다녔다.

허리가 굽은 노송을 지나자, 봉분 하나가 나왔다. 동백꽃나무 몇 그루가 그곳을 지켰다. 그 시절 나는 이곳을 버려진 시들의 무덤이라고 불렀다. 이 묘지를 발견했을 때, 그 앞에 반은 불에 타고 반은 찢어진 종이뭉치들이 있었던 탓이었다. 그것은 일기, 혹은 쓰다 만 연애편지 같은 것이었는데, 동글동글한 글씨체로 적힌 글 주변엔 그림이 그려져 있거나 글 위에 크게 가위표가 처져 있기도 했다. 묘는 양지바른 곳에 있었으니, 누군가가 볕을 쐬다 갔을지도 모를 일이었다. 남발된 관념어와 상투적인 상징들로 가득 찬 언어들은 이해할 수 없는 것들이 많았지만, 몇 가지 단어들로부터 유추한 결과로 나는 그 글들을 사랑의 밀어라고 단정지었다. 그것은 곧 시가 되었다. 나는 불에 탄 미완의 시들을 모아 땅에 묻었다. 그곳엔 두 개의 묘가 생겼다.

묏자리의 원 주인은 이름에 공(供) 자가 들어가는 십삼 세의 소년이었다. 그는 경상남도 관할의 작은 섬 출신이었다. 1889년에 태어나 1901년에 이곳에 묻혔다. 동년배였던 나는 그에게서 낭만을 보았다. 섬에서 태어난 그가 어째서 내륙까지 올라와 요절했는가에 대하여 온갖 가정들을 세워가며 그해 여름을 보냈다. 그는 자주 모습을 바꿔 머릿속에 침범했다. 상상 가능한 모든 음란한 짓들을 그와 함께 했다. 나는 그가 실재한다고 믿었다. 무덤은 아무도 돌보지 않은 듯 마른 잡초가 무성했다. 만개한 동백꽃이 붉었다. 잎은 조화처럼 윤기가 흘렀다.

쉬지 않고 달렸다. 걸음을 늦추면, 곧 추위가 몰려왔다. 땀에
젖은 옷에 한기가 달라붙었다. 시간상으로는 이미 도로가 나왔어
야 했지만 길은 좀처럼 드러나주질 않았다. 나는 참을성 있게 걷
다 뛰기를 반복했다. 앙상한 나무 그림자가 환영을 만들었다. 작
은 부스럭거림에도 소스라치게 놀랐다. 뒤를 쫓는 달이 있었다.

길을 잃었다는 사실을 인정하지 않을 수 없었다. 나는 산 속
에서 길을 잃었다. 산은 결코 크거나 깊지 않았다. 이 길을 수십
번도 더 오르내리지 않았던가. 나는 지금도 모든 길을 기억하고
있었다. 안개에 홀렸는지도 몰랐다. 피로가 한꺼번에 몰려왔다.
잠들면 안 된다고 되뇌었다. 동사할 수도 있었다. 겨울잠을 자지
않는 짐승들에게 갈기갈기 찢겨질지도 몰랐다. 나를 두려운 눈
으로 바라보던 여자와 딸아이의 얼굴이 떠올랐다. 할머니는 그
들에게 어떤 존재였나. 나는 그들에게 할머니와 다름없는 사람
이 아니었을까. 하늘을 올려다보았다. K의 근심 어린 얼굴이 나
뭇가지에 걸려 있었다. 지금, 하늘에서 포자처럼 날리는 것은 눈
인가.

그해 여름엔 유난히 무더위가 기승을 부렸다. 보름 가까이 폭
염이 이어져, 도시 사람들은 모두 바다와 산으로 흩어졌다. 마을

은 때 아닌 피서객들로 몸살을 앓았다. 숲에서 불을 피우고 고기를 굽는 사람들 때문에 나는 휴양지를 잃고 마을의 좁은 골목길 사이사이를 누비며 시간을 보내야 했다. 돌담 밖으로 우거진 감나무 가지를 꺾어 사방으로 휘두르며 걸었다. 햇볕 때문에 정수리가 따가웠다. 턱으로 뚝뚝 떨어지는 땀을 애써 모르는 척하며 길가의 돌멩이나 깡통에게 화풀이를 해대는 와중에, 저만치 앞서서 걷는 여자가 보였다. 갈색 단발의 고수머리칼이 엄마 같았다. 엄마는 방학이 끝나기 전에 내려와 함께 있어준 적이 한번도 없었으므로, 나는 뛸 듯이 기뻤다. 매년 여름방학 내내 어서 엄마가 내려와 나를 구원해주기를 빌었다. 이곳은 유형지나 다름없었다. 고독하고 지루한 시간들이었다. 나는 큰 소리로 엄마를 외치며 뛰어갔다. 손에 거치적거리는 나무막대기를 바닥에 내동댕이쳤다. 엄마는 전에 없이 걸음이 빨랐다. 뒤를 돌아보는 것 같았는데, 할머니의 집이 아닌 다른 집 대문을 열고 들어가는 것이 보였다. 엄마가 들어간 집에 시선을 고정시킨 채, 숨이 차도록 뛰어갔다. 문을 열려 했으나, 잠겨 있었다. 나는 엄마를 크게 외치며 문을 두드렸다. 잠시 후 육중한 나무문이 요란한 소리를 내며 열렸다. 문을 연 사람은 엄마가 아니었다. 그녀는 엄마 또래의 젊은 여자였는데, 나는 아무래도 그녀를 엄마로 착각한 것 같았다. 내가 머뭇거리며 말을 잇지 못하자, 여자는 나를 집 안으로 잡아끌었다. 여자는 상냥하고 너그러웠다. 그 집의 대청은 유달리 차고 시원해, 무뢰배처럼 신발을 신은 채로 마루 위를 굴러다녔지만, 여자는 웃으며 얼음을 띄운 미숫가루를 내어줄 뿐이었다. 윗도리를 가슴께까지 추켜올리고 바닥에 배를 댔다. 그녀는 귀신처럼 예뻤다. 나는 그 집의 잘 가꾸어진 정원을 넋을 놓고 바라보았다. 개구리밥 같은 대추꽃이 만발했다.

잠에서 깨어나니 노을이 지고 있었다. 옆에서 부채를 부쳐주던 여자가 내 입가에 달라붙은 유과가루들을 털어주었다. 어둠에 젖어가는 여자의 얼굴을 바라보았다. 물고기처럼 무표정한 여자의 얼굴은 여전히 아름다웠다. 그녀의 어깨 너머로 시선을 던진 순간, 나는 불현듯 벌떡 일어나 할머니의 집을 향해 뛰기 시작했다. 단지 여자의 그림자를 보았을 뿐인데, 그것은 여느 그림자와 다르지 않았는데, 그 서늘한 어둠이 참을 수 없이 무섭고 섬뜩했다. 눈앞에 장막처럼 펼쳐진 수십 겹의 또다른 어둠을 뚫고 달렸다. 울면서 달렸다. 엄마를 부르고 싶었지만, 부를 수 없었다. 그 이름이 무서웠기 때문이었다.

나는 어둠 속에서 K를 외쳤다. 울면서, 목이 쉴 때까지, 오지 않는, 올 수 없는 K를 불렀다. 외침은 입김이 되어 사라졌다. 나는 진심으로 K가 그리웠다. 웃고 있는 K, 화를 내거나 짜증을 내는 K, 나에게 공포의 언어를 속삭이는 간악한 얼굴의 K가 차례로 나타났다 사라졌다. 달빛에 하얗게 부서지는 눈들, 그 적막한 어둠들을 밟으며, 앞으로 나아갔다. 눈은 살아 있는 공포였다. 모든 사사로운 소리들이 사라지고 있었다. 나는 멈추지 않고 걸었다. 그것이 K에게 가까이 다가갈 수 있는 유일한 길이라고 믿었다.

　K는 이십이 세에 큰 건어물 도매상을 경영하는 남자의 아들과 결혼했다. 남자는 이십사 세였다. K는 처음으로 고향을 떠났다. 태어나서 단 한 번도 바다를 본 적이 없었다. 일주일 뒤 남자의 조모가 죽었다. 조모의 시신은 사흘간 안방에 안치되었다. 마을의 모든 사람들이 그 집 음식을 나누었다. 호상이었기에, 소리내어 웃어주었다. 상주는 울음이 섞인 웃음으로 예우를 차렸다. 사흘 후, 시신은 바다가 보이는 양지바른 산 한가운데에 묻혔다. 그날 새벽, K는 상여꾼들을 따르지 않고 집을 지켰다. 조모의 시신은 천천히, 영원히 집을 떠났다. 골목 어귀까지 배웅을 나갔던 K는 돌아와 대문을 열었다. 마당에 발을 들이는 순간, 엄습한 두려움이 발목을 잡았다. 아무리 노력해도 발을 뗄 수 없었다. 덜덜 떨리는 버선발을 붙잡으며, K는 문턱에서 눈물을 흘렸다. K는 푸르고 단단한 낯빛을 한 텅 빈 마당을 바라보았다. 그곳에, 한때 집 안을 가득 메웠으나, 이제는 사라진 죽음의 흔적이 똬리를 틀고 있었다. 그 냄새가 K를 공포에 떨게 했다. 그것은 고요, 였다. 오랜 시간이 흘러 그 집을 떠나기 전까지, K는 아무에게도 그것을 말할 수 없었다. 발화되지 못한 공포는 뼛속 깊

숙이 새겨졌다.

나는 이곳이 평생 동안 K가 품고 살았던 공포의 세계라는 것을 깨달았다. 이곳은 K의 나라였다. 비로소 K를 이해할 수 있을 것 같았다. 나는 K의 따듯한 내장 속을 걷고 있었다. K를 사랑한다고, 믿을 수 없을 만큼 강하게 믿었다.

나는 죽지 않고 살아남았다. 미명이었다. 눈에 젖은 손발이 푸르렀다. 인중에 달라붙어 얼어버린 콧물을 손등으로 비볐다. 아무런 감각이 느껴지지 않았다. 밤새도록 걸어서 도착한 곳은 할머니의 집 앞이었다. 나는 도리어 안도했다. 이제 어느 곳이라도 상관없었다. 이미 모든 싸움에서 패배하지 않았던가. 나는 모든 것에 순응하기로 마음먹었다. 고개를 조아리고 순한 얼굴로 그들을 맞이하리라 굳게 다짐했다. 그러면 죽지 않고 살아남을 수 있을 것이라 믿었다. 그 옛날 멀리서도 눈에 띄던 푸르른 지붕은 색이 바랠 대로 바래 있었다. 지붕의 색은 안개와 같았다. 그 낡은 지붕을 눈이 끌어안고 있었다. 굳게 닫힌 대문의 손잡이를 잡았다. 문은 쉽게 열렸다.

눈으로 뒤덮인 마당이 있었다. 그 마당 한가운데, 집 쪽으로 고개를 돌리고 죽은 듯 엎드려있는 여자아이가 있었다. 눈이 쌓인 마당은 바다처럼 드넓었다. 언젠가 K가 보여주었던 검푸른 바다가 떠올랐다. 손을 맞잡은 채 바라본 K의 주름진 얼굴은 아름답지도, 생기가 넘치지도 않았다. 손은 차디찼다. 그러나 K가 그리웠다. K를 다시 볼 수 있을까, 확신할 수 없었다.

나는 알고 있었다. 저기, 마당 한가운데 누워 있는 여자아이의 시선이 향하는 곳, 대청 밑에 할머니의 시체가 있다는 것을 알고 있었다. 할머니는 칠 일 전부터, 혹은 그보다 훨씬 더 오랫동안 대청 밑의 어둠을 지켰을 것이었다. 나는 아이를 일으킬 수 없는 것처럼, 할머니의 시신을 꺼낼 수 없었다. 단지 오랫동안, 아주 오랫동안 그 고요한 어둠을 바라볼 뿐이었다.

고대 동물들의 후일담

김형중(문학평론가)

김유진이라는 작가가 고결해지고 믿음직스러워지는 이유, 그것은 그가 목소리의 무력함, 말하기의 무력함, 소설이란 장르 자체의 무력함을 충분히 이해하고 있다는 데 있다. 아니 그럼에도 불구하고 고대적인 것들의 후일담을 포기하지 않는다는 데 있다.

사람들이 알지도 못하고
주목하지도 않는 것이
심장의 미로를 통해
밤을 배회하나니
—괴테

1

신을 '하나'라고 믿는 사람들, 혹은 이제 신이나 영웅 들에 관한 이야기는 고대인들의 잠꼬대에 불과하다고 믿는 사람들, 그러니까 바로 우리 같은 사람들에게 김유진의 소설은 매우 낯설고 불쾌하다. 소설 곳곳에서 덜 퇴화한 사랑니나 꼬리뼈처럼 귀찮고 성가시게, 그리고 종종 아주 고통스럽게, 고대적 존재들의 흔적이 출몰한다. 그러고는 극심하게 앓는다. 그들의 앓는 모습, 그들이 앓는 소리, 그것을 기록하는 자, 아니 소설쓰기를 통해 그들과 같이 앓는 자, 그가 김유진이다. 그런 의미에서 김유진의 소설세계는 '하대당한 신과 영웅 들의 비참한 후일담'이라 할 만하다.

2

지라르의 견해를 참조하자면 김유진의 소설은 아무래도 '근대의 서사시'라기보다는 '근대의 비극'에 가깝다. 문제적 개인의 가망 없는 총체성 회복 서사 대신, 상호폭력의 만연과 그에 따른 희생 위기의 출현, 그리고 폭력적 만장일치에 의한 희생제의로 이어지는 비극의 서사구조가 김유진 소설의 뼈대를 이룬다.

고대 비극에서 만연한 상호폭력과 이어지는 희생 위기는 항상 원인 모를 재앙의 형태로 나타난다. 가령 지라르는 소포클레스의 비극 『오이디푸스 왕』에 등장하는 죄악과 재앙 들을 차이의 파괴에 따른 극단적인 상호폭력의 상징으로 이해한다. "친부 살해와 근친상간은 폭력의 무차별화 과정을 완성시킨다."(르네 지라르, 『폭력과 성스러움』, 김진식 외 옮김, 민음사, 2000, 116쪽) 물론 만연한 재앙으로서의 페스트는 이처럼 무차별적인 상호폭력이 집단적으로 전염되어 사회 전체가 '희생 위기'에 빠져 있다는 사실에 대한 은유이다. 그럴 때, 희생 위기에 빠진 이 사회를 구원할 유일한 방책은 희생제의뿐이다. 그런데 제의에서 희생되어야 할 희생양은 어떻게 선별되는가? 상호폭력에 의해 이미 짝패(double)처럼 닮은꼴이 되어버린 사회 구성원들의 폭력적 만장일치에 의해서다. "증오를 더 증폭시키면서 또한 이 증오들을 서로 완전히 교체할 수 있는 것으로 만드는 차이 소멸과 짝패의 일반화가 폭력적 만장일치의 필요충분조건이다. 수많은 개인에게 분산되었던 원한과 증오는 단 한 사람의 개인, 즉 '희생물'에게 수렴될 것이다."(『폭력과 성스러움』, 129쪽) 그렇게 선별된 희생양이 도살되고 이어 그에 대한 사후 신격화가 진행되면 사회는 다시 안정을 찾는다. 비극은 이 과정에 대한 서사적 기록이다. "비극적 갈등은 일대일 결투의 칼을 말로 대체한 것이다"(『폭력과 성스러움』, 70쪽)라는 지라르의 명제가 지시하는 바 의미도 이것일 것이다.

고립된 단장(短章)들의 연쇄, 에이젠슈테인의 시각적 몽타주를 연상시키는 강렬한 이미지들의 충돌, 그리고 구체성이 완전히 삭제된 초현실적 시공간과 그 속에서 발생하는 개연성 없는 사건들이 독자들을 자주 길 잃게 하지만, 세심하게 읽으면 김유진의 소설들은 이러한 희생양 제의의 절차를 고도로 정밀하게 재현하고 있다. 우선 항상적인 재앙이 있다.

고대 비극이 그랬듯이, 김유진이 쓴 신과 영웅 들의 후일담 또한 예외 없이 만연한 재앙과 함께 시작한다. 원인 모를 폭사(爆死)가 전염병처럼 사람들을 덮치고(「늑대의 문장」), 저수지가 범람하여 실족사가 일상이 되고(「목소리」), 바람이 세상을 삼키는가 하면(「마녀」), 지진이 수백 명의 생명을 순식간에 앗아간다(「움」). 이처럼 김유진의 소설 속에서 세계는 항상 재앙에 빠져 있다. 물론 만연한 재앙은 『오이디푸스 왕』에서 도시를 덮친 전염병이 그랬듯이, 희생 위기 상태에 빠진 사회에 대한 알레고리다. 특별히 「늑대의 문장」은 작가 김유진이 얼마나 주도면밀하게 희생 위기의 메커니즘을 재현하려 애쓰고 있는가를 잘 보여주는 작품이다.

소설은 세 여자아이들의 느닷없는 폭사 장면으로부터 시작한다. 아무런 감정적 개입 없이, 차라리 서정적이고 시적인 문체로 "단무지처럼 얇은 다리와 덜 자란 내장이 흩어져"(10쪽) 있는 폭사 후의 장면이 묘사되고 나면, "이제는 그 죽음이 너무 빈번하여 아무런 감흥도 일지 않"는 마을의 일상, "마을 사람들의 죽음을 집단 폐사한 닭이나 장마철에 떠내려가는 돼지 보듯이" 하게 만드는 항상적인 재앙의 상태에 대한 서술자의 설명이 이어진다. "폭사는 전염병처럼 퍼져갔지만 발병의 원인이나 숙주조차도 알 수 없었고 그 어떤 규칙성도 발견할 수 없었다. 예고도, 징후도 없었다."(14쪽) 소용없는 방책과 미신이 횡행하지만 폭사는 멈추지 않는다. 고립된 섬마을의 이와 같은 상태는 희생 위기에 빠진 사회에 대한 훌륭한 알레고리라 할 만하다. 게다가 다음과 같은 구절은, 희생 위기란 차이의 파괴에 따른 상호폭력, 그리고 적대자들간 모방 폭력의 전염에 의해 이루어지게 마련이라는 지라르의 주장을 즉각 연상시킨다.

가시적인 목표가 생기자 사람들은 적극적이고 전투적으로 현실에 대응했다. 분노는 더욱더 극렬해져가고, 마을에는 기이한 활기가 되살아났다. 사람들은 이중 삼중으로 문을 덧대고 창문을 막았다. 늑대에 대해 원시적인 방어가 전부인 사람들은 길을 가다 보이는 강아지나 들개의 새끼들도 모조리 때려 죽였다. 낮엔 사람이 늑대의 자식들을 죽여나갔고, 밤이 되면 늑대가 사람을 습격했다.(「늑대의 문장」, 30쪽)

사람들은, 찾을 수 없는 폭사의 원인을 피칠갑을 하고 돌아다니는 늑대들(원래는 개들이었던)에게 돌린다. 개와 늑대의 차이가 우선 소멸한다. "적극적이고 전투적으로"라는 말은 '폭력적으로'란 말에 다름아닐 터이니, 위 구절은 늑대와 사람, 야만과 문명 간의 상호폭력이 어떤 방식으로 만연하게 되는가에 대한 설명이라 할 수 있겠다. 상호폭력이 이처럼 가속화되던 어느 시점에서 소녀는 말한다. "어머니는 이제 늑대와 달라 보일 것이 없었다."(31쪽) 늑대와 사람 간의 차이도 소멸한다. 마치 난투극에 휘말린 군중에서 개인을 분리할 수 없듯이, 만연한 상호폭력 속에서 개와 늑대와 사람은 구별 불가능해진다. 이제 당연히 요구되는 것은 희생양 제의뿐이다.

3

그런데 누가 희생양이 되는가? 고대였다면 아마도 사육되던 파르마코스(pharmakos) 중에서 선별되었을 것이다. 파르마코스란 "아테네와 같은 그리스의 큰 도시국가들이 타르겔리아 축제나 디오니소스 축제 때 집단적으로 살해하기 위해, 비용을 들여서 살려두고 있던 사람들"(르네 지라르, 『나는 사탄이 번개처럼 떨어지는 것을 본다』, 김진식 옮김, 문학과지성사, 2004, 102쪽)을 의미하는데 그들은 대개 이런 사람들이었다.

복수를 피하기 위해서 그리스인들은 거주지가 없는 사람, 가족이 없는 사람, 불구자, 병자, 버려진 노인 들같이 사회적으로 가치가 없는 사람들, 요컨대 우리가 『희생양』에서 '희생양 선택의 우선적인 특징'이라 부르던 것을 많이 지니고 있는 사람들을 택하였다.(『나는 사탄이 번개처럼 떨어지는 것을 본다』, 103쪽)

지라르가 말하는 "희생양 선택의 우선적인 특징"이란 무엇을 일컫는 것일까? 그것은 '배제'이다. 부랑아, 불구자, 병자, 노인들은 모두 주류사회에서 배제된 자들이다. 사회에서 배척된 자들, 조르조 아감벤 식으로 이야기하자면 배제됨으로써 포섭된 '벌거벗은 생명들'이다. 이렇게 김유진 소설은 이즈음 인구에

회자되는 타자들, 소수자들, 배제된 자들과 현대판 희생제의를 연결시킬 만한 고리 하나를 마련한다. 그러나 김유진은 그렇게 손쉬운 길(이미 트렌드가 되었다는 의미에서)을 택하지 않는다. 희생양은 그처럼 왜소하고 버려진 존재들 중에서만 선택되는 것은 아니다.

'그렇다면 왕은?' 하고 의문을 품을 것이다. 그는 사회 핵심부에 있지 않은가? 그건 분명한 사실이다. 그러나 이 경우에서는 핵심적이고 중요한 그 지위 자체가 그를 타인들과 분리시키며 그를 진짜 '사회에서 배척된 자(hors-caste)'로 만든다. 마치 파르마코스가 '낮은 것'으로 사회에서 유리되어 있듯이 왕은 '높은 것' 때문에 사회에서 벗어나 있다.(『폭력과 성스러움』, 25쪽)

우리는 고대사회에서 흔히 한 사회의 재앙을 책임지고 도살당하는 희생양이 바로 누구도 아닌 왕이었던 사실을 자주 들은 적이 있다. 왕은 파르마코스가 너무 낮아서 배제당한 것과 대조적으로 너무 높아서 배제당한다. 너무 낮은 것과 마찬가지로 너무 높은 것도 소위 '정상적인 것'이 아니기 때문이다. 김유진 소설에서 희생 위기에 바쳐질 희생양이 선별되는 기준이 그와 같다. 그러나 우리 시대에는 재앙을 책임질 왕이 없으니, 왕은 아니다. 고대 동물들이 등장해야 할 시점이 지금이다.

도시는 놀라우리만치 선명했다. 햇빛은 대기층을 뚫고 그 어떤 장애물도 없이 도시에 도달했다. 빛은 맹렬히 빌딩의 유리벽을 향해 달려들었다. 여자는 전단지를 보며 걷고 있었다. 사기업에서 운영하는 동물원의 홍보물이었다. 여자의 커다란 엉덩이와 부은 다리가 천천히 멈춰 섰다. 그녀의 눈은 코팅지에 찍힌 거대한 문어를 향해 있었다. 문어는 기원을 거슬러올라가는 원시의 혈통이었다. 크기는 직경 십오 미터에 달했다. 무엇이든 크고 웅장했던 태초의 산물이었다. 문어 옆에는 거대문어의 출몰기록이 남아 있는 실록의 자료가 나란히 기재되어 있었다. 이 남태평양 태생의 거대문어가 난바다가 아닌 서해의 갯벌에서 발견된 것 역시 흥미로운 사실이라고 덧붙여져 있었다. 그 희귀한 아열대성 어종이 도시 한가운데 전시되기로 한 것이다.(「빛의 이주민들」, 37~38쪽)

「빛의 이주민들」의 도입부에 해당하는 위 문장들이야말로 김유진의 소설세계를 압축해서 보여준다. 거대한 여자가 거대한 문어(다른 작품에서는 범고래나 늑대)에 매혹된다. 그런 방식으로 "무엇이든 크고 웅장했던 태초의 산물"인 거대문어는 우선 외형상 여자와 동일시된다. 여자 역시 태초의 산물, 고대의 흔적이다. 거대문어가 도시의 홍보관에 전시됨으로써 박제화되고 사물화된 채로만 존재를 유지할 수 있듯이, 코끼리보다 더 많은 배추를 먹어치우는 이 기형적으로 비대한 여자도 매일매일의 치욕스런 노동을 통해서만 가까스로 그 문명을 견딘다. 크레인 기사인 그녀의 남편 또한 마찬가지다.

수십 미터의 철근구조물의 정점에 운전실이 박혀 있었다. 그의 운전실은 거대한 동물의 작은 머리통 같았다. 그가 뼈대를 쌓고 지상의 인부들이 살을 붙여나갔다. 그러면 건물은 곧 백악기 시대의 공룡처럼 도시에 우뚝 섰다.(「빛의 이주민들」, 43쪽)

거대한 조물주가 지상의 뭇 생명들과 문명을 건설하는 장면을 연상시키거니와, 고대의 신들이 세계를 창조한 방식이 이와 유사했을 것이다. 추위를 잘 타서 밤이면 둘이서 볼을 맞대고 잠드는 이들, 도시의 가로등 불빛에서 고대의 삼엽충과 해파리를 보는 이들 부부는 고대에서 이주해온 신, 혹은 쇠락해가는 거인족의 후예들임에 틀림없다. 바로 이 거인족의 후예, 빛의 나라에서 이주해온 이주민의 추락사야말로 이 소설에서 행해지는 희생제의다. 작품 속에서 테러에 대한 공포가 사회 전체를 전염병과 유사한 방식으로 지배하고 있었음을 상기해보자. 바로 그 테러에의 공포 때문에 희생되는 것이 남편인 크레인 기사다. 왜인가? 고대의 왕이 그랬듯이 그들이 너무 높은 곳에서 이주해왔기 때문이다. 왜소한 속물들로 가득한 우리 시대의 눈으로 보기에 그들이 너무 비정상적으로 크기 때문이다.

우리 시대는 캠벨이 말한 소위 '신화적 비방(mythological defamation)'에 아주 능하다. 신화적 비방이란 이런 것이다.

　　그것은 단순하게 다른 민족의 신들을 악마라고 부르고 그에 대응하는 자신의 신들을 확장하여 우주에 대한 헤게모니를 쥐도록 하며, 한편으로는 악마들의 무능과 악의를 보여주고 다른 한편으로는 위대한 신 또는 신들의 위엄과 의로움을 보여주는 크고 작은 이차적인 신화들을 발명해내는 일들로 이루어진다.(조지프 캠벨, 『서양 신화』, 정영목 옮김, 까치, 1999, 100쪽)

　　캠벨이 신화적 비방이란 개념을 적용한 시대, 그러니까 폭력적 유목문화의 침입이 결과한 고대 여성 신들에 대한 체계적 폄하과정이 진행되던 시절, 여성 신들이 가부장적 남성 신들(야훼도 그중 하나였다)에 의해 왜곡되고 변형되고 배제되던 시절은 그나마 나았다. 우리의 문명은 아예 신적인 것들의 존재 자체를 부정하고, 신적인 모든 것들을 절멸상태로 몰아간다. 과학이 신화의 자리를 대신하고, 천체망원경이 하늘의 안식처를 쑥밭으로 만들고, 현미경이 신의 섭리를 백일하에 폭로하고, 그러자 신적인 것들은 이제 예의 그 부부의 처지를 면하지 못한다. 오히려 우리 시대에 신화적 비방과정은 더욱 가속화되어, 고대를 연상시키는 모든 존재들은 혐오와 경멸, 아니면 공포와 외면의 대상,

그도 아니면 상품이 된다. 그들은 하나같이 '기형'이 된다.

아마도 김유진이 고대적인 예지를 갖춘 인물들의 외양을 항상 기형적이고 그로테스크하게 묘사하는 이유가 여기에 있을 것이다. 김유진은 고대적 존재들이 신화적 비방에 의해 기형화되는 모습을 낱낱이 기록한다. 초두에 이 작가의 소설세계를 '하대당한 신과 영웅 들의 비참한 후일담'이라 명명했던 이유도 여기에 있는데, 가령 몸 대신 곱슬머리만 자라는 반신불수(「마녀」), 나이를 알 수 없는 얼굴에 마녀 같은 백발(「목소리」), 몸의 반을 덮은 홍반과 기괴하게 거대한 팔(「움」), 그리고 그 많은 양성구유적 여성들은 모두 고대적인 것들의 흔적, 우리 문명에 의해 신화적 비방과정을 겪으면서 왜곡되고 과장된 흔적이다. 그러나 신화적 비방이 고대적인 것들의 풍모를 완전히 없앨 수는 없는 모양이다.

일찍이 멜빌은 『모비 딕』에서 그답게 이런 말을 한 적이 있다. "품위가 있는 모든 것에는 약간의 음울한 기분이 감돌기 마련이다." 또 이런 말도 한 적이 있다. "비극적으로 위대한 인물이란 대부분 일종의 병적인 성향을 지님으로써 성립된다." 기형적인 외모에도 불구하고, 그들에게서 풍겨나오는 음울한 품위, 병적인 위대함이야말로 김유진 소설 속의 인물들이 가진 최고의 매력이다.

4

비방당한 형상들 중 특별히 '움'의 형상은 더 거론할 만하다. 「움」의 주인공은 이렇게 생겼다.

> 움은 거대하고 단단한 팔을 가진 소년으로 자랐다. 그의 홍반은 이제 오른쪽 뺨의 일부분, 등과 가슴의 절반, 사타구니에 달했다. 그의 오른팔 근육은 운동을 하지 않아도 단단하게 자리잡았다. 오른쪽 어깨와 목이 발달했다. 멀리서 보면, 그는 한쪽 팔과 어깨에 갑옷을 댄 고대 전사처럼 보였다. (⋯⋯) 움의 존재는 예술적 영감을 불러일으키기에 충분했다. 그의 아름다움은 기형적이었다. 그의 팔은 크고 강해 보였으나, 나머지 신체는 마르고 볼품없었다. 그는 경이로움과 우스꽝스러움을 동시에 느끼게 했다.(「움」, 139쪽)

작가 역시 '고대 전사'라는 표현을 쓰고 있듯이, '움'에게서 고대의 흔적을 찾기는 어렵지 않다. 그러나 그것은 기형적인 형태를 띠고 나타난다. 갑옷을 댄 것처럼 거대하고 강력한 팔과 어깨, 그리고 그것들을 제외한 나머지 신체와의 불균형 때문이다. 아마도 어원적인 의미에서의 '그로테스크'란 말에 가장 적합한 신체 형상일 텐데, 마치 이질적인 두 신체, 그리고 이질적인 두 시대가 움의 몸에서 꿰매져 각축하고 있는 형국이다. '움'에게서 가장 전형적으로 나타나고 있달 뿐, 김유진 속설 속의 그로테스크한 인물군의 형성원리가 이와 같다. 고대적인 것과 비고대적인 것, 거대함과 왜소함, 예지력과 백치성, 강력함과 유약함, 남성성과 여성성, 늙음과 어림이 서로 융화되지 않은 채로 꿰매어져 기괴한 감정을 유발한다. 물론 이 형상은 작품의 주제와 직접 관련된다. 고대적인 것들의 비극적 몰락이라는 테마가 그것이다. 고대적인 것들은 오로지 기형적으로만 살아남아 있다가 희생양 제의에 의해 소멸한다.

그러나 '움'의 형상은 그것이 지시하는 주제 때문에만 주목을 요하는 것이 아니다. '움'은 김유진 작품의 주제만이 아니라 김유진이 글 쓰는 방식, 곧 작품의 형식을 이해하는 데에도 중요한 실마리 구실을 한다. 이질적인 것들의 그로테스크한 결합, 그러니까 몽타주 형식, 꿰매기 형식의 글쓰기가 바로 그것이다. 김유진의 소설 형식 자체가 움의 형상과 유사하다. 고대적인 것들과 현대적인 것들이 한 문장 내에서 동시에 나열된다. 좀더 큰 단위에서는 짧은 단장들이 고립된 채로 맥락 없이 병치되기도 하고, 종종 시간적·공간적 구체성을 상실한 모호한 이미지들이 초현실주의적으로 마구 뒤얽힌다. 말하자면 인물 창조의 원리가 글의 형식 수준에서도 관철되는 셈이다.

5

이와 관련하여 「늑대의 문장」은 다시 한번 문제적인 작품으로 부상한다. 작중 '이모' 때문이다. 이모는 어떤 사람인가?

수많은 바늘들, 두껍고 얇고 밝고 어두운 천들이 방을 겹겹이 둘러싸고 있었다. 이모는 그 속에서 누에고치처럼 실을 뽑아내었다. 이모는 소녀에게 손짓하여 옷을 벗게 했다. 소녀는 순순히 붉은 공단 원피스를 벗었다. 그 옷 역시 이모의 작품이었다. 소녀는 부드러운 모로 몸을 감쌌다. 좀이 슨 천 냄새가 났다. 이모는 원피스의 가슴께에 수를 놓았다. 화장실에서 나온 기념이라고 덧붙였다. 다시 옷을 입었을 때, 소녀의 왼쪽 가슴에 검은 나비가 나타났다.(「늑대의 문장」, 19쪽)

인용문에서 이모의 방이 묘사되는 방식을 보자. 마을에서 바느질을 가장 잘하는 이모인 만큼 "수많은 바늘들, 두껍고 얇고 밝고 어두운 천들"로 겹겹이 둘러싸인 방에 기거한다. 그리고는 거기서 "누에고치처럼" 실을 뽑아낸다. 이모의 이런 모습을 보다 잘 이해하기 위해서는 이 마을에 번지고 있는 재앙이 '폭사' 곧 '신체의 파편화'란 사실을 상기할 필요가 있겠다. 요컨대 이모는 진행되는 파편화의 재앙에 맞서, 파편들을 꿰매는 자이다.

봉합하는 자이자 신체들을 다시 화해시키는 자이다. 그런 이모가 소녀의 옷 왼쪽 가슴께에 나비를 수놓아준다. 누에가 나비를 낳는다는 사실로 미루어 이 장면은 일종의 세례식에 틀림없다. 나비를 예비하는 존재, 요한적 존재로서의 누에가 이제 늑대들에게 끌려가 죽임을 당함으로써 희생양의 역할을 치르게 될 소녀의 가슴에 나비를 수놓아주는 일이 세례식이 아니라면 무엇이겠는가?

그런데 우리는 이 소설을 읽으면서 이모가 요한적인 존재일뿐만 아니라 또한 '이야기하는 자'라는 사실도 알게 된다(사실 요한도 이야기꾼이었을 것이다. 메시아가 도래할 것임을, 그래서 과거의 영광이 재현될 것임을 얘기하던 이야기꾼). 물론 이모가 말을 많이 하는 사람은 아니다. 오히려 이모는 어머니의 욕설과 경멸을 한마디 말 없이 견디는 편에 속하는 사람이다. 그럼에도 불구하고 이모는 이야기꾼인데, 바로 그 침묵, 말더듬이야말로 오늘날 '이야기'가 존재하는 방식이기 때문이다. 이모를 이야기꾼이라 함은 바로 그 이모가 고대적인 것들과의 끈을 간직한 마을의 유일한 사람이란 의미이다. '이야기'는 '소설'과 달라서 고대 구술문화 시절의 기억들을 여전히 간직하고 있다. 소설 말미의, 이모가 새끼 늑대들에게 베푸는 교접 같기도 하고 수유 같기도 한 묘한 행위는 이모가 바로 고대적인 것들의 비밀을 이해하는 유일한 자라는 사실에 대한 증거가 된다. 그런 사람이 현대적인 언어, 혹은 문자문화에 서툰 것은 당연한 이치다. 구술문화 시절의 '이야기'와 우리 시대의 '말'은 늑대의 언어와 사람의 언어만큼이나 거리가 멀 텐데, 이모의 말더듬과 침묵이야말로 이야기란 말은 그런 의미에서 형용모순이 아니다.

다른 작품 「목소리」에서 우리는 이와 유사한 정황을 발견한다. 인물들 간의 동일한 구도가 반복된다. 초점 주체인 소녀가 있고 그에 의해 관찰되는 고대적 풍모의 여성이 있다. 다만 「늑대의 문장」에서는 이모가 했던 역할을 이 작품에서는 언니가 한다. 소녀는 언니에 대해, "언니는 다리의 균 때문에 고열에 시달렸다. 정수리까지 열꽃이 피었다. 언니는 붉은 얼굴로 꿈결처럼 이야기를 내뱉었다. 그것은 오래된 전설 같기도 했고, 이국에서 떠도는 풍문 같기도 했다. 나는 그것으로 언니의 나라를 상상했다. 나는 언니에 대해 아는 것이 없었다. 고향이 어디인지, 왜 밤마다 불길한 소리로 가득 차는 이곳을 떠나지 않는지, 언니를 낳은 것은 누구인지를. 다만 질긴 거죽과 비쩍 마른 다리를 보며 언니의 나이를 가늠할 뿐이었다"(「목소리」, 97~98쪽)라고 말한다. 가늠할 수 없는 나이, 전설 같은 이야기, 기형적 외모(신화적 비방의 흔적!) 등이 언니를 고대적 풍모를 지닌 인물, 그리고 그 시절의 일들을 이야기하는 '이야기꾼'의 반열에 올려놓는데, 이 언니에 의해 세례를 받는 이가 또한 초점 주체인 소녀라는 사실도 앞의 작품과 동일하다. 등을 만들던(언니의 연인으로

보이는) 사내가 죽고 언니가 말을 잃자, 그 언니의 뒤를 이어 이
야기를 만드는 이는 바로 소녀다.

그후 언니는 더이상 마을의 지나간 이야기를 해주지 않았다.
이야기는 온전히 나의 입에서만 나왔다. 그것을, 언니가 원했다.
나의 이야기는 한정된 시간과 한정된 공간에서 무한히 반복되었
다. 그의 집을 처음 찾았을 때, 울고 있는 그를 보았을 때, 그가
사라졌을 때의 이야기를, 노래처럼 읊조렸다. 시간이 흐르자 이
야기는 일정한 주제 안에서 조금씩 변주되었고, 때로 한 부분이
여러 번 반복되었으며, 어떤 부분은 건너뛰기도 했다. 그의 이야
기에는 음조가 생겼고, 일정한 운율이 생겼다. 그는 곧 시가 되었
다. 언니가, 그것을 원했다. 나는 별자리를 찾아 헤매는 언니를
바라보았다. 언니가 찾고 있는 별자리를 바라보았다. 오래 전 언
니가 속삭였던 낙타자리에 관한 전설을 떠올려보려 했지만 기억
나지 않았다.(「목소리」, 104쪽)

언니의 이야기가 멈추자, 소녀가 이야기하기 시작한다. 그렇
다면 이 작품은 이야기의 '전수'에 관한 이야기, 이야기의 기원
에 관한 이야기가 아닌가? 바로 그 사라져가고 잊혀져가고 파편
화되어가는 이야기들을 꿰매어 오롯한 운율의 전설을 만드는 자
가 어떻게 탄생하는가에 대한 이야기가 아닌가? 그러나 앞선 세

대의 이야기꾼이었던 이모나 언니와 달리 소녀의 이야기는 고대의 흔적을 물려받았다 할지라도 엄밀한 의미에서 '이야기'이기는 힘들다. 이야기의 뒤를 잇는 것, 이야기꾼의 뒤를 잇는 자, 우리는 그 이름들을 아는데 '소설'과 '소설가'가 그것이다. 소녀는 소설가였던 것이다.

김유진이 소설쓰기를 어떻게 생각하는지, 어떤 방식으로 소설을 쓰는지 이제 말할 수 있게 되었다. 「늑대의 문장」의 이모는 꿰매는 자이자 이야기꾼이었다. 「목소리」의 언니는 세례자이자 이야기꾼이었다. 그들이 죽거나 침묵해버린 자리에서 살아남아 새로운 이야기를 시작하는 소녀, 그가 소설가이다. 그렇다면 김유진에게 소설쓰기란 우선은 파편화된 것들을 꿰매는 작업이고, 다음으로 소멸해가는 고대적인 것들과의 끈을 유지하는 작업이다. 전자는 김유진 소설의 형식을 규정한다. 몽타주적 글쓰기가 그것이다. 김유진 소설이 '움'의 신체처럼 그로테스크하고 모호하고 낯설다면 그 이유가 바로 여기에 있다. 후자는 김유진 소설의 비극성을 규정한다. 즉 결코 실현될 수 없는 일에 이 젊고 유망한 작가가 들어섰음을 의미한다. 불가능을 감수하지 않고서야 어찌 고대적인 것들을 우리 시대에 되불러올 수 있단 말인가?

6

"좋은 고장은 대개 지도상에 나타나지 않는 법이다"라는 멜빌의 말을 조금 뒤틀어 표현하건대, 좋은 시절은 대개 말을 통해서는 드러나지 않는 법이다. 라캉을 염두에 두어도 좋고, 루카치를 염두에 두어도 좋다. '실재'가 되었건 '총체성'이 되었건 언어가 그것을 포착할 수 있을 거라는 믿음은 일찌감치 접어두는 것이 좋은 시절이다. 김유진 소설의 비극성이 여기에 있다. 김유진은 지금 무모하게도 불가능한 일을 시도하고 있는데, 고대의 신들, 영웅들, 동물들에 대한 아무리 간절한 애도도 그들을 우리 시대에 되불러올 수는 없기 때문이다. 그럼에도 불구하고 나는 단호하게 김유진을 '낭만적 향수' '기원에의 형이상학' 같은 언사들을 들먹이며 비판할 수는 없다고 말할 참이다. 신화를 이야기하면서도 낭만적이지 않은 희귀한 작가가 바로 김유진이란 사실에 대해서는 강조해둘 필요가 있다. 이런 구절들 때문이다.

뒷부분은 더이상 알아볼 수 없었다. 어둠 속에서 휘갈겨 적은 글자들은 이국의 문자처럼 형체가 불분명했다. 순간의 기억을 잃지 않기 위해, 늘 급박하게 적어나갔기 때문이었다. 나는 더듬더듬 꿈을 기억해내 글자를 추측해나갔다. 그러나 도무지 알아볼 수가 없었다. 꿈의 기록은 논리적인 작업이 되지 못했다. 문장도 불분명했다. 지난밤처럼, 휘갈긴 글자들을 알아보려 노력하다가 포기하기 일쑤였다. 내가 쓴 것이라고는 생각할 수 없는 문장들도 있었다. 그러나 그것은 분명 가치 있는 일이었다. 어제 날아간 소의 수나 마을 사람들의 수를 기록하는 것보다는 유익했다. 그것은 우리가 다시는 보지 못하는 밤의 기록이기 때문이었다.(「마녀」, 70~71쪽)

나의 무능과 언니의 무능 모두에 화가 났다. 언니는 여전히 오래된 장독에서 간장을 퍼올렸고, 나는 수백 번을 속삭여도 언니의 병을 치유하지 못했다.(「목소리」, 108쪽)

김유진이라는 작가가 고결해지고 믿음직스러워지는 이유, 그것은 그가 목소리의 무력함, 말하기의 무력함, 소설이란 장르 자체의 무력함을 이와 같이 충분히 이해하고 있다는 데에 있다. 아니 그럼에도 불구하고 고대적인 것들의 후일담을 포기하지 않는다는 데에 있다. 우리 시대의 언어는 결코 「목소리」의 언니가 들려주던 전설 같은 이야기들을 만들어내지 못한다. 게다가 수백 번을 속삭여도 죽어가는 고대적인 것들의 병을 치유하지는 못한다. 주술과 제의, 신들과 동물들로부터 분리된 이야기는 무능하다.

그러나 김유진의 어법을 빌려 "그것은 분명 가치 있는 일"이다. 어제 폭락한 주가의 수치나, 교통사고로 죽은 사람들의 수를 기록하는 것보다는 유익하기도 하다. "그것은 우리가 다시는 보지 못하는 밤의 기록"이기 때문이다.

작가의 말

오늘 아침, 어머니에게 짐짓 자랑스럽게 말했다. 나 소설책 나온다. 그러자 어머니는, 그럼 사인회도 하는 거야? 하고 눈을 동그랗게 뜨고 묻는다. 나는 꼭 그런 건 아니라고 대답했다. 그러자 곧 흥미를 잃었는지, 어머니는 경락마사지의 지방분해효과에 대해 이야기하기 시작했다.

종로도서관으로 가는 길, 오래된 성벽 주위로 새잎이 돋아나고 있었다. 어머니의 소녀처럼 밝고 가벼웠던 표정을 떠올리자 피식 웃음이 나왔다. 첫 소설집이 나온다는 감회가, 딱 그만큼 유쾌하다.

지난 사 년간 쓴 아홉 편의 소설을 묶었다. 항상 침통한 표정인 친구가 한 명 생긴 기분이라 조금 난감하긴 하지만, 책이 나오기까지 도움을 주신 분들, 그리고 나의 인생 선배, 어머니에게 감사드린다.

문학동네 소설집

늑대의 문장

ⓒ 김유진 2009

초판인쇄 │ 2009년 4월 2일
초판발행 │ 2009년 4월 8일

지은이 김유진
펴낸이 강병선
책임편집 조연주 서현아 이경록
마케팅 장으뜸 정민호 한민아 김정민 정소영
제작 안정숙 서동관 김애진

펴낸곳 (주)문학동네
출판등록 1993년 10월 22일 제406-2003-000045호
주소 413-756 경기도 파주시 교하읍 문발리 파주출판도시 513-8
전자우편 editor@munhak.com │ 전화번호 031)955-8888 │ 팩스 031)955-8855

ISBN 978-89-546-0790-2 03810

www.munhak.com

우리 소설의 새로운 희망 _ 젊은 작가, 그들의 첫!

일곱시 삼십이분 코끼리열차 황정은 소설

'황정은풍' 소설의 탄생!

황정은의 소설은 젊고 발랄한 상상력으로 가득 찬 작품이다. 우리 소설의 가장 중요한 본질적인 차원에 해당하는 '아버지' 혹은 '가족사'의 문제를 '모자'라는 메타로 해결하는 이 젊은 작가의 감수성은 우리 소설의 세대교체를 실감하게 한다. 가족의 탄생과 유지과정에 대한 작가의 애증 어린 고찰은 우리 소설의 새로운 희망이 될 것이다. _2007 이효석문학상 심사평 중에서

채플린, 채플린 황정은 소설

"여봇씨요!"

당신이 살고 있는 이 세계가 고양이 뱃속은 아닐지.

염승숙의 소설에 등장하는, 존재감이 희미한 인물들이 갖는 환상은 그렇게 고상하거나 화려하지는 않지만, 따뜻하고 낙관적이다. 염승숙의 소설은 그들의 환상이 비록 유치하고 단순할지 모르나 거기에는 그들만의 절실함이, 솔직함과 소박함이 담겨 있다는 것을 새삼 확인시켜주고 있다. _손정수(문학평론가)

즐거운 장난 전아리 소설

한국문학에 출현한 하나의 신선한 '사건'!

중고등학교 시절부터 최근까지 각종 문학상 수상작 중 작가가 직접 고른 열 편의 작품들은 싱그러운 풋내로 가득하다. 여물 대로 여물어 단단하고 꽉 찬 파란 여름사과의 맛. 한없이 투명하고 청명한 그 푸른 맛에, 침이 고인다.

"물건 하나가 나타났다." _안도현(시인)

박현욱 소설 그 여자의 침대

당신 마음의 침대는 비어 있나요?
박현욱의 연애담은 가벼우면서도 근본적인 질문을 담고 있다.
그렇다고 갑자기 무겁거나 엄숙해질 필요는 없다. 눈치 빠른 독
자는 이미 알고 있겠지만 박현욱은 총잡이나 신봉자가 아니라
익살맞은 아이러니스트다. _ 양윤의(문학평론가)

이지민 소설
그 남자는 나에게 바래다달라고 한다

기발한 재치와 맛깔스러운 유머의 향연!
작가는 특유의 도회적인 감수성으로 소설을 경쾌하게 이끌어간
다. 자칫 통속의 함정에 걸려들기 쉬운 소재. 작가는 그런 우려도
솜씨 좋게 날려버린다. 독자들이 행여 느슨해질까 곳곳에 주제의
식을 드러내는 재기발랄한 문장을 배치해 밑줄을 긋게 만든다.
_국민일보

천명관 소설 유쾌한 하녀 마리사

화려한 거짓말, 이야기의 무한생식!
천명관의 장점은 불행한 이야기도 무협지처럼 유쾌하게, 코미디
처럼 익살스럽게 펼쳐 보이는 데 있다. 슬픈 이야기인 줄 뻔히
아는데도 포복절도하면서 눈물을 쏙 빼게 되는데, 눈물 끝에 진
한 소금기가 느껴진다. _국민일보
한국문화예술위원회 선정 우수문학도서